帝王燕

제왕연 5
ⓒ지에모 2020

초판1쇄 인쇄	2020년 10월 19일
초판1쇄 발행	2020년 11월 3일

지은이	지에모芥沫
옮긴이	이소정

펴낸이	박대일
편집	이문영 · 박지해 · 임유리 · 신지연 · 곽현주
마케팅	임유미 · 손태석
일러스트	흑요석
디자인	박현주
교정	김미영

펴낸곳	파란미디어
출판등록	2004년 9월 14일 제313-2004-00214호

주소	03992 서울시 마포구 동교로23길 14 국제빌딩 6층
전화	02.3141.5589 영업부 070.4616.2012 편집부
팩스	02.3141.5590
전자우편	paranbook@gmail.com
카페	http://cafe.naver.com/paranmedia
인스타그램	@paranmedia

ISBN	978-89-6371-826-2(04820)
	978-89-6371-821-7(전21권)

제
왕
연

5

帝王燕

지에모芥沫 지음 ― 이소정 옮김

파란

차례

일부러 그런 걸까

　비연은 고씨 가문의 이 황폐해진 저택이 그렇게 볼 만한 구경거리라고는 생각지 않았다. 그러나 당정이 굳이 보고 싶다고 하니, 비연도 주인으로서 손님을 대접하기 위해 함께할 수밖에 없었다.

　고씨 저택의 황폐한 모습을 보고 당정은 매우 의아한 듯 고씨 가문의 과거에 대해 여러 가지를 물었다. 비연은 아는 것은 아는 대로 이야기하고, 모르는 것은 적당히 둘러댔다. 어쨌든 물에 빠지기 전인 여덟 살 이전의 기억은 몸의 원주인도 제대로 기억하지 못하니 그녀로서도 어쩔 도리가 없었다.

　두 사람은 저택을 한 바퀴 둘러본 후 연못가에서 발을 멈췄다. 때는 유월, 연꽃이 피는 계절이었다. 결코 작지 않은 이 연못에는 잡초가 무성하게 자라 있고, 연꽃은 겨우 대여섯 송이 정도 봉우리를 맺고 있을 뿐이었다. 그나마 열심히 살펴보지 않으면 연꽃이 어디 있는지 보이지도 않을 정도였다.

　당정이 궁금한 듯 물었다.

　"연아, 어릴 때 물에 빠졌다는 곳이 여기야?"

　"응, 바로 여기예요."

　사실 비연도 이곳은 처음이었다. 몸의 원주인이 물에 빠진 후 고 노야가 명을 내려 누구도 이 연못 가까이에 접근하지 못하게 했던 것이다.

당정이 다시 물었다.

"몇 살 때의 일이야? 어떻게 물에 빠졌지? 헤엄은 칠 줄 몰랐어?"

비연이 웃으며 답했다.

"여덟 살 때예요. 어릴 때는 물과 친하지 않았죠. 지금은 헤엄을 아주 잘 치는걸요."

당정이 다시 물었다.

"듣기로는 네가 물에 빠진 후 1년 동안 혼수상태였다는데, 그러다가 섣달 그믐날에 겨우 깨어났다며? 설마 물에 빠질 때 머리라도 부딪쳤던 거야?"

비연도 사실 이상하게 여기던 참이었다. 몸의 원주인이 물에 빠졌다가 구출된 후 어떤 상처도 없는데 1년 동안 혼수상태였다니. 그리고 진기도 모두 잃어 맥이 보통 사람과 다름없이 변해 그야말로 폐물로 전락했다니.

보통은 물에 빠지더라도 그 정도까지는 이르지 않는다. 몸의 원주인이 물에 빠지던 중 무슨 상처라도 입었던 걸까? 아니면 몸의 원주인이 물에 빠지기 전에 어떤 상처를 입었던 걸까.

비연이 아니더라도, 고 노야를 비롯하여 당시 고씨 가문 장로 여럿이 이 문제를 살펴본 적 있었다. 그들은 몸의 원주인의 몸에서 어떤 내상이나 외상도 발견하지 못했고, 연못 바닥까지 뒤졌지만 아무 물건도 찾지 못했다. 결국, 진기를 수행한다는 것은 본래 예측할 수 없는 수많은 가능성을 품고 있는 것이니,

이 일은 우연이라고 결론지어졌다.

비연이 설명하는 동안 당정은 연못가로 다가가더니 손을 뻗어 잡초 하나를 잡으려 했다. 비연이 조심하라고 일깨우려는 찰나, 당정이 갑자기 발을 헛디디더니 연못 속으로 빠지고 말았다!

"언니!"

비연은 다급했다. 당정이 헤엄을 칠 줄 아는지 몰랐기에 그녀는 재빨리 신발을 벗고 연못 속으로 뛰어들었다. 그러나 당정은 이미 물속 깊은 곳으로 빠진 것인지 보이지 않았다!

더욱 급해진 비연이 숨을 참고 물속으로 들어갔다. 물 아래는 본디 어두운데, 수초가 빽빽하게 일렁이며 시선을 가리고 있어 사람을 찾기 매우 어려운 상황이었다. 비연은 고요한 물속에서 있는 힘을 다해 수초를 헤치며 찾았지만 여전히 당정의 그림자조차 찾을 수 없었다. 그녀는 이제 안절부절못하고 있었다!

그때, 물 아래에서 갑자기 누군가가 그녀의 발을 사납게 잡아끌었다. 창졸간의 일이라 그녀는 숨을 참는 것도 잊었고, 순식간에 물이 그녀의 콧속으로 들어왔다.

누구지? 당정 언니?

물속에는 당정밖에 없다! 일부러 이러고 있는 것이다! 대체 뭘 하려는 거지?

비연이 괴로운 것을 간신히 참으며, 있는 힘을 다해 발버둥 쳐 물 위로 올라가려 했다. 당정도 그녀를 오래 괴롭히지 않고 곧 손을 놓아주었다. 그러나 바로 이 순간, 몸의 원주인이 물에 빠질 때의 기억이 전부 머릿속에 떠올랐다!

그 감각은 지난번 도요곡에서 그녀가 물속으로 잠수했을 때 느꼈던 것과 완전히 같았다. 황망함, 무력함, 마치 영혼과 몸이 생생하게 분리되는 것 같은 괴로움. 몸은 질식한 채 가라앉고, 영혼은 지리멸렬 흩어져 결국은 사라지고…….

비연은 이번에도 이 물에 빠지는 순간의 기억이 그녀 자신의 것인지, 아니면 몸의 원주인의 것인지 구분할 수 없었다. 이 기억에 사로잡힌 순간 그녀는 위로 헤엄쳐야 한다는 사실조차 잊고 그대로 천천히 가라앉기 시작했다.

당정이 곧 뭔가 이상하다는 것을 깨닫고 재빨리 헤엄쳐 비연을 구했다.

수면 위로 나오는 순간 비연도 기억에서 벗어나 정신을 차렸다. 그녀가 죽어라 기침을 하자 당정이 등을 두드려 주려 했다. 그러나 비연이 사납게 밀어 버리고, 그 무엇과도 비교할 수 없을 만큼 사나운 눈길로 쳐다보았다.

당정이 아무 말도 하지 않고, 움직이지도 않았다. 그저 곁에 앉아 기다리기 시작했다.

비연이 한참 동안 기침을 하며 코에 쌓인 물을 모두 토해 냈다. 호흡도 정상을 되찾자 그녀는 차가운 눈으로 당정을 응시했다. 그 눈길은 마치 사람이라도 죽일 수 있을 것 같았다.

"이건 무슨 의미인가요?"

당정은 이런 일을 저지르고도 마음에 켕기는 거라곤 없는 듯, 심지어 무시하듯 말했다.

"지금은 헤엄을 잘 친다면서 겨우 이 정도야? 방금 내가 조금이라도 늦었다면 너는 이미 죽은 목숨이라고! 지금부터라도 다시 헤엄 연습을 더 많이 하도록 해!"

비연이 그녀를 노려보며 아무 말도 하지 않았다. 당정은 그녀와 한참 동안 마주 보다가 결국은 민망한 기색으로 말했다.

"됐어, 됐다고. 사과할게. 미안해! 내가 이렇게 너를 놀리면 안 되었던 건데!"

비연은 여전히 움직이지 않았다. 당정이 자신을 놀렸다는 생각에 화가 난 것이 아니라 그녀의 동기를 의심하고 있었다.

당정이 그녀를 보다가 갑자기 놀란 듯한 표정으로 외쳤다.

"비연, 지금 무슨 생각을 하는 거야? 설마 내가 너를 해치려 했다고 생각하는 건 아니겠지? 너를 해치려 했다면 무엇 때문에 너를 구했겠어?"

비연은 계속 아무 말도 하지 않았다. 당정이 즉시 손을 들고 맹세했다.

"본 소저에게 너를 해칠 마음이 있었다면, 평생 시집을 가지 못하고 외롭게 늙을 것이다!"

비연은 그제야 의심을 풀었다. 어쨌든 당정의 말이 맞았다. 당정이 해치려 했다면 방금 구해 주었을 리 없었다. 그녀는 당정에게 '재미없다'는 말만 남기고 몸을 일으켜 걷기 시작했다.

당정의 눈에 복잡한 빛이 스쳐 가는가 싶더니 그녀가 재빨리 외쳤다.

"비연, 그냥 장난친 것뿐이라고! 정말 화난 거야?"

비연은 고개조차 돌리지 않고 말했다.

"어서 옷을 갈아입어야죠! 내가 감기라도 들면 언니가 약값을 물어야 할걸요!"

당정이 안도의 한숨을 쉬고 성큼성큼 비연을 따라왔다.

두 사람은 요화각에 도착했다. 당정이 남자 옷을 벗고 긴 머리를 풀어 내렸다. 그 모습에 비연은 그야말로 멍해지고 말았다. 당정의 몸매가 이렇게 좋을 줄은 미처 몰랐던 것이다. 그야말로 우아하게 아름답고, 눈부시게 아름다웠다. 풍만해야 할 곳은 포동포동 풍만하고, 말라야 할 곳은 날씬하기 그지없었다! 남자는 말할 것도 없고, 같은 여자라 해도 쉽게 눈을 뗄 수 없을 정도였다.

당정이 큰 수건으로 몸을 감싸다가 비연이 자신을 보고 있는 것을 발견하고는 신이 나서 말했다.

"뭘 보는 거야? 언니에게 있는 건 너도 다 있으면서!"

그러면서 비연의 몸을 살펴보았다. 비연은 부끄러운 마음에 재빨리 옷을 입었다. 당정에게 있는 것은 그녀에게도 확실히 있었다. 하지만…… 차이가 너무 났다! 비연은 마침내 왜 그리 많은 사람들이 열여덟 살이나 된 그녀를 어린 여자애라 생각하는지 알 수 있었다.

갑자기 망할 얼음이 왔던 날이 떠올랐다. 다행히도 그때 약욕을 하고 있었기에 망정이지 만약 그가 그녀의 몸을 보았다면…… 그가 비웃었을지도 모르겠다는 생각이 들었다.

생각이 꼬리에 꼬리를 물고 여기에 이르니, 비연은 저도 모르게 지난번 대리시에서의 난처했던 일도 떠올리게 되었다. 그때 그녀는 속옷을 입고 있긴 했지만 전부 다를 가리지는 못했는데…… 게다가 정왕 전하는 그녀를 꽤 오래 응시했었다!

정왕 전하도 그녀를 어린 여자애로만 여기는 것은 아닐까?

쿵쿵쿵!

문 두드리는 소리가 비연의 생각을 끊었다. 정신을 차리자마자 자신이 무슨 생각을 하고 있었는지 깨닫고 깜짝 놀랐다. 그렇게 부끄러운 일이었는데, 부끄러워하기보다는 자신의 몸매가 예쁘지 않다고 걱정하고 있다니! 세상에, 그녀는 언제 이렇게 변한 걸까?

정왕 전하는 그녀가 가장 경애하는 남신이었다! 그리고 망할 얼음은…… 그녀가 가장 싫어하는 사내였다!

그녀가 어떻게 이런 생각을 할 수 있었던 걸까? 너무나 죄스러운 일이었다!

당정의 실망

비연은 재빨리 문을 열어 전 어멈이 찾아온 옷을 받아 입었다. 그녀는 당정이 계속 무엇인가를 찾는 듯 자신의 등을 살펴보고 있다는 사실을 눈치채지 못했다.

비연의 몸이 마르긴 했지만 등의 곡선이 무척 아름다웠고, 눈보다 새하얀 피부는 어찌나 부드러운지 살짝 입김을 불기만 해도 찢어질 것 같았다. 등 전체에 점 같은 건 전혀 없었다.

옷을 갈아입은 비연이 몸을 돌리자 당정은 재빨리 시선을 돌리고 자신도 옷을 입었다. 그러나 찾고 싶었던 것을 찾지 못한 듯 눈빛에 실망감을 가득 담고 있었다.

전 어멈이 당정에게 여자 옷을 가져다주었는데, 담황색에 주름이 많은 치마였다. 여자 옷을 입은 당정은 예전과는 완전히 다른 분위기를 풍겼다. 남자 옷을 입고 있을 때의 유능하고 노련한 느낌은 전혀 없고, 대신 대갓집 규수처럼 온유하고 평온한 느낌이었다.

비연이 그녀를 위아래로 훑어보며 감탄했다.

"언니, 정말 아름다워요!"

당정도 거울 앞에 서서 진지하게 자신의 모습을 살펴보더니, 뜻밖에도 스스로를 칭찬했다.

"그래, 정말 아름답구나!"

비연이 잠시 멈칫했다가 곧 큰 소리로 웃기 시작했다. 당정도 비연을 바라보며 큰 소리로 웃었다. 그러나 웃고 또 웃다가 갑자기 슬픈 표정을 지었다.

"내가 왜 이러는 줄 알아? 나에겐 여동생이 하나 있어. 어릴 때부터 나보다 예뻤지. 다만…….

당정은 여기까지 이야기한 후 비연의 얼굴을 열심히 들여다보다가 다시 입을 열었다.

"그 애가 너랑 윤곽이 좀 닮았어. 그런데 넌 너무 말랐지. 봐봐, 여기 광대뼈도 튀어나오고, 턱도 너무 뾰족하잖아. 네가 살만 조금 더 찌면 분명 내 동생만큼 예쁠 텐데!"

비연이 호기심에 가득 차 물었다.

"언니, 동생이 있다고요? 동생도 언니처럼 남장하는 걸 좋아하나요?"

당정이 잠시 생각하다가 대답했다.

"우리 어머니께서 젊은 시절 남자 옷을 즐겨 입으셨지. 나는 어머니를 따라 하는 거야! 그리고 내 동생은…… 사촌 동생이야. 백부께서 그 애를 아주 사랑하셔서, 그 애가 밖에 나가 안좋은 사람이라도 만나지 않을까 걱정하셨지. 몇 번이나 그 애에게 남장을 하라고 하셨지만 백모님께서 허락하지 않으셨어."

비연이 부러운 마음을 금할 수 없어 다시 물었다.

"그 사촌 동생과 같이 살았나요? 언니네 집은 어디죠? 어떻게 신농곡 경매사가 된 건가요?"

여자 경매사는 사람들 앞에 공공연히 얼굴을 드러내야 했고,

불쾌한 일을 당하는 일도 많았다. 그러니 결코 좋은 직업이라고는 할 수 없었다.

"같이 살지 않아."

당정은 사촌 동생에 대한 이야기는 더 이상 하지 않고 이렇게만 답했다.

"우리 집은 남쪽에 있어. 어릴 때부터 가정 형편이 썩 좋지 않았지. 그렇지 않았다면 나도 어릴 때부터 경매장에 들어가게 되는 일은 없었겠지."

당정의 눈에 무엇인가를 잃어버린 듯 쓸쓸한 빛이 어리자 비연은 차마 더 이상 물어볼 수 없었다.

당정은 다시 비연의 어린 시절 일을 묻기 시작했다. 비연은 재미있어하며 말했다.

"아침에도 어릴 때 일을 묻더니, 내 어릴 때 일에 왜 이리 관심이 많아요? 말해 봐요, 뭘 조사하러 온 거예요?"

당정이 한번 흘겨보더니 담담하게, 그러나 매우 빠르게 설명했다.

"어릴 때부터 진양성의 고씨 가문은 어떻고 또 어떻다더라, 그런 이야기를 많이 들었거든. 그리고 고씨 가문의 큰 소저는 어떠하다더라, 기씨 가문의 도련님과 어릴 때부터 정혼을 했다더라, 그런 이야기도 들었지. 아, 그게 다 10여 년도 전 일이네……. 모든 것이 다 변해 버렸고."

비연이 깊이 생각하지 않고, 역시 감동받은 듯한 목소리로 대답했다.

"그러게요. 10여 년 동안, 현공대륙 전체가 완전히 변해 버렸어요."

그녀가 잠시 망설이다가 재빨리 속삭이듯 물어보았다.

"언니, 빙해에 대한 일을 들어 본 적 있어요?"

당정이 바로 긴장했다.

"너, 이 계집애! 배짱이 대단한데? 빙해에 대한 일을 알아내서 무엇 하려고?"

비연은 당정을 믿을 수 있는 친구로 여기고 있었지만 아직 완전히 속을 터놓을 수 있는 정도는 아니었다. 그녀는 일부러 긴장한 표정을 짓고 대답했다.

"갑자기 생각나서, 궁금했을 뿐이에요! 감히 뭔가 알아보려는 생각은 없어요! 빙해 지역은 신비한 저주를 받아서, 가까이 가거나 빙해에 대해 알아보려고 하면 모두 저주받는다고 들은 걸요!"

저주에 대한 이야기는 사실 누군가가 일부러 꾸며 낸 것이 분명했다. 그러나 지금 현공대륙 대부분의 사람들은 그렇게 믿고 있었다.

당정의 눈에 다시 일말의 실망감이 스쳐 갔으나 곧바로 사라졌다.

당정이 대답했다.

"당연히 들어 봤지. 우리 집이 남쪽에 있으니까. 그 일은, 그해 남쪽에서는 미친 듯이 퍼져 나갔지. 우리 이 이야기는 그만하자. 저주가 있다고 믿는 편이 나아. 절대로 저주 같은 것은 없다고 생각해서는 안 돼!"

비연은 당정이 신농곡 경매장에서 견식을 넓혔을 테니 빙해에 관해서도 얼마간 스스로의 견해를 가지고 있으리라 생각했다. 그러나 이런 당정의 반응을 보니 매우 실망스러웠다.

저녁을 먹은 후, 당정이 작별을 고하려 했다. 비연은 매우 아쉬워하며 직접 대문까지 배웅하러 나갔다.

그녀들이 문 앞에 막 도착했을 때 정역비가 다가오는 것이 보였다.

정역비가 당정을 보고 잠시 멈칫하더니, 곧 정신을 차리고 기쁜 표정으로 말했다.

"아니, 신농곡에서 오신 사자 아니십니까? 남장을 하고 계시던……. 정말 놀랐습니다! 소저, 이렇게 화용월태시면서 남장을 하고 다니시는 건 너무 아쉽지 않습니까? 성함이 당……, 당……."

비연이 그를 상대하지 않고 당정을 끌고 가려 했다. 그러나 당정이 고개를 돌리더니 웃으며 말했다.

"내 성은 당이고, 이름은 정입니다. 당신은…… 천염국 대장군, 정역비 대장군이시군요?"

"바로 저입니다."

정역비가 비연을 흘깃 보더니 재빨리 진지한 자세로 당정에게 읍했다.

"이리 만난 것도 인연인데, 저에게 당 소저에게 식사를 청할 영광이 있을지 모르겠군요?"

그가 초대한 것은 당정이었지만 분명 비연을 의식한 행동이었다.

비연이 당정 대신 거절하려는데 당정이 먼저 대답했다.

"좋아요. 염치 불고하고 초청을 받아들이지요."

그녀가 그렇게 말하면서 비연을 문 안으로 밀어 넣었다.

"연아, 그만 돌아가. 배웅은 이만 해도 괜찮아. 나는 정 대장군과 식사를 한 다음 바로 떠날 테니까."

정역비가 당황했다.

비연은 하마터면 피식 웃을 뻔했다. 정역비가 그녀에게 구혼한 사실은 온 성이 다 알고 있었다. 진양성에서 그렇게 오래 있었는데 당정이 모를 리 있을까? 당정은 분명 일부러 저러는 것이다!

"좋아요, 언니. 여기까지만 배웅할게요. 가는 길 내내 조심하고, 서신 보내는 거 잊지 말아요. 맞아! 너무 늦으면 정 대장군에게 배웅해 달라고 하세요. 대장군은 영패가 있어 성을 자유롭게 출입하거든요!"

말을 마치자마자 비연은 바로 몸을 돌려 문 안으로 들어갔다. 정역비가 다급하게 외쳤다.

"약녀, 함께 가자! 너도 주인으로서의 도리를 다해야지!"

비연이 대답 없이, 그에게 순진무구하게 웃어 보이며 그대로 문을 닫았다. 정역비가 난감한 표정으로 당정을 바라보았다. 그는 지금까지 여자와 밥을 먹는 일을 무시해 왔다. 특히 둘이서만 식사하는 것이라면 더더욱. 비연은 유일한 예외였다.

"당 소저, 그럼……."

정역비의 말이 끝나기도 전에 당정이 말을 끊었다. 그녀는 웃음기 없이 엄숙한 얼굴로 눈썹을 살짝 치켜세웠다. 이제 그녀는 남장했을 때의 노련하고 차가운 느낌이 아니라, 큰누이 같은 기세가 흘러넘쳤다. 그녀가 진지하게 말했다.

"정 대장군. 그런 식으로 떠들썩하게 구혼하면 스스로는 통쾌할지 몰라도 비연은 사람들의 구설수에 오르게 됩니다. 정말로 비연을 좋아한다면 자중하시고, 그만 귀찮게 하세요! 비연은 우리 신농곡의 영예 이사고, 내가 인정한 여동생입니다. 다시 비연을 힘들게 한다면……, 두고 보지요!"

말을 마친 당정이 말 위에 올라, 고개도 돌리지 않고 바로 그자리를 떠났다.

정역비는 멍한 표정으로 사라져 가는 그녀의 뒷모습을 바라보다가 겨우 정신을 차리고 중얼거렸다.

"하, 본 장군에게 경고를 한다?"

정역비가 비록 무시하는 듯한 표정을 지었지만, 결국은 고씨 저택의 굳게 닫힌 대문을 한 번 바라보고는 당정이 했던 말을 진지하게 고민하기 시작했다.

당정이 성문을 나선 후 얼마 가지 않아 검은 옷을 입은 시위가 맞으러 왔다. 그러나 이 시위는 신농곡 사람이 아니었다.

시위가 나지막한 목소리로 말했다.

"대소저, 고비연이 우리가 찾던 사람입니까?"

운한각에서 온 사람

시위의 질문에 당정이 긴 한숨을 토해 냈다.

그녀는 이번에 노집사의 명을 받고 왔을 뿐 아니라, 동시에 자신의 사사로운 일도 처리할 계획이었다.

그녀는 남부 빈곤한 가정 출신이 아니라 '운한각'이라는 이름의 신비한 조직 출신이었다. 당정 역시 본명이 아니었다. 그녀는 중요한 임무를 맡아 신분을 속이고, 성과 이름 역시 모두 바꾼 뒤 신농곡에 잠복하고 있었다.

그녀가 한숨을 쉬자 시위가 다급하게 말했다.

"대소저, 발견하신 것이 하나도 없습니까? 제가 알아낸 정보는 절대로 오류가 없습니다. 10년 전 빙해 상공에서 봉황허영이 나타났을 때, 같은 날 고씨 저택 상공에서도 봉황허영이 나타났습니다. 고씨 가문에 비밀이 있는 게 분명합니다!"

당정이 잠시 침묵하다가 말했다.

"고씨 가문에는 우리가 찾는 사람이 없는 듯하다. 봉황허영이 무엇 때문에 고씨 저택 상공에 나타났는지는 계속 조사해 봐야겠지. 결코 태만해서는 안 된다. 기억하도록. 조금이라도 진전이 있으면 언제라도 보고하도록."

당정의 임무는 바로 빙해의 수수께끼를 푸는 일이었다. 그리고 그녀가 찾는 사람은 10년 전 빙해의 이변과 관계된 인물이었다.

1년 전, 운한각의 정탐원이 고씨 저택 상공에 봉황허영이 나타났었다는 소식을 알아냈고, 각주는 그녀에게 고씨 가문을 주시하라고 명했다. 당정은 고씨 가문을 조사하는 과정에서 고비연이 물에 빠진 날이 바로 빙해에서 이변이 일어난 날이라는 사실을 알게 되었다.

그녀는 비연에 대해 이모저모 조사했지만 별다른 수확이 없었다. 그러던 중 비연이 몇 번에 걸쳐 진양성 여론의 초점이 되면서 다시 한번 그녀를 주시하게 되었다. 그리고 비연이라는 사람 자체가 바뀌어 버린 듯한 느낌을 받았다.

경매장에서 만났을 때, 그녀가 비연을 바로 알아본 것은 아니었다. 후에 노집사에게서 비연의 신분을 들은 후로 당정은 점점 더 뭔가 이상하다는 생각을 하게 되었다.

그녀가 비연과 친근하게 지낸 것은 첫째 비연 자체가 좋았기 때문이고 둘째는 목적을 이루기 위한 것이었다. 이번 만남에서는 그녀가 실망할 수밖에 없었다.

당정은 그대로 떠나려다가 마음을 놓지 못하고 나지막한 목소리로 당부했다.

"비연이 정왕부를 떠났다 해도 정왕은 아직 그녀를 주시하고 있다! 모두에게 분부를 내려라. 경계를 높이고, 문제를 일으키지 말도록!"

그녀는 군구신과 얽히고 싶지 않았다. 비연에게 자신의 의도를 알려 마음 아프게 하고 싶지도 않았다. 어쨌든 당정은 진심으로 비연을 좋아하고 있었다.

시위들이 명을 받고 떠난 후, 당정은 진양성을 한번 뒤돌아 보고는 말을 달려 떠났다.

밤이 되자 하늘 가득 별이 반짝였다. 비연은 고씨 저택 장경 탑 꼭대기 층에서 그 희미한 초상화를 열심히 살펴보고 있었 다. 너무 오래된 그림이라 초상은 윤곽만 남아 있을 뿐 그 생김 은 알아볼 수가 없었다. 화가를 찾아 복원한다 해도 과연 그 생 김새를 복원할 수 있을지는 의문이었다.

"금은 어느 밤에야 돌아올까, 마음은 외로운 구름과 멀어지 고. 고孤운원……, 고顧운원……."

고顧운원이 백의 사부가 아니라는 사실을 확인했을 때, 비연 은 이 두 이름이 비슷한 것은 그저 우연일 뿐이라는 결론을 내 렸다. 사실 그녀는 '고孤운원'이라는 이 세 글자가 이름인지도 확신할 수 없었다. 그녀는 그저 별로 할 일도 없고 해서 지나는 길에 올라와 한번 살펴보는 중에 지나지 않았다.

그 자리를 떠나려다가 갑자기 지난번에 다 읽지 못한 몇 권 이 생각났다. 비연은 잠시 망설이다가 그것들을 모두 꺼내 들 었다.

곧 지난번에 자신이 놓친 것을 하나 발견했다. 지난번에 그 녀는 은거 의원을 찾느라 고씨 가문의 방계 위주로 읽었고, 직 계는 오히려 제대로 살피지 않았다.

지금 고씨 가문의 직계를 살피다 보니 본가의 제3대 가주부 터 적자는 항렬자에 따라 이름을 지었음을 알 수 있었다. 항렬자는 바로 '운云, 세世, 북北, 택澤'이었다. 바꿔 말하자면, 제3대 가주의 적자가 '운'이라는 항렬자를 쓴다면 이름에 '운' 자가 들어가 있다는 이야기였다.

그녀는 다급하게 살펴보았다. 제3대 가주에게는 모두 세 명의 적자가 있었는데 가장 어린 아들의 정보가 전혀 보이지 않았다. 심지어 이름조차도!

어린 나이에 요절했다 해도 이름은 있기 마련이었다. 이런 상황이라면 가능성은 단 하나밖에 없었다. 이 막내아들이 어떤 사정으로 인해 족보에서 모든 정보가 삭제되고 빈자리만 남겨졌다는 것.

그렇다면 '고孤운원'은 정말로 사람 이름인 걸까?

한밤중이었지만 비연은 예의를 따지지 않고 즉시 고 이야의 방문을 두드렸다.

고 이야는 잠에 취한 얼굴로 한참 동안 비연의 말을 들은 다음에야 겨우 무슨 말인지 이해한 것 같았다. 그가 하품하며 물었다.

"애야, 한밤중이다. 그런 건 알아서 뭐 하려고 그러니?"

비연이 다급하게 재촉했다.

"어서 말해 주세요!"

고 이야가 다시 하품하며 말했다.

"제4대……, 운 자 항렬이라? 생각 좀 해 보자."

비연이 바로 족보를 그에게 들이밀며 진지하게 말했다.

"보세요. 장자는 고운예, 차자는 고운기, 그리고 셋째 아들의 이름을 누군가가 고의로 지워 버렸다고요!"

고 이야는 족보를 보고 깜짝 놀라 잠이 후다닥 달아나 버린 것 같았다.

"너, 너……, 감히 족보를 꺼내 오다니! 대체 뭐 하는 짓이냐!"

고 이야가 족보를 빼앗으려 했지만 비연이 즉시 거둬들였다.

"어찌 된 일인지 알려 주세요. 이 일맥은 방계가 되어 나간 건가요, 아니면 무슨 변고가 생긴 건가요?"

고 이야도 더 이상 얼버무리지 못하고 열심히 생각하다가 한참 후에야 말했다.

"어린 시절, 가문의 어르신에게서 그런 이야기를 들은 적이 있다. 고씨 가문에 아주 눈부신 재능을 지닌 약사가 한 분 계셨는데 혼사 문제로 가문에서 쫓겨났다고 하더군. 네가 묻는 조상님이 그분인지는 나도 잘 모르겠다만."

눈부신 재능을 지닌 약사?

비연은 마음속에 한기가 스며드는 것을 느끼며 서둘러 물었다.

"그 조상님 성함이 고孤운원인가요?"

"고운원?"

고 이야는 망연한 표정이었다. 아무래도 그 초상에 적힌 시구를 잊은 지 오래인 모양이었다.

비연은 족보를 그에게 건네고는 몸을 돌려 달리기 시작했다. 그녀는 전속력으로 장경탑까지 달려가, 그 초상화를 떼어 잘

갈무리했다.

만약 고顧운원을 만나지 않았다면 그녀는 '고孤운원'이라는 이 세 글자에 마음을 쓰지 않았을 것이다. 만약 고顧운원의 그 얼굴이 아니었다면 그녀는 '고孤운원'을 백의 사부와 연결시키지도 못했을 것이다. 그리고 또한 자신이 무엇 때문에 다른 곳이 아니라 고씨 가문에 다시 태어났는지 호기심을 느끼지도 못했을 것이다.

고顧운원이 백의 사부가 아니라면 '고孤운원'은?

비연은 마음 가득 의혹을 품고, 초상화를 가지고 요화각으로 돌아왔다. 그리고 다음 날 사람들을 보내 화가를 찾았다. 근거 없이 이런저런 추측을 하느니 차라리 이 초상을 복원하는 편이 나았다!

이틀이 지났다. 꽤 수준이 높은 화가 몇 사람이 찾아왔으나 초상을 보자 모두 고개를 저으며 절대로 복원할 수 없다고들 말했다. 비연은 쉽게 포기하지 않고 계속 화가를 찾는 한편, 망할 얼음이 오기를 기다렸다. 그러면 정말로 실력이 높은 화가를 찾아 줄 수 있을 거라는 생각이 들었던 것이다.

비연은 망할 얼음이 곧 자신을 찾아오리라 생각했다. 그 약방문을 맡은 지 꽤 오랜 시일이 흘렀으니까. 그러나 이틀을 기다려도 망할 얼음은 오지 않았다.

이틀 동안 그녀는 아무 일도 하지 않고 온 정신을 집중하여 약방문을 연구했다. 그러나 여전히 수확이 없었다. 그녀는 다시 이 약방문이 가짜인 것은 아닌지 의심하기 시작했다!

망할 얼음이 오지 않는다 해서 시간을 낭비하고만 있을 수는 없었다. 오늘은 아침 일찍부터 관복을 입고 마차에 올랐다. 궁에 들어가 정식으로 일을 시작할 생각이었다.

　그러나 비연이 궁문에 도착해 마차에서 내렸을 때, 정왕 전하와 정역비가 궁문 쪽으로 걸어오는 것이 보였다.

의외, 삼전하가 폄적되었다

정왕 전하와 정역비가 서로 대화를 나누며 비연 쪽으로 오고 있었다.

정역비는 분명 조회를 끝내고 나오는 길일 터였다. 하지만 정왕 전하는 조회에 참석하시지 않는데, 두 사람이 어떻게 이 시간에 함께 있는 걸까? 설마 정왕 전하께서 어젯밤을 궁에서 보내시고 오늘 아침에야 문을 나서시는 걸까?

궁금해 죽을 지경이었지만 일단 옆으로 비켜서서 몸을 굽혀 절했다.

당정에게서 들은 이야기가 떠올라 그녀의 마음은 감격으로 가득 차 있었다. 직접 달려가 감사하다는 말을 하고 싶었지만 결국은 참아 넘겼다. 당정에게서 무슨 이야기를 들었다고 그녀를 팔아넘길 수가 없었다.

정역비가 곧 비연을 발견했다. 몇 번이나 그녀에게 거절당했음에도 불구하고 난처한 빛도, 실망한 빛도 보이지 않았다. 그저 그녀를 보기만 하면 어떤 일이 있었는지 모두 잊어버리는 것 같았다.

그가 아주 기뻐하며 재빨리 달려왔다.

"약녀, 우연이네!"

비연이 그를 흘깃 보고는 특별히 읍하며 인사했다.

"정 대장군."

그녀의 이런 행동은 정역비에게, '그녀는 이제 어약방 대약사일 뿐 아니라 종1품의 관원이니 그와 동등하다, 더 이상 그녀를 약녀라 불러서는 안 된다'는 것을 일깨우기 위함이었다.

정역비도 바보가 아니니 바로 비연의 뜻을 알아차렸다. 그는 비연의 동작 그대로 읍하더니, 일부러 그녀를 불렀다.

"약녀."

비연은 마침내 정역비에게 예의에 대해 이야기하는 건 헛수고라는 걸 깨달았다. 힘을 낭비하지 않는 가장 좋은 방법은 완전히 무시하는 것이었다.

상대하지 말자!

그녀가 시선을 돌렸다. 정왕 전하가 정역비를 기다리시는 듯 살짝 떨어진 곳에 그대로 서 계셨다. 그녀는 정왕 전하가 자신을 피할 거라는 사실을 알기에 그대로 그 자리에서 몸을 굽혀 공손하게 절했다. 그러자 놀랍게도 정왕 전하가 다가왔다.

"고 약사, 일어나거라."

비연이 몸을 일으키며 고개를 들었다. 마음속이 감격으로 가득 차 있었으나 감히 오래 바라볼 수는 없었다.

군구신도 더 이상 아무 말도 하지 않았지만 그 자리를 떠나지도 않았다. 일부러 가지 않는 것인지, 아니면 정역비를 기다리는 것인지는 알 수 없었다.

궁문이라 해도 정역비는 조금도 거리끼는 빛이 없었다. 그가 갑자기 비연의 귀에 대고 속삭였다.

"약녀, 본 장군에게 좋은 소식이 하나 있는데, 들어 볼래?"

비연은 재빨리 뒷걸음질 쳐서 그와 거리를 벌렸다.

"장군께 무슨 좋은 소식이 있겠어요? 듣지 않겠습니다!"

비연은 사실 그 자리를 피하고 싶었지만 정왕 전하가 계시니 떠날 수도 없었다. 그러나 정역비는 기분이 꽤 좋은 듯 그녀의 이상한 모습도 눈치채지 못하고 아주 신비스러운 표정으로 웃어 보였다.

"좋은 소식이 바로 너랑 관계있는데도? 듣고 싶지 않은 거야?"

비연이 깜짝 놀라 재빨리 외쳤다.

"그럼 빨리 말해요!"

정역비는 비연이 조바심을 내도록, 일부러 가까이 오라고 손짓했다.

비연이 정역비 가까이 가려 하자 침묵하던 군구신이 입을 열었다.

"고 약사, 백리명천이 만진국 황족의 자리에서 밀려나 평민으로 폄적되었다. 너에게 분명 좋은 일이라고만은 할 수 없다!"

비연이 깜짝 놀랐다.

"전하, 그게 대체 어찌 된 일인가요?"

군구신이 설명하자 비연도 겨우 알게 되었다. 기욱이 동쪽 변경에 도착해 두 번에 걸쳐 승리를 거두고 만진국 황실에 압박을 가했던 것이다.

만진국 황실은 약을 훔친 일로 신농곡에 사과했을 뿐 아니라 백리명천을 황족에서 폄적하여 성의를 보였다. 그러나 만진국 황실은 백리명천이 천염국에 잠입하여 저지른 행동에 대해서는, 기욱이 병사들을 이끌고 평민을 죽이고 양식을 빼앗았다는 이유로 사과를 거부했다. 오히려 천염국이 사실을 과장하고, 그것을 구실로 삼아 전쟁을 일으켰다고 비판하였다.

비연은 깜짝 놀랐다! 백리명천과 같이 총애받던 황자가 그렇게 쫓겨날 수 있다니? 그녀가 다급하게 물었다.

"전하, 이 일은 아무래도 사기겠지요?"

군구신도 어젯밤에야 이 소식을 들었다. 그리고 그 역시 비연만큼이나 놀랐다.

그의 생각에 따르면 만진국 황실에 있어 가장 영리한 방법은 신농곡과 천염국 양쪽에 모두 사과하고, 전쟁을 끝내기 위한 인질로 백리명천을 진양성으로 보내는 것이었다.

이렇게 되면 백리명천은 인질이 되어 진양성에 연금당할 뿐 생명의 위협을 받을 일은 없게 된다. 그리고 신농곡 입장에서도 천염국과 인질을 두고 다투기는 힘들 것이다.

군구신이 또한 이해할 수 없는 것은, 기욱이 이렇게 빨리 승리를 두 번이나 거두고, 만진 황실에게 천염국을 성토할 핑계를 만들어 주었다는 사실이었다.

또한 만진국 황제가 백리명천처럼 총애하던 적자를 쫓아낸 것도 이해할 수 없었다!

지금 천염국과 만진국은 전쟁 중이었고, 백리명천은 여전히 신농곡과 천염국의 지명 수배 대상이었다. 만진국은 신농곡에게는 해명을 한 셈이니, 이리 되면 여론이 천염국에게 유리할 것이 없었다.

군구신은 만진국 황실이 거짓으로 내쫓은 것인지, 아니면 정말로 백리명천을 희생시킬 생각인지 확신할 수 없었다. 지금 백리명천은 노집사의 손에 떨어졌지 그의 손에 떨어진 것이 아니었다.

그리고 이것은 비연에게도 그렇게 좋은 소식이 아니었다. 백리명천의 성격으로 볼 때 반드시 복수하려 할 것이기 때문이다.

비연이 곧 군구신이 걱정하는 바를 알아차리고는 다시 한번 몸을 굽혔다.

"전하께서 일깨워 주심에 감사드립니다!"

정역비는 백리명천이 이렇게 무너진 데다 기욱도 여론의 뭇매를 맞게 되었으니 비연에게 좋은 소식이라 말한 것이었는데, 비연의 반응을 보고 나니 이것이 그렇게 좋은 일만은 아니라는 생각이 들었다. 그는 조금 난처한 기분에 제 코만 쓰다듬었다.

군구신이 무표정한 얼굴로 말했다.

"백리명천은 여전히 우리 천염국의 지명 수배범이고, 부황께서는 이 일을 본 왕에게 위임하셨다. 본 왕은 곧 사람들을 보내 고씨 저택을 지키게 할 것이니, 고 약사도 평소에 더욱 신경 쓰는 것이 좋겠군."

"예! 감사합니다, 전하!"

비연이 세 번째로 절을 했다.

군구신은 더 이상 할 말이 없는 듯했다. 비연은 하고 싶은 말이 많았지만 정역비 앞에서는 할 수 없으니, 그저 이렇게 서로 얼굴을 마주 보며 침묵을 지킬 수밖에 없었다. 두 사람 모두 이 자리를 떠날 생각이 없으면서.

비연이 몰래 군구신을 훔쳐보았다. 공교롭게도 군구신도 그녀에게로 시선을 돌린 참이었다. 비연이 재빨리 눈짓을 보내자 군구신이 미간을 살짝 찌푸리더니 곧 그녀의 시선을 피했다.

두 사람이 눈빛을 주고받은 셈이었지만, 정역비는 안타깝게도 전혀 눈치채지 못했다. 그가 잠시 생각에 빠져 있더니 진지하게 말했다.

"약녀, 걱정하지 마. 본 장군도 곧 사람을 몇 명 뽑아서 고씨 저택을 남몰래 주시하게 할 테니까. 만약 백리명천이 온다면, 우리야말로 독 안에 든 쥐를 잡는 셈이 되겠지!"

비연이 다급하게 말했다.

"전하께서 사람을 보내 주신다 하셨으니, 정 대장군께서 마음 쓰실 필요 없어요!"

정역비의 수하들이 고씨 저택을 주시한다면…… 그녀의 일상이 편할 리 없지 않은가?

그러나 정역비도 비연을 상대하지 않고 진지하게 말했다.

"전하, 제가 병영에서 정예병을 몇 명 뽑겠습니다. 미행의 명수들로 말이지요. 제가 지금 당장 가서 뽑아 보낼 터이니, 전하께서 부리시지요!"

비연이 거절하려는 찰나 군구신이 먼저 질책하듯 말했다.

"정신이 나갔군! 군대의 병사를 그렇게 함부로 쓰겠다고?"

"예, 저는 정신이 나갔습니다."

정역비가 의기소침하게 코를 비비며 더 이상 아무 말도 하지 않았다.

"동쪽 변경의 평화는 결코 오래가지 않을 거다. 기욱은 경솔한 자니 쓸 수 없고."

군구신이 일부러 목소리를 낮춰 이야기했다.

"정역비, 이번에 본 왕은 너에게 걸겠다."

이 말에 정역비의 눈이 순식간에 밝게 빛나기 시작했다. 그가 감동한 목소리로 말했다.

"전하, 저는 반드시……."

군구신이 눈짓하며 그의 말을 끊었다.

"돌아가거라."

정역비도 그제야 지금 이곳이 궁문 앞이라는 것을 깨달았다. 그는 군구신에게 손을 모아 인사한 다음 비연에게도 기쁜 표정으로 웃어 보이고는 몸을 돌려 빠른 걸음으로 자리를 떠났다. 그러자 군구신도 일각을 지체하지 않고 몸을 돌려 마차 방향으로 걸어갔다.

비연은 속으로 정역비를 대신해 기뻐하고 있었다. 정왕 전하가 이렇게 명백하게 정씨 가문을 도우려 한다면 기씨 가문은 아마 곧 편치 않아질 것이다. 그녀는 천염국의 판세를 상당히 정확하게 파악하고 있었지만 전혀 흥미를 느끼지 못했다.

오늘부터 그녀는 그저 대약사로서의 임무를 훌륭하게 해내며, 전심전력으로 빙해의 비밀을 찾아낼 것이다!

군구신이 마차에 올라탄 것을 보고 비연은 조금 전의 모습

그대로 공손히 몸을 굽혀 감사를 표시했다. 그리고 관복을 정돈한 다음 바쁘게 궁문 안으로 들어갔다.

성가신 상황

비연은 어약방으로 가는 내내 속으로 다행이라고 생각했다. 천염국의 상황이 어떻게 변화하건 어약방에는 별 영향이 없을 테니까. 그러나 그녀가 어약방에 도착하자마자 남궁 대인이 나쁜 소식을 알렸다.

지난달 초, 병부는 약제국에서 상당량의 금창약을 받아 동쪽 변경으로 보냈다. 그러나 그 금창약의 약효가 예전에 훨씬 못 미쳤을 뿐 아니라 되레 부상을 입은 병사들을 죽게 만들기도 했다. 약을 쓰고 상처가 더욱 심해진 병사들은 응급 처치를 요하는 상황이라고 했다.

약제국은 천염국 전체의 약품 조제와 매매를 관리하는 기구로, 직능상으로는 어약방에서 독립되어 있었다. 그러나 실제로는 어약방의 관리를 받고 있었다. 바꿔 말하면, 약제국이 잘못을 저지르면 어약방의 대약사가 제대로 관리하지 못한 책임을 지게 되어 있었다!

부임하자마자 성가신 상황을 마주하게 되는 일이야 흔하다지만, 이건 너무 큰일이었다!

병사들의 생명과도 관계있고, 또한 전쟁의 승패도 좌우하는 일이었으며, 더 나아가 천염국의 안위와도 상관있는 일이었다!

게다가 이번에 병사들을 이끄는 이가 바로 그녀의 원수나 마찬가지인 기욱이었다!

비연이 화가 나서 탁자를 두드리고 분노한 목소리로 물었다.

"남궁 대인, 군수물자가 얼마나 중요한지 아실 터이니, 나에게 어약방에서 이 약들을 검증할 사람들을 파견하지 않았다고는 말하지 마세요!"

남궁 대인의 미간에는 참담한 기운이 가득했다. 그가 다급하게 대답했다.

"검증이야 했지요. 바로 상관영홍이 직접 가서 검증했습니다. 당시……, 당시에는 아무 문제가 없었습니다! 그건…….""

비연이 더 물어보려 했을 때 남궁 대인이 금창약 한 병을 건넸다.

"고 대약사, 이게 바로 군대에서 급하게 보내온 약인데, 확실히 문제가 있습니다. 병부에서 우리에게 보내왔습니다."

비연이 약병을 열어 보았다. 연고를 덜어 내 볼 필요도 없이 가볍게 냄새를 맡는 것만으로도 문제가 어디 있는지 알 수 있었다. 그녀는 더욱 화가 났다.

"이 약에서 가장 중요한 것은 삼칠三七일 텐데요? 삼칠이 어혈을 풀어 주고, 붓기를 가라앉히며, 통증을 줄여 주니까. 맡아 보세요. 삼칠 냄새가 나는지? 상관영홍이 데려갔던 약사들은 모두 시체였답니까? 대체 약을 어떻게 검증한 거죠? 어서 대리시에 보고해서 상관영홍을 체포하라고 하세요. 그리고 검증에 참여했던 모든 약사들도! 단 한 명도 빼놓아서는 안 됩니다! 약제국 쪽에서도, 이 약을 만드는 데 참여한 모든 이들을 함께 체포하고요!"

　비연은 이 상황을 처리할 자신은 있었다. 그러나 결코 뒤집어쓸 생각은 없었다. 책임을 져야 할 사람은 절대로 도망칠 수 없을 것이다!

　삼칠의 가격이 결코 낮지 않으니 아마도 누군가가 빼돌린 돈도 적지 않을 것이다. 추궁해서 돌려받지 않는다면 어약방에서 사비를 풀어 보충해야 할 터였다.

　비연이 사람을 잡아야 한다는 생각에 다급해하자, 남궁 대인도 다급하게 말했다.

　"고 대약사, 본관이 이미 대리시에 보고했습니다. 다만 지금 상황을 보면, 사람을 잡아 돈을 돌려받는다 해도 일에는 아무 도움이 안 될 것 같습니다!"

　비연은 이해할 수 없었다.

　"무슨 뜻이죠?"

　남궁 대인이 난감해하며 설명했다.

　"고 대약사, 지난 수년 동안 삼칠의 수확이 좋지 않아 가격이 하루가 다르게 올랐습니다. 올해 대부분의 약재상에서는 아예 물건을 구할 수 없었고, 약제국에서 저장하고 있던 양에도 한도가 있으니…… 쓸 수 있는 것은 이미 다 쓴 다음이었지요. 두 달 동안, 약제국 생약고에는 삼칠이 아예 떨어진 상황이었고, 신농곡 약재 시장으로도 사람을 보냈지만 별다른 소식이 없었습니다."

　이 말을 들은 비연은 즉시 어찌 된 사정인지 알아차렸다. 상관영홍은 몰래 삼칠을 빼돌려서 사익을 취하려 한 것이 아니라 삼칠의 양을 허위로 보고한 것이다. 약제국에 있는 삼칠의 양으로는 그렇게 많은 금창약을 제공할 수가 없었다. 바꿔 말하면, 지금 약을 살 돈이 있다 해도 약을 살 수가 없었다!

군대에 약이 부족하다면 일단 가능한 한 빨리 그 약을 보충해 주어야 한다. 다른 일은 그다음이었다!

비연이 잠시 고민하다가 엄숙하게 물었다.

"어약방에는 얼마나 남아 있죠?"

"고 대약사, 어약방에도 얼마 남아 있지 않습니다. 이렇게 모자란 약재라면 어약방에서만 쓸 수 있을 뿐 밖으로 내보낼 수는 없습니다."

비연은 약왕정을 쓰다듬었다. 그녀가 막 입을 열려 했을 때 남궁 대인이 갑자기 말했다.

"고 대약사, 본관에게 계책이 하나 있습니다. 이게 말이 되는지는 모르겠지만……."

비연은 호기심을 느꼈다. 이런 상황에서 남궁 대인에게 무슨 계책이 있는 걸까?

"한번 들어 볼까요."

그러자 남궁 대인이 말했다.

"고 대약사, 지금 신농곡으로 가서 약을 구한다 해도 동쪽 변경으로 약을 보낼 시간적 여유가 없습니다. 유일한 방법은 현공상회에서 약을 사는 것입니다. 삼칠은 남방에서 나는 약재인데, 수년 동안 현공상회가 모두 높은 값에 구매했습니다. 현공상회는 동쪽 변경에서 매우 가까운 곳에 있으니, 현공상회에서 직접 약을 보낼 수 있다면 불필요한 사망자가 나오는 것을 줄일 수 있을 겁니다."

현공상회?

비연도 이 조직에 대해 들어 본 적 있었다. 정왕 전하의 그 검은 흑패가 바로 현상각의 것이었고, 현상각은 현공상회 소속이었다.

현공상회는 현공대륙에서 가장 큰 재벌이라 할 수 있었다. 채 역사가 20년도 되지 않았으나 사업이 현공대륙 전체에 두루 퍼져 있었고, 세력도 결코 얕볼 수 없었다. 하지만 약재에까지 손을 대어 신농곡과 다투고 있는 줄은 몰랐다.

비연이 진지하게 물었다.

"현공상회가 매점매석한 셈인데, 지금 같은 시기에 그들에게서 약을 사려면 그 대가가 결코 작지 않겠지요! 어약방이 감당할 수 있을까요?"

남궁 대인은 조금 위축된 표정으로, 사실대로 털어놓았다.

"고 대약사, 현공상회에서 약재 매매를 맡고 있는 이사가 바로 온우유……, 온 약관의 사촌 오라비인 온자걸입니다! 온 약관이 나선다면 꽤 쉽게 풀릴 겁니다."

비연이 잠시 멈칫했다가 곧 큰 소리로 웃기 시작했다. 남궁 대인이 그렇게 긴 이야기를 늘어놓았지만, 이제야 정말 중요한 이야기가 나온 것이다!

온우유 뒤에는 온씨 가문만이 아니라 현공상회도 있었던 것이다. 온우유가 어약방에서 단숨에 약관까지 올라간 것도 이상한 일이 아니었다!

비연이 웃는 것을 보고 남궁 대인은 조금 난처한 듯했지만 그래도 계속 말을 이었다.

"온 약관이 바로 옆방에 있습니다. 본관이 온 약관에게 설명을 끝내 놓았으니…… 고 대약사가 결단을 내려 주시지요!"

비연은 조소하기 시작했다.

"남궁 대인, 대인의 임기 기간 내에 만든 사건이니 스스로 해결할 방법이 있으신 것 아닙니까? 저에게 물어보실 필요가 있을까요?"

비연은 온우유에게 가서 도움을 청할 생각이 결코 없었다. 그녀는 남궁청운의 방식에 반감을 느끼며 몸을 일으켰다. 그러나 바로 그 순간, 문밖에서 매 공공이 도착했다는 소리가 들렸다.

남궁 대인이 서둘러 밖으로 나갔고, 비연도 천천히 몸을 일으켰다. 그런데 누가 알았겠는가? 매 공공이 방 안으로 들어오자마자 이리 말할 줄은.

"고 대약사, 병부의 이 상서가 황상께 대약사를 고발했소이다. 황상께서 속히 현경전으로 오라 하셨습니다."

병부상서가 정신이 나가기라도 한 걸까?

비연에게 이 상황을 처리하게 하는 것이야 그렇다 치더라도, 대체 무엇 때문에 그녀를 고발한다는 말인가?

비연은 무엇인가 잘못되어 가고 있다는 사실을 눈치챘다. 그때, 남궁청운이 다급하게 말했다.

"본관도 함께 가겠소이다!"

비연이 고개를 끄덕이며 생각했다. 남궁청운이 일처리는 믿을 만하지 않지만 어쨌든 도리는 지킬 줄 아는 사람이라고.

그러나 매 공공이 말했다.

"남궁 대인, 황상께서 보고자 하시는 사람은 어약방의 관리자입니다. 남궁 대인께서는 괜히 떠들썩하게 구시지 않는 것이 낫겠습니다."

이 말에 비연은 한기가 일었다. 이건 대체 무슨 뜻일까? 천무제가 그저 달갑지 않은 정도가 아니라…… 이 기회를 틈타 그녀에게서 흠집을 찾으려는 걸까?

비연이 시간을 지체하지 않고 즉시 매 공공을 따라 현경전으로 향했다. 그녀가 막 문 안으로 들어서자 제일 먼저 기 대장군, 즉 기세명이 눈에 들어왔다.

비연의 눈가에 복잡한 빛이 스쳐 갔다. 그녀가 빠르게 걸어 들어가 천무제에게 몸을 굽혀 예를 행했다.

기세명이 예의라고는 전혀 지킬 생각이 없는 듯 노한 목소리로 외쳤다.

"고 대약사! 군대가 분노하면 평정하기 어렵고, 군심 역시 가라앉히기 어려운 법이오! 그대는 어약방 대약사의 신분이니, 어약방을 대표하여 억울하게 죽은 병사들에게 납득할 만한 설명을 하고, 직접 군중에 가서 사과해야 할 것이오!"

핍박, 군령장

군대의 분노를 평정하고, 군심을 가라앉히라고?

비연은 기세명이 이 일을 '군심'과 연루시킬 거라고는 생각지 못하던 차였다. 이렇게 큰일을 덮어씌우다니, 천무제가 그녀를 지명해 불러들인 것도 이상한 일은 아니었다.

군적, 무기, 군량 등은 병부가 관할한다. 그러나 군심과 관련한 일이라면…… 기세명은 대장군으로서, 동쪽 변경에 주둔 중인 10만 병사를 관리하는 신분이니 비연에게 물을 권리가 있었다.

비연이 정말 군대에 간다면, 황제의 권력이 미치지 않은 곳에서 기욱이 그녀를 그대로 놓아주려 할까?

그녀가 고개를 돌려 사양하지 않고 물었다.

"기 대장군, 원한에는 상대가 있고, 빚에는 빚쟁이가 있는 법이죠. 그렇게나 간단한 도리를……. 설마 수하의 병사들이 모두 이치를 모르는 이들입니까?"

기세명이 노기등등하여 비연을 노려보더니 천무제에게 읍하며 말했다.

"이 일을 일으킨 장본인을 찾으려면 시일이 얼마나 걸리겠습니까? 전선에서는 어찌 기다릴는지요? 고 대약사가 어약방 대약사고, 약제국은 대약사의 관할인데, 이렇게 급한 상황에서 뜻밖에도 책임을 미루고 성의라고는 전혀 보이지 않으니! 장래, 병사들이 어떻게 약제국을 믿을 수 있겠습니까? 약제국에서 만든 약을 어찌 감히 쓸 수 있겠습니까?"

비연은 답답했다. 사건을 조사하는 데는 시일이 필요하고, 그녀가 군대로 가기까지는 시일이 걸리지 않는다는 말인가? 이 이유가 너무 저열하지 않은가.

그녀가 반박하려 했을 때, 병부의 이 상서가 재빨리 기세명을 도와 이야기하기 시작했다.

"기 대장군의 말씀이 지극히 옳습니다. 이 일의 책임이 비록 고 대약사에게 있지 아니하나, 고 대약사는 어약방의 수장이니, 이치대로 어약방을 대표해 태도를 표명해야 할 것입니다. 첫째로는 병사들에게 상황을 설명하고, 둘째로는 병사들에게 약속을 해야겠지요. 군심을 안정시키는 것이 급하니, 이 일을 일으킨 장본인이 누구인지, 누가 죄를 지었는지 하는 문제는 천천히 조사해도 늦지 않습니다."

이 병부상서는 기 대장군보다 언변이 좋았다. 최소한 이 말은 꽤 듣기 좋았다.

비연은 고개를 끄덕여 그의 말을 인정한 다음, 진지하게 말했다.

"황상, 어약방은 당연히 이 일을 해명할 것입니다. 다만 제가 오늘 당장 출발하여 아무리 빨리 간다 해도 군대에 도착하기까지는 최소한 한 달의 시일이 필요합니다. 기 대장군과 이 상서께서 방금 말씀하셨듯이, 이렇게 중요한 상황에서 전선을 푸대접할 수는 없는 일입니다. 제가 보기에는, 제가 서신을 한 통 써서 비둘기를 통해 군대에 보내는 것이 상책일 듯합니다!"

그러자 기세명이 갑자기 힘차게 박수를 치며 중얼거렸다.

"제가 어찌 그런 문제를 잊고 있었는지 모르겠습니다!"

이 상서가 서둘러 말했다.

"고 대약사가 군대까지 가는 데 시일이 걸리니, 이……, 이 일을 어찌하면 좋을는지요?"

지금까지는 단순히 의심했을 뿐이었지만 두 사람이 박자를 맞추는 것을 보니 비연은 확신하게 되었다. 이 둘은 연극을 하고 있었다. 기세명은 정말로 비연을 군대로 보내려는 것이 아니라 다른 목적이 있는 게 틀림없었다.

비연은 대답하지 않고 천무제를 흘깃 바라보았다. 그는 미동도 없이 앉은 채 아무 반응도 보이지 않았다. 비연은 천무제처럼 영명한 사람이 이 두 사람이 연극을 한다는 사실을 눈치채지 못할 리 없다고 생각했다!

이 일에 대해 천무제는 어떤 입장인 것일까?

얼마 지나지 않아 이 상서가 탄식하며 말했다.

"그렇다면 지금, 고 대약사가 직접 서신을 적어 가능한 한 빨리 군대로 보내는 수밖에 없을 것 같습니다."

기 대장군이 달갑지 않은 듯 차갑게 코웃음 쳤다.

"그럼 고 대약사께서 지금 당장 사과의 뜻을 담은 서신을 적으면 좋겠습니다. 황상께서 읽어 보시고, 오늘 당장 보낼 수 있도록 말입니다!"

천무제가 이 방법을 승낙하며 바로 지필묵을 가져오라고 명했다.

상황이 이렇게 간단할 리 없다고 생각한 비연은 문장에 들어가는 낱말 하나도 매우 신중하게 골랐다. 어약방을 대표하여 사과하고, 사안을 분명하게 조사하여 죄를 지은 장본인을 잡겠다고 약속했다. 또한 병사들에게 충분한 배상을 하고, 가능한 한 빨리 금창약을 보충하겠다고도 썼다. 동시에 어약방과 약제국에 대한 관리를 더욱 철저히 할 것이며, 그녀가 직위에 있는 동안 유사한 상황이 다시 발생한다면 그녀가 모든 책임을 질 거라고도 적었다.

이외의 다른 약속은, 한 줄도 적지 않았다.

비연이 붓을 놓자마자 옆에서 들여다보던 기세명이 무시하듯 코웃음 쳤다.

"성의라고는 전혀 없군! 병사들을 설득하기 힘들겠어!"

그는 다시 한번 천무제에게 읍하며 진지하게 말했다.

"황상께 청하오니, 금창약을 보충하는 일에 대해 어약방 대약사로 하여금 이 자리에서 군령장을 쓰게 해 주시옵소서. 이 약과 관련하여 다시는 어떤 착오도 일어나지 않을 것을 보증할 수 있도록 말입니다. 그리고 그 군령장을 군대로 보내면 될 것입니다. 이 약으로 인해 군심이 동요되고 전쟁에서 승기를 잡을 수 없게 된다면, 고 대약사는 마땅히 군법에 따라 처벌을 받아야 할 것입니다!"

이 상서도 즉시 찬성했다.

"고 대약사가 직접 동쪽 변경까지 갈 수 없으니, 군령장을 써야만 군대의 분노를 가라앉히고 군심도 안정시킬 수 있을 것입니다!"

군령장?

비연이 숨을 들이마셨다. 마침내 기세명과 이 상서가 진정으로 원하는 것이 무엇인지 알게 되었다!

이 두 사람은 이미 삼칠이 부족하다는 사실을 알고 있는 게 틀림없었다. 단시일 내로 어약방에서 충분한 금창약을 만들어 내지 못한다는 것을 알고 저러는 것이다! 기세명은 사적인 원한을 갚기 위해, 그리고 이 상서는 책임을 미루기 위해 뜨거운 감자를 어약방으로 보내려는 것이 분명했다! 제기랄!

비연은 말없이 천무제가 입을 열기만을 기다렸다. 그가 어떤 태도를 취할지 지켜볼 생각이었다.

천무제는 그녀의 서신을 한번 읽어 보고는 뜻밖에도 기세명의 의견에 찬성했다.

"확실히 성의가 부족하군. 고 대약사, 이 일은 비록 그대의 잘못이 아니나, 어약방을 맡은 이상 그 직책에 맞는 책임을 다해야 할 터. 군령장을 쓰지 않을 수 없겠군!"

비연의 눈에 깨달음의 빛이 스쳐 갔다. 그리고 그 곱고 작은 얼굴은 불쾌한 표정을 지었다! 그녀는 이 자리에 기세명과 이 상서가 있다는 사실도 신경 쓰지 않고, 어두운 얼굴로 천무제를 차갑게 노려보았다.

그 모습을 본 기세명과 이 상서가 모두 깜짝 놀라 서로를 바라보았다. 그리고 속으로 생각했다. 이 계집이 대체 황상 앞에서 저게 무슨 표정이란 말인가? 너무 대담한 것 아닌가?

천무제는 더욱 놀라 즉시 비연에게 경고의 눈빛을 보내고는 탁자를 내리쳤다.

"고 대약사, 이게 무슨 태도냐! 명을 따르지 않겠다는 것이냐?"

"감히 그럴 수야 없지요! 명을 받들겠습니다!"

비연은 말을 마치자마자 즉시 붓을 들어 군령장을 적었다. 다 쓴 후 바로 수인을 찍고, 천무제에게 보여 주기 전 먼저 기세명에게 건넸다.

기세명은 비연이 군령장 하단에 '군법에 의해 처벌을 받겠다'는 문구가 아니라 '즉시 참수형을 받겠다'라고 쓴 것을 발견했다. 그는 속으로 비연이 영리하긴 해도 결국은 아직 젊어서 쉽게 감정에 휘둘린다고 생각했다!

그녀가 신농곡 영예 이사의 직함을 가지고 있으면 무엇 하겠는가? 이 군령장은 그녀가 직접 쓴 것이고, 때가 되면 황상이 이 군령장에 따라 그녀를 처벌할 수 있다. 신농곡 역시 추궁할 수 없을 것이다!

기세명이 남몰래 기뻐하며 비연을 향해 엄지손가락을 세웠다.

"고 대약사, 이 정도 성의라니, 본 대장군이 탄복했소!"

기세명이 군령장을 천무제에게 건넸다. 천무제는 '즉시 참수형을 받겠다'는 문장을 보자 바로 안색이 변했다.

그도 당연히 기세명이 공적인 일을 핑계로 사적인 원한을 갚으려 한다는 것을 알고 있었다. 그리고 삼칠이 부족해 어약방

에서 단시일 내에 금창약을 만들어 낼 수 없다는 사실도 알고
있었다.

그가 기세명의 편을 든 것은 단지 비연이 신농곡 영예 이사라
는 것이 아주 불만스러웠기에, 그녀의 기세를 억누르고 싶었던
것에 지나지 않았다. 비연을 핍박해 자신에게 복종하게 하고,
설사 신농곡이라 해도 모든 사안에서 그녀를 비호할 수 없다는
것을 알려 주고 싶었다. 황제인 그야말로 그녀의 진정한 주인이
라고!

군령장에 '군법에 따라 처벌한다'라고 쓴다면 여지를 상당히
많이 남겨 놓는 셈이었다. 어떻게 처벌할지는 군대에서 결정한
다 해도, 그는 황제로서 처벌에 간섭할 절대적인 권력이 있었
다. 그런데 비연이 뜻밖에도 '즉시 참수형을 받겠다'라고 쓸 줄
은 상상조차 하지 못했다.

이 계집은 정말 바보인 건가? 아니면 일부러 그에게 어려운
문제를 안겨 주려는 걸까? 비연이 죽는다면 어디 가서 목숨을
연장하는 단약을 얻을 수 있단 말인가?

황상, 편파적이시군요

비연은 천무제에게 어려운 문제를 안겨 주었을 뿐 아니라, 마음속으로 다른 계산도 있었다!

천무제가 묻는 듯한 시선을 던졌지만 그녀는 그 의미를 모르는 척했다. 그녀는 아무 말 없이 허리를 곧추세우고, 죽음도 두렵지 않다는 듯 결코 굴복하지 않겠다는 표정을 지었다.

기세명과 이 상서는 비연과 천무제의 비밀을 알지 못하니, 비연의 이런 모습을 보고 서로 눈빛을 교환하며 비웃기 시작했다.

천무제는 비록 굳게 참아 내기는 했지만 안색이 정말 좋지 않게 변해 갔다! 그는 비연이 그에게 애걸하기를 바라고 있었다. 그런데 지금 비연은 애걸은커녕, 그가 어떻게든 꾀를 내어 그녀를 이 위기에서 빠져나가게 해 주라고 압박하고 있었다!

'즉시 참수형을 받겠다', 이 일을 어떻게 해결해야 할까?

그가 만약 비연에게 특례를 준다면 위신을 잃게 되지 않을까? 그럼 어찌 백성들을 복종시키고 군심을 복종시킬 것인가?

멀쩡하던 판이 비연이 쓴 저 문장 하나로 엉망이 되었고, 그는 그야말로 얼간이가 되어 버린 셈이었다!

천무제는 군령장을 보면 볼수록 화가 나고 울적해 한참 동안 아무 말도 하지 않았다. 그러나 진상을 알지 못하는 기세명과 이 상서는 계속 속으로 웃으며 기다리고 있었다. 그리고 비연으로 말할 것 같으면, 눈을 내리깐 채 아무 말도 하지 않았다.

고요한 방 안, 시간이 점차 흘러갔다. 천무제는 계속 아무 반응도 보이지 않았다. 마침내 기세명이 참지 못하고 물었다.

"황상?"

천무제가 겨우 정신을 차렸다. 그는 다른 이들이 무슨 눈치라도 챌까 두려운 나머지 일단 잠시 인정하기로 하고, 군령장을 기세명에게 건넸다.

"이대로 하여라!"

그러나 기세명은 거기서 만족하지 못했다!

그가 진지하게 말했다.

"소신이 보기에는, 이 군령장을 여러 벌 모사한 뒤 각 부에 붙여 모두에게 공개하는 편이 좋을 것 같습니다. 고 대약사가 이리 책임을 지기로 하였으니, 문무 대신들에게 그야말로 귀감이 아니겠습니까. 또한 공적인 일로 사적인 이익을 취하려는 무리들에게는 경고가 될 것입니다!"

공적인 일로 사적인 이익을 취하려는 무리?

본래 기분이 좋지 않던 차에 이 말까지 들으니 천무제는 분노가 치밀었다. 기세명이 공적인 일로 사적인 이익을 취하려 하지 않았다면 자신이 이런 얼간이 노릇을 할 이유가 없지 않았겠는가?

그가 더 이상 분노를 숨기지 않고 탁자를 내려쳤다. 화가 전부 기세명에게로 떨어졌다.

"기세명, 제정신이냐? 이렇게 위신이 서지 않는 일을 감히 여기저기 자랑하려 들어? 하하! 사람들이 우리 군에 약이 없다는 사실을 알게 되면 그 결과가 어떠할 것 같으냐? 당당한 대장군이 되어서 이렇게 얼렁뚱땅 일을 처리하려 하다니! 그 죄를 어찌 받으려 하느냐?"

기세명이 깜짝 놀라며, 그제야 자신이 기뻐서 너무 나갔다는 사실을 깨달았다. 그가 재빨리 무릎을 꿇었다.

"황상, 분노를 삭이소서. 소신이 제정신이 아니었습니다, 소신이 어리석었습니다!"

천무제가 화를 이기지 못하고 노한 목소리로 외쳤다.

"1년 동안 봉록을 삭감하고, 병서를 100편 베껴 쓰도록 하라!"

이 말에 기세명은 물론이고 이 상서도 한기를 느꼈다. 단 한 마디 실수한 것뿐인데 너무 심하지 않은가?

기세명은 너무나 억울했다.

"황상, 소신은⋯⋯."

천무제의 분노한 목소리가 그의 말을 끊었다.

"무엇이냐, 아직도 제 잘못을 모르겠느냐?"

기세명은 더 이상 이야기하지 못하고 바로 군령장을 들고 자리를 떠났다. 이 상서도 감히 오래 머물지 못하고 재빨리 물러나갔다.

현경전을 나온 기세명은 군령장을 꽉 쥔 채 빠른 걸음으로 걷고 있었다. 이 상서가 재빨리 따라붙었다.

"기 대장군, 이 일은 중대한 일이고, 군심이 불안정하다니 황상께서도 분노를 참기 힘드셨을 것입니다. 그러니 마음에 너무 담아 두지 마십시오."

기세명이 억울한 듯 고개를 끄덕였다.

"황상께서 영명하신데, 이 늙은이가 어찌 감히 마음에 담아 두겠소?"

이 상서가 웃으며 말했다.

"그럼요, 그렇고말고요. 황상께서는 영명하고 영명하시지요! 기 대장군, 동쪽 변경의 전투는 모두 소장군 덕이 아닙니까. 호부 아래 견자 없다더니, 소장군께서 처음으로 병사들을 이끌고 전장에 나서시고도 대승을 연이어 거두셨으니, 앞날이 어떠할지 도저히 헤아릴 수가 없습니다! 바라건대 소장군께서 만진국 군대를 낙화유수처럼 단숨에 해치우고, 승전보를 다시 들려주시기를 바랍니다!"

그는 이렇게 비위를 맞춘 다음 한마디 덧붙였다.

"안심하십시오. 본관이 반드시 빠른 시일 내에 고 대약사를 재촉해 금창약을 내놓게 하겠습니다. 그 외에도 필요한 군수품이 있다면 병부는 전심전력으로 맞춰 드릴 것입니다!"

기세명은 매우 만족스러워하며 군령장을 갈무리하고, 이 상서와 함께 병부로 향하며 군인들의 봉급에 대해 이야기하기 시작했다!

지금 기씨 가문의 군대는 사실 부족한 것이라고는 전혀 없었다. 금창약도 이미 준비된 분량이 있었다. 모자란 것은 다만 봉급 정도인데, 봉급도 있기는 했다!

기세명과 이 상서가 멀리 사라지고, 현경전에 있던 태감이며 궁녀들도 모두 자리를 떠났다. 대문 역시 천천히 닫혔다. 천무제는 마침내 인상을 완전히 구기고 탁자를 내려치며 노한 목소리로 물었다.

"망할 계집, 신농곡이 뒷배가 되어 이제 제구실을 할 수 있다 싶은 모양이지? 감히 짐을 위협하려 들어?"

비연은 상황을 아주 명확하게 이해하고 있었다. 언젠가는 그녀가 진정으로 이 늙은 황제를 위협하는 날이 올 것이다. 그러나 지금은 아니었다.

그녀는 천무제의 분노를 두려워하지 않고, 평온하고 담담한 얼굴로 반문했다.

"황상, 설마 황상께서도 기 대장군처럼 삼칠이 부족하다고 알고 계신 건 아니겠지요? 설마 제가 시일에 맞춰 금창약을 내놓지 못할 거라 생각하시나요?"

천무제가 잠시 멈칫하더니 곧 기뻐하며 물었다.

"설마 방법이 있단 말이냐?"

그러자 비연이 천무제 앞까지 달려가 사납게 탁자를 내려치고는 화난 목소리로 외쳤다.

"그렇군요! 황상, 지금 보아하니 황상께서는 정말로 삼칠이 부족하다는 것을 알고 계셨군요!"

천무제는 난처했다. 그제야 자신이 실수했다는 것을 깨달았다.

비연이 다시 탁자를 내려치고 노성을 질렀다.

"편파적입니다! 기 대장군이 일부러 저를 괴롭히며 올가미를

씌우려 하는 것을 분명 아시고도, 제가 벗어나도록 도움을 주시기는커녕 오히려 기 대장군의 기세를 세워 주셨지요! 흥, 연아는 진심을 다해 황상을 위한 단약을 연마하고 있고, 기씨 가문의 부자는 계속 황상께 골치 아픈 일만 선사했건만……. 이렇게 편파적으로 잘못된 이들을 두둔하시다니. 연아의 마음이 얼어붙겠습니다!"

천무제는 비연의 불경스러운 언행에 화를 내야 했지만, 이 말을 듣고 보니 부끄러운 마음이 들어 화를 낼 수가 없었다. 그가 켕기는 마음에 몇 마디 다정하게 건네려 했을 때, 비연이 세 번째로 탁자를 내려쳤다.

"황상, 황상께서 연아의 마음을 얼어붙게 하시고도 이게 별일 아니라 여기신다면, 어쨌든 연아에게는 아무 힘도 없겠지요! 그러나 백성의 마음을 얼어붙게 하신다면 황상께서는 정왕 전하와 정 대장군의 마음도 얼어붙게 하시는 것이지요! 그렇다면……."

천무제가 의심스러운 표정을 지었다.

"그게 무슨 뜻이냐?"

"황상, 천염국은 병사들로 하여금 만진국 국경을 핍박하는 것만으로도 만진국 황상에게 상황을 설명하게 할 수 있었습니다. 그러나 만진국 황상이 백리명천을 처리하기 전에, 기 소장군은 동쪽 변경에 도착하자마자 바로 병사를 일으켜 먼저 전쟁을 벌였습니다. 이렇게 해서 만진국에게 사과하지 않을 핑계를 주었고, 우리 천염국이 오히려 반박당하게 되었지요. 전투에서 두 번이나 이긴 기 소장군에게는 공적이 생긴 셈이고요! 그러나 천염국은 전투를 치르지 않고도 이길 수 있는 기회를 잃었습니다. 동쪽 변경의 백성들이 겪지 않아도 될 전쟁의 고통을 겪고 있으니, 이 상황에서 그들이 원망하지 않을 수 있겠습니까?"

비연은 천무제가 자신을 물리지 않는 것을 보고 계속 말했다.

"황상, 세작 사건은 정 대장군이 양보했지요. 정왕 전하 역시 황상께 기씨 가문에게 중벌을 내리시라 청하지 않고, 오히려 기욱에게 공을 세워 속죄하게 하려 했지요! 정 대장군과 정왕 전하는 모두 양심에 따라 전체적인 상황을 파악하고, 전투를 벌이지 않고 이기는 판을 짜려 했습니다. 그렇지 않다면 기욱처럼 홀로 병사들을 이끌고 전쟁을 치러 본 적 없는 이를 멀리 동쪽 변경까지 보내려 했을 리 없지 않을까요? 제가 오늘 막궁에 들어왔을 때 황상께서 조회 때 기욱에게 후한 상을 내리셨다 들었습니다. 그리하시면 정왕 전하와 정 대장군의 마음이 얼어붙지 않겠습니까?"

비연은 천무제가 아무 말도 하지 않는 것을 보고 일부러 낙담한 척 말했다.

"하긴 뭐, 됐습니다. 기욱의 능력이 그렇게 클 줄 누가 알았겠어요? 황상께서 편애하고 싶으시다면 편애하시면 됩니다. 그가 몇 번 더 전투를 치르고 나면 만진국 황제가 정말로 그를 무서워하게 될지도 모르니까요!"

이 말에, 천무제의 안색이 마침내 변했다.

훌륭하다, 일석삼조

천무제의 안색이 변하는 것을 보고 비연이 일부러 토라진 척 차갑게 코웃음 쳤다.

"제가 만진국 황제라면, 기욱이 무서워질수록 그를 매수하려 하겠습니다! 어쨌든 무서워하는 것은 아무 쓸모가 없으니까요! 매수한다면, 살아날 기회가 생기고요!"

이 말에 천무제의 안색이 더욱 일그러졌다! 그는 얼이 빠진 듯 비연을 노려보며 한참 동안 아무 말도 하지 않았다.

사실 어젯밤 기욱의 첩보를 받은 후, 정왕을 입궁하게 하여 밤새도록 의논한 바 있었다. 비연의 분석은 정왕의 분석과 일치했다.

천무제도 바보가 아닌 이상 이 안의 이해관계를 정확하게 이해하고 있었고, 기씨 가문을 완전히 신뢰할 수 없다는 것도 알고 있었다. 그가 오늘 아침 조회에서 기욱에게 포상을 내린 것은 임기응변에 지나지 않았다.

그러나 완전히 믿을 수 없다 해도 반드시 그렇게 엄격히 경계해야 하는 것까지는 아니라 생각했다! 기씨 가문의 능력이 어느 정도인지 잘 알고 있다고.

그러나 지금 비연의 말을 듣고 나니 그는 갑자기 기씨 가문이 외적과 결탁할 가능성을 의식하게 되었다!

기씨 가문에게는 반란을 일으킬 능력이 없다. 그러나 만약 기씨 가문이 만진국 황족과 손을 잡는다면 이야기가 달라진다!

천무제가 대오 각성한 듯한 느낌으로 바로 결심을 내렸다. 기욱에게 전투를 그만하게 하고 모든 일을 신중하게 다시 생각해야겠다!

비연이 천무제의 표정을 보고 속으로 미소 지었다. 됐다, 성공이다!

그녀는 더 이상 불필요한 말은 하지 않고, 몸을 굽혀 절한 후 현경전을 나가려 했다. 그때 천무제가 정신을 차렸다. 그는 마음속으로 비연에게 상당히 고마움을 느끼며 재빨리 소리쳤다.

"거기, 멈춰 서라!"

비연이 고개를 돌리고 작은 얼굴을 부풀리며 물었다.

"황상께서 하실 말씀이 더 있으신지요?"

천무제가 그 군령장을 여전히 마음에 두고 진지하게 물었다.

"비연, 금창약을 만들어 낼 수 있는 것이냐?"

"어찌 될지는, 황상께서 며칠 기다리시면 아실 수 있겠지요!"

천무제가 어찌 기다릴 사람인가.

"이 계집애가……. 제대로 말하지 못하겠느냐!"

"군령장까지 썼는데도 더 이상 제대로일 수 있나요?"

그리고 비연이 원망스러운 표정으로 한 번 더 말했다.

"편애하시면서!"

조금 전과 달리, 지금은 비연에게 고마운 마음이 들어 천무제는 그녀가 화를 내는 것을 보고도 전혀 짜증을 부리지 않았다. 오히려 웃음기 머금은 얼굴로 말했다.

"됐다, 됐어, 방금은 짐이 생각이 짧았다."

그는 심지어 호칭까지 바꾸기 시작했다.

"연아, 제대로 말해 다오. 짐도 너를 잘 지켜 주고 싶구나!"

비연의 눈가에 교활한 빛이 스쳤다. 그녀는 재빨리 시침을 떼고 말했다.

"황상, 연아가 방금 말씀드렸잖아요. 연아는 감히 황상을 위협하지 못합니다. 보세요. 또 저를 안 믿고 계시잖아요! 연아가 정말 자신이 없었다면 어찌 감히 군령장을 썼겠어요? 연아의 이 목숨은 다른 이들의 눈에는 아무 가치가 없을지 몰라도, 제 스스로에게는 아주 소중한 것이랍니다."

천무제도 무척 기쁜 모양이었다.

"어서 말하거라. 삼칠을 어디서 가져올 셈이냐?"

비연이 웃으며 재빨리 그에게 다가갔다. 그리고 나지막한 목소리로, 현공상회에 삼칠이 있다는 사실과 온우유가 현공상회와 관계가 있다는 이야기까지 전부 이야기했다.

사실 비연의 약왕정 속 약초밭에도 삼칠이 충분히 있었다. 그리고 그녀의 능력이라면 다른 약재로 삼칠을 대신하여 새로운 금창약을 배합해 낼 수도 있었다.

그녀는 원래 무료로 삼칠을 제공할 생각이었다. 그런데 남궁청운이 그렇게 다급하게 온우유를 만나라고 하면서, 온우유와 현공상회의 관계를 언급하는 게 아닌가. 게다가 이 상서와 기세명이 그렇게 급하게 그녀를 고발했다.

그렇다면 좋다. 그녀는 삼칠을 내놓을 필요가 없을 뿐 아니라 이 기회에 기씨 가문을 한 번 더 손보는 것도 나쁘지 않았다. 그리고 가장 중요한 것은, 이 일을 기회로 현공상회의 회장과 만날 기회를 만들어 인맥을 늘리는 것이었다!

온우유의 사촌 오라비인 온자걸이 현공상회의 이사로 약재 매매를 담당하고 있다. 그는 온우유가 진급할 수 있도록 적지 않은 이익을 어약방에 제공했을 것이다.

그러나 그가 제공한 이익이 그 자신의 이익일 리는 없었다. 그는 현공상회의 이익을 어약방에게 넘긴 것이 분명했다. 이것이야말로 권력으로 사적인 이익을 취하는 것 아닌가? 이런 일을 현공상회의 회장도 동의했을까?

그럴 리가! 그녀가 알기로 현공상회의 회장은 상당히 강경한 인물이었다!

비연이 상황을 설명한 후 바로 제안했다.

"황상, 온자걸은 권력을 이용해 사적으로 어약방에 이익을 안겨 주었습니다. 몇 년 지나면 이 일을 분명 숨길 수 없게 될 것입니다. 그때가 되어 현공상회에서 추궁해 오기를 기다리느니, 우리가 먼저 선수를 쳐서 온자걸을 고발하는 편이 낫습니다."

현공상회가 어약방의 책임을 묻는다면, 그녀가 온우유를 내주더라도 쉽게 평온해지기는 어려울 터였다. 그리고 금창약 사건과 마찬가지로, 그녀처럼 신뢰받는 대약사라 해도 처벌을 면하기 어려울 것이다. 그러나 그녀가 선수를 친다면 이 일의 성격이 완전히 달라질 수 있었다.

천무제가 깊이 생각하더니 말했다.

"네 생각이 옳다. 다만 온자걸을 고발한다면, 온우유가 어떻게 삼칠을 얻어 와 군대로 보낼 수 있겠느냐?"

"저는 당연히 직접 온자걸을 고발하지 않을 겁니다!"

비연이 생긋 웃으며 말했다.

"황상, 이것은 예전의 일이니 조사하기 시작하면 상당히 시간이 걸릴 테고, 증거를 찾아낸다는 보장도 없습니다. 과거의 빚을 철저히 조사하여 직접 고발하느니…… 차라리 온우유로 하여금 삼칠을 요청하게 하는 게 낫죠. 그렇게 되면 인적 증거도 뇌물도 모두 있으니, 온자걸도 해명할 방법이 없을 테고요."

비연이 황상에게 다가가 목소리를 죽이고 말했다.

"황상, 이 성가신 일을 만든 것은 남궁 대인이니 그에게 수습하게 하세요. 그가 어떻게 온우유에게 애걸하건 그의 사정이고, 연아는 절대로 끼어들지 않을 거예요! 그리고 황상, 연아에게 약을 살 돈을 상으로 내려 주세요. 연아가 직접 현공상회의 회장을 만나 삼칠을 살 테니까요. 그들이 얼마를 갖고 있건 우리가 모두 사 버리죠, 뭐!"

이 말에 천무제가 즉시 엄지손가락을 세웠다.

원래 비연의 '고발'은 이런 의미였다! 그녀는 일단 온우유가 온자걸에게 가서 삼칠을 구하게 한 후, 자신은 직접 현공상회 회장과 만나 삼칠을 구매할 예정이었다. 그러면 회장이 삼칠의 행방을 조사하게 될 테고, 온자걸과 온우유는 도망칠 수 없을 것이다. 그리고 그녀, 어약방 대약사 고비연은 계속 아무것도 몰랐던 척하며 책임을 피하면 된다.

천무제는 엄지손가락을 세웠을 뿐 아니라 비연을 다시 보게 되었다. 속으로 놀라며, 그녀가 자신이 생각했던 것보다 훨씬 영리하다고 생각했다.

점점 더 비연이 마음에 들었다. 그러나 동시에 점점 더 경계하게 되었다. 비연이 단독으로 현공상회의 회장을 만나게 된다면 그가 어찌 안심할 수 있을까? 비연이 어떤 계획을 숨기고 그에게 말하고 있지 않은지 누가 알겠는가?

천무제가 심사숙고 후에 정왕만이 비연을 제어할 수 있다는 결론을 내렸다. 그는 한참 망설이다가 말했다.

"정왕과 함께 다녀오도록 해라. 천염국의 성의를 표시할 수 있도록 말이다."

비연은 무척 놀랍고 또 기뻤다. 그러나 천무제는 몸을 돌리더니 매 공공에게 말했다.

"너도 약값을 준비해서 동행하며, 시중을 들도록 해라."

매 공공도 동행한다고? 이것은 정왕 전하를 믿지 않는다는 것 아닌가? 너무나 뚜렷하게 말이다.

비연은 울적한 동시에 이 늙은 황제를 연민하기 시작했다! 그는 정왕 전하를 믿지 않으면서, 제대로 쓸 수 있는 사람은 정왕 전하 한 사람뿐인 듯했다.

비연이 곧 자리를 물러 나왔다. 현경전을 나오며, 그녀는 기뻐서 참지 못하고 깡충깡충 뛰었다. 오늘 그녀는 아주 훌륭하게 해냈다.

그야말로 일석삼조였다!

다시 한번 정왕 전하와 함께 성 밖으로 나갈 일을 기대하면서, 동시에 그 신비로운 현공상회의 회장과 만날 일을 기대하기 시작했다…….

즐겁지 않을 수 있을까

비연은 기분 좋은 모습으로 깡충깡충 뛰어 어약방으로 돌아왔다.

문 앞에 남궁 대인과 온우유가 서 있었다. 그녀가 돌아오기를 기다리고 있었던 것 같았다. 비연은 발걸음을 늦추지 않고 콧노래마저 흥얼거렸다.

남궁 대인과 온우유가 깜짝 놀라 서로 얼굴만 쳐다보았다. 이 상서가 고발을 했고 황상이 비연을 불렀다. 분명 비연에게 책임을 추궁했을 텐데 어째서 저렇게 아무렇지도 않은 듯 돌아온 걸까?

설사 황상이 비연에게 책임을 다그치지 않았다 해도 최소한 부족한 금창약은 채워야 할 것이다. 어째서 저렇게 조급한 기색 하나 없이, 아니 오히려 즐거운 일이라도 있는 듯 상쾌해 보이는 걸까?

비연은 남궁 대인과 온우유 앞에서 발걸음을 멈추지 않았다. 그들을 지나쳐 대문 안으로 들어가려 하자 남궁 대인이 참지 못하고 가로막았다.

"고 대약사, 잠시만, 발걸음을 멈추시오!"

비연이 고개를 돌려 그를 바라보았다.

"무슨 일이죠?"

남궁 대인이 우물쭈물 말하기 시작했다.

"고 대약사, 아, 알잖소! 이곳은 말하기 편한 곳이 아니니, 음, 우리, 방으로 들어가는 게 어떨는지?"

비연이 눈썹을 치켜세우고 온우유를 훑어보았다. 온우유는 그녀의 시선을 받자 바로 경멸하는 듯한 표정을 지으며 고개를 돌렸다.

비연이 속으로 냉소했다. 온우유에게 그 삼칠을 사 와 달라고 부탁하는 게 아니라, 온우유가 그녀에게 삼칠을 사러 가 달라고 부탁한다 해도 승낙하지 않을 터였다!

비연이 남궁 대인에게 대답하지 않고, 가볍게 코웃음을 치며 몸을 돌려 걷기 시작했다.

"고 대약사! 고 대약사!"

남궁 대인이 몇 걸음 쫓아왔으나 결국은 비연을 따라잡지 못하고 포기해야 했다. 온우유가 그제야 고개를 돌리고 무시하듯 코웃음 쳤다.

"남궁 대인, 저 꼴 좀 보라고요. 걸음도 제대로 걸을 줄 모르고! 저게 어디 1품 관원의 몸가짐이랍니까! 세상 물정 모르는 어린 계집애지!"

남궁 대인에게는 그런 말에 맞장구칠 여유가 없었다. 그가 의혹을 가득 담은 눈으로 말했다.

"이게 대체 어찌 된 일인지……?"

온우유가 대답했다.

"남궁 대인, 고비연도 조급해하지 않는데 대인께서 조급하실 이유가 뭐예요?"

남궁 대인이 계속 다급한 표정으로 온우유를 달랬다.

"온 약사, 동쪽 변경에서 급히 약재가 필요하다지 않나. 이 늙은이가 어찌 마음이 급하지 않을 수 있겠나?"

온우유가 반문했다.

"그럼 황상은 다급하실 필요가 없나요? 제가 보기에 이 일은 끝나지 않았어요!"

남궁 대인이 어쩔 줄 모르겠다는 듯 탄식했다.

"온 약사, 그렇게까지 화를 낼 필요가 있나? 모두 어약방에서 같이 일하는 사이 아닌가. 화목하게 지내야지! 이 일은 본래 이 늙은이의 책임이고, 지금은 책임을 미룰 때도 아닐세. 일단 급한 불은 꺼야 하지 않겠나. 일단 그 약재들을 사야 하네!"

남궁 대인이 저를 탓하는 듯 이야기하니 온우유는 불만스럽기도 하고 또 억울하기도 했다.

"상관 약감이랑, 또 자매처럼 친하게 지내던 이들이 몇 명이나 쫓겨났는걸요. 누군들 화목하게 지내고 싶지 않겠어요? 어쨌든 저는 상관없어요. 군대에서 그 약을 필요로 하면 결국은 저에게 애원하게 되겠죠! 사촌 오라비에게 이미 말해 놨어요. 삼칠을 사러 오는 사람이 누구건 절대로 팔지 말라고! 단 한 뿌리도 팔지 말라고 말이에요!"

온우유의 말이 끝났을 때 현경전에서 파견된 태감이 도착했다. 남궁 대인이 서둘러 그를 맞이하자 온우유는 자리를 떠나지 않고 한옆으로 비켜섰다.

그 태감이 매우 예의 바르게 웃으며 말했다.

"남궁 대인, 저와 함께 가셔야겠습니다. 황상께서 보고자 하십니다."

남궁 대인의 안색이 살짝 변했고, 온우유 역시 놀라고 답답했다. 온우유는 속으로 고비연, 그 천박한 계집의 능력이 좋긴 좋다고 생각했다. 이렇게 큰 사안에서 발을 뺄낼 수 있다니!

그녀는 잠시 망설이다가 재빨리 남궁 대인에게 다가가 속삭였다.

"남궁 대인, 걱정 마세요. 고비연이 책임을 대인께 미룬다면 제가 꼭 도와 드릴 테니까!"

상관영홍이 떠난 이상 그녀는 어떻게든 남궁 대인이라는 줄을 잡아야 했다. 그렇지 않으면 이 어약방에서 오래 버티지 못할 것이다.

적지 않은 대가를 치르고 사촌 오라비의 도움을 얻어 냈었다. 절대로 이 어약방을 쉽게 떠날 수는 없었다!

비연은 방 안에서 이 모습을 지켜보고 있었다. 마음속에 계산한 바가 있었기에 기분이 더욱 좋았다.

그녀는 주변을 정돈하고 이런저런 일을 지시한 다음, 어약방의 옛 장부를 살펴보기 시작했다. 비록 과거의 일까지 들출 생각은 없었지만 현공상회의 회장이 과거의 일까지 청산하자고 하면 그녀도 대처할 수 있어야 했기 때문이었다. 유비무환인 법이다.

오후가 되자 매 공공이 직접 와서 이번 출행에 대해 이야기했다.

현공상회의 회장은 그렇게 쉽게 만날 수 있는 인물이 아니었다. 그들은 일단 현공상회 총부를 친히 방문해야 했다. 시간이 긴박하기 때문에 내일 아침에 출발하는 것으로 결정되었다.

매 공공은 비연이 천무제 앞에서 세 번이나 탁자를 내려치는 것을 본 후부터 비연을 대하는 태도가 마치 정왕 전하를 대할 때처럼 공손하게 바뀌어 있었다. 말끝마다 존댓말을 하며 자신을 '노비'라고 자칭했다.

"고 대약사, 정왕 전하 쪽에는 노비가 연락을 드려 놓았습니다. 내일 시간에 맞춰 노비가 대약사를 맞이하러 오겠습니다. 성의 남문 앞에서 정왕 전하를 뵙기로 하였습니다."

비연이 무척 예의 바르게, 탐색하듯 물었다.

"갑작스러운 일이니 정왕 전하께서도 놀라셨겠지요? 전하의 다른 일을 방해한 것이 아닌지 걱정입니다."

매 공공의 태도는 공손했으나 그렇게 솔직한 것은 아니었다. 그는 그저 예의 바르게 대답했다.

"고 대약사, 군수에 관련된 문제는 중요합니다. 전하께서도 그 점을 잘 알고 계십니다."

비연은 그에게서 아무것도 알아낼 수 없음을 깨닫고는 고개를 끄덕이며 더 이상 묻지 않았다.

비연이 시간을 계산해 보았다. 현공상회 총부는 남쪽에 있는데, 바로 한가보韓家堡와 상관보上官堡라는 두 거대 세력 사이에 위치하고 있었다. 그들이 도착하기까지는 아마 20일에서 한 달

정도의 시간이 필요할 터였다.

온우유와 남궁 대인 쪽 일이 순조롭게 풀린다면, 그들이 현공상회에 도착했을 때 그 삼칠은 이미 군대에 도착해 약이 되어 있을 것이다.

온우유와 남궁 대인 쪽은 천무제가 신경 쓸 테니 비연이 걱정할 필요가 없었다. 생쌀은 기다려야 밥이 되고, 약재는 달여야 탕약이 된다. 그때야말로 잘잘못을 따지기에 가장 좋은 때일 것이다!

비연은 처리해야 할 일들을 타당하게 처리한 후, 남궁 대인에게도 신농곡에 다녀와야 한다는 핑계로 몇 가지 사무를 맡기고 어약방을 나왔다.

그날 밤, 비연은 짐을 꾸린 후 일찍 잠자리에 들었지만 도저히 잠이 오지 않았다. 그녀는 망할 얼음의 약방문을 꺼내 들고는 정원에 나가 더위를 식히기로 했다.

전 어멈도 바람을 쐬러 나왔다가 그녀를 보고는 바로 몸을 일으켰다.

"주인님, 내일 먼 길을 가셔야 하잖아요. 일찍 쉬셔야지요."

비연이 자리를 찾아 앉으며 말했다.

"이제 겨우 입하인데 날이 왜 이리 덥담. 여름 내내 어떻게 지낸다지?"

전 어멈이 웃었다.

"주인님, 지금이 어떻게 겨우 입하인가요. 오늘은 5월 22일인걸요! 며칠만 지나면 유월이에요!"

너무 바빠 시간 가는 것을 잊고 있었던 모양이었다. 비연이 저도 모르게 중얼거렸다.

"정말 빠르네……. 벌써 유월이라니."

사월, 팔전하의 생일 무렵 하소만이 그녀에게 말해 주었다. 팔전하와 정왕 전하의 나이가 같은데, 팔전하가 두 달 먼저 태어나서 여덟째가 되었다고. 그렇다면 정왕 전하의 생일이 유월이라는 이야기였다.

비연이 재빨리 시간을 셈해 보았다. 정왕 전하의 생일이 언제인지 날짜는 정확히 모르지만, 군한인의 생일을 기준으로 대강 계산할 수 있었다. 정왕 전하의 생일에 그들은 분명 함께 출행 중일 것이다.

비연은 계속 셈해 보다가 기뻐했다. 올해 정왕 전하의 생일을, 자신이 전하와 함께 보낼 수 있다니!

비연이 계속 웃고 있는 모습을 보고 전 어멈이 궁금한 듯 물었다.

"주인님, 뭐가 그리 즐거우세요?"

남신과 함께 그의 생일을 보낼 수 있게 되었는데, 즐겁지 않을 수 있을까?

착하지, 하룻밤만 빌리자

전 어멈의 호기심에 찬 눈동자를 보고 비연은 계속 웃기만 했다. 전 어멈이 계속 물으려 하자 비연이 재빨리 화제를 돌렸다.

"전 어멈, 우리 정원에 뭔가를 좀 심자. 여기 너무 텅 빈 느낌이야."

전 어멈이 대답했다.

"주인님, 이 늙은이가 진작 땅을 정돈해 두었잖아요. 원래 주인님께 여쭤보려 했는데, 주인님이 너무 바빠 보이셔서 미처 방해할 수 없었어요. 말씀해 보세요. 무엇이 좋으신가요? 제가 심을게요."

사실은 입에서 나오는 대로 말한 것이었지만, 전 어멈이 이렇게 이야기하니 비연도 진지하게 고민하기 시작했다.

전 어멈이 물었다.

"주인님, 우리 약재를 심는 것은 어떨까요? 노비가 듣기로는 동쪽 변경에서 전쟁이 길어질 것 같다는데……. 양식과 약재 가격이 오를 거예요!"

비연이 약왕정을 쓰다듬으며 미소 지었다.

"우리에게 약재가 모자랄 일은 없어. 그러니까 꽃을 심자! 무슨 꽃이냐 하면……."

문득 정왕부 후원의 그 개나리들이 떠올랐다. 그날 정왕 전하의 고요하고도 슬픈 듯한 옆얼굴도 떠올랐다.

그녀가 망설임 없이 외쳤다.

"개나리! 개나리는 꽃이기도 하지만 더위를 식히고 독기를 해소해 주는 좋은 약이기도 하니까 일거양득이야!"

전 어멈이 재빨리 답했다.

"개나리, 좋지요, 좋고말고요. 제가 내일 준비해 보겠습니다."

두 사람은 그렇게 잠시 대화를 나누다가 비연이 전 어멈에게 들어가 쉬라고 명했다. 그리고 그녀는 돌 탁자 위에 엎드린 채, 밝은 달빛에 의지해 약방문을 고민하기 시작했다.

고요한 가운데 누군가가 물 한 잔을 그녀 얼굴 가까이에 놓았다. 비연은 눈도 들지 않은 채 말했다.

"전 어멈, 시중들 필요 없다니까. 나이도 있으면서. 어서 가서 자도록 해!"

그 사람은 가지 않았을 뿐 아니라 뜻밖에도 그녀에게 겉옷마저 덮어 주었다. 비연이 재빨리 고개를 들었다. 그녀의 등 뒤에 서 있는 것은 전 어멈이 아니라 검은 옷을 입고 가면을 쓴 남자였다!

그녀가 깜짝 놀라 외쳤다.

"망할 얼음!"

군구신이 즉시 그녀의 입을 막았다.

"쉿."

비연이 그의 손을 밀어내고 재빨리 몸을 일으켰다. 그리고 그에게 약방문을 던지다시피 하며 그와 거리를 벌렸다.

"이 약방문, 그렇게 급하지 않은 거였지? 사기꾼!"

그날은 이 녀석이 급한 일이 있어 떠난 거라 해도, 그동안 며칠이나 흘렀으니 망할 얼음이 진작 찾아왔어야 했다. 그가 급하다고 했던 것은 분명 그녀를 재촉하기 위한 것임에 틀림없었다.

군구신이 자리에 앉았다.

"보아하니, 아직 파해하지 못한 모양이군."

비연이 진지해졌다.

"확실히 파해하지 못했어. 이건 절대로 약방문이라 할 수 없어. 기껏해야 약의 목록이지. 대체 어디서 이걸 가져온 거야? 백리명천과 관계가 있어? 내가 보기에는 당신이 속은 것 같은데!"

"가짜일 리 없다."

군구신의 눈에 날카로운 빛이 스쳐 갔다.

"파해하지 못하겠다면 우리의 거래를 여기서 끝내기로 하지."

비연이 다급하게 외쳤다.

"시간을 조금만 더 줘!"

군구신이 대답하지 않고 약방문을 다시 그녀에게 돌려주었다. 비연이 머뭇거리다가 진지한 목소리로 물었다.

"당신에게 부탁하고 싶은 일이 있는데, 도와줄 수 있어?"

군구신이 매우 명쾌하게 답했다.

"말해."

그러자 비연이 재빨리 그를 끌고 방으로 들어가, 장경탑에서 가져온 초상화를 꺼내 보여 주었다.

"이건 고씨 가문 선조의 초상이야. 족보를 정비할 생각인데,

화가를 찾아 이 초상화를 복원하고 싶어."

군구신은 자못 놀랐다.

"네가…… 족보를 정비한다고?"

비연이 재빨리 설명했다.

"우리 조부께서 생전에 남기신 유지였어. 둘째 숙부는 일처리가 깔끔하지 못한 편이라 내가 도울 수밖에 없어."

군구신이 그제야 초상을 자세히 살펴보기 시작했다. 그의 눈길이 곧 초상화 옆에 적힌 '금은 어느 밤에야 돌아올까, 마음은 외로운 구름과 멀어지고'라는 시구에 멈췄다.

"고孤운원? 고顧운원."

그가 중얼거렸다.

"이렇게 들으니 '운원'이라는 두 글자도 꽤 시적이군."

비연이 이 두 이름만 듣고 고顧운원의 얼굴을 보지 않았다면 그녀도 그저 그렇게만 생각했을 것이다. 그러나 그녀는 고顧운원의 얼굴을 보았고, 이 초상화를 마음에서 내려놓을 수가 없었다.

그녀가 화제를 돌리기 위해 말했다.

"며칠 동안 화가를 꽤 여럿 청해 봤지만 모두 복원할 수 없다고 했어. 혹시 실력이 좋은 장인을 알면 한 사람 추천해 줄 수 있어?"

군구신이 명쾌하게 답했다.

"기억해 두지. 돌아가서 알아보겠다."

비연이 그를 바라보며 활짝 웃었다.

"고마워!"

그녀가 웃는 모습을 보니 군구신도 기분이 좋아졌다. 그의 입매가 저도 모르게 보기 좋은 곡선을 그리며 올라갔다.

그가 웃는 것에 비연은 적응하기 어려웠다. 그녀는 의심 어린 눈초리로 그를 바라보았다. 군구신은 즉시 입가에 어린 웃음기를 거둬들였다. 그는 조금 난감한 기분으로 자리에 앉아, 고개를 숙인 채 차를 따랐다.

비연이 그대로 넘어가지 않고 그에게 다가가, 고개를 갸우뚱하며 계속 바라보았다. 군구신은 처음에는 그녀가 쳐다보게 두었지만 얼마 지나지 않아 몸을 돌려 시선을 피했다.

비연도 더 이상 쫓아가지 않았다. 그러나 입매가 소리 없이 올라가는가 싶더니 그녀는 참지 못하고 웃기 시작했다.

'이 녀석, 사실 그렇게까지 나쁜 놈은 아니고, 그렇게까지 냉담하지도 않고……, 꽤 달갑게 나를 도와주려 하잖아!'

그녀가 자리에 앉아 말했다.

"망할 얼음, 나 멀리 좀 다녀올 일이 있어. 내일 아침에 바로 출발이고, 대략 두 달 정도 후에나 돌아올 거야. 그러니 그동안 이 저택에 찾아오는 일은 없었으면 해."

군구신이 그제야 그녀를 돌아보았다. 은빛 가면 아래 눈빛은 평소처럼 그렇게 차가워 보이지 않았다. 그러나 그는 그저 알겠다고만 답하고 더 이상 말을 하지 않았다.

"이 약방문이 급한 일이 아니라면, 내가 돌아올 때까지 기다려 줘!"

비연이 말하다 말고 자랑하듯 웃기 시작했다. 그리고 경고하 듯, 혹은 일깨워 주듯 말했다.

"정왕 전하와 함께 갈 거야. 당신이 다시 나를 귀찮게 하러 온다면…… 그 결과는 스스로 감당해야 할 거야!"

군구신이 망설이듯 그녀를 한참 바라보다가 진지한 목소리 로 물었다.

"석 달의 기한이 끝나고…… 정왕은 스스로를 지키는 법을 택 하고 너를 버린 것이나 마찬가지인데, 그를 탓하지 않는 건가?"

비연은 그 일을 떠올리자 기분이 좋아졌다. 그녀는 눈이 초 승달이 되도록 웃으며 고개를 저었다.

군구신이 다시 물었다.

"왜?"

비연이 여전히 고개를 저었다.

"당신과는 상관없는 문제야!"

비연의 즐거운 듯한 모습을 이해할 수는 없었지만 군구신의 눈에는 저도 모르게 사랑스러워하는 빛이 떠올랐다.

"바보로군!"

그가 몸을 일으켜 서재로 갔다. 비연의 얼굴에서 바로 웃음 기가 사라졌다. 그녀가 다급하게 쫓아가 서재 문 앞을 가로막 았다.

"대문은 여기가 아니야. 잘못 왔어!"

군구신의 말투는 그렇게 차갑지 않은 대신 피곤한 기색이 어 려 있었다.

"갈 곳이 없어. 하룻밤만 빌리도록 하지."

비연의 태도는 강경했다.

"안 돼!"

군구신은 대답하지 않고 갑자기 몸을 굽혀 그녀에게 다가왔다. 비연이 다급하게 뒷걸음질 쳤다. 마침내 그녀의 등이 문에 부딪쳤다. 더 이상은 피할 곳도 없었다.

"불량배, 내가 진짜로 널 무서워한다고 생각하지 마!"

군구신이 갑자기 한 손을 문에 얹고 고개를 숙인 채 그녀를 응시했다. 비연은 그대로 얼어 버렸다. 심장이 쿵, 떨어지는 것만 같았다.

그녀는 감히 화를 내지 못하고 그에게 이치를 잘 설명해 주어야겠다고 생각했다. 그러나 그가 너무 가까이에 있었다. 뜨거운 숨이 얼굴에 와 닿자 그녀는 뭔가 잘못되어 가고 있다고 느끼면서도 생각을 제대로 이어 나갈 수 없었다.

비연이 막 군구신을 밀어내려 했을 때였다. 그가 고개를 숙이더니, 그녀 귓가에 대고 부드럽게 속삭였다.

"착하지, 하룻밤만 빌리자. 날이 밝으면 바로 갈 테니까."

비연의 넋이 살짝 나가 버렸다. 잘못 들은 건 아닐까? 이 녀석의 목소리가 이렇게 부드럽다니……. 마치 그녀의 심장을 모두 녹여 버릴 것처럼…….

비연이 얼이 빠져 있는 사이, 군구신이 그녀를 지나 문 안으로 들어갔다.

그가 문을 닫는 것을 보면서도 비연은 차마 저지하지 못했다. 위층으로 올라가 문을 잘 잠그고 안심하며 잠을 자기 시작했을 뿐.

그리고 이 시간, 정왕부에서는 늙은 여관 몇몇이 여전히 기다리고 있었다.

전국 각지에서 뽑은 수녀秀女들이 오늘 궁에 도착했다. 천무제는 정왕이 멀리 떠나기 전에 그녀들을 직접 보게 하고, 그중 몇 명을 뽑게 할 생각이었다.

돼지 목에 진주를 걸어 줄 수는 없지

밤이 깊었다.

달빛 아래 모든 것이 잠든 것만 같았다. 풀벌레들만이 여름을 맞아 지치지 않고 울고 있었다.

비연은 침상에 누워 잘 준비를 하고 있었다. 그러나 눈을 감으니 망할 얼음의 부드러운 목소리가 귓가에 자꾸만 울렸다.

그 녀석, 부드럽게 이야기하면 그런 목소리구나…….

비연은 그 목소리가 무척 좋았다.

"말도 안 돼!"

비연이 중얼거리며 엎드려, 머리를 베개에 푹 묻고 두 손으로 귀를 막았다. 이렇게 하면 자신의 터무니없는 생각을 막을 수 있을 것처럼.

아무리 부드럽다 해도 무뢰한일 뿐이잖아! 어떻게 이렇게 얼빠진 생각을 하게 된 걸까?

비연이 대체 어떻게 잠들었는지는 하늘만이 알 것이다.

그녀가 잠에서 깨었을 때는 날이 훤히 밝은 다음이었다. 재빨리 아래층으로 뛰어 내려갔다. 서재의 문이 열려 있었고 방 안에는 아무도 없었다. 모든 것은 깔끔하게 정리되어, 아무도 없었던 것처럼 보였다.

망할 얼음이 떠났기를 바라고 있었지만 막상 서재가 텅 빈 것을 보니 비연은 마음이 텅 빈 것만 같았다. 저도 모르게 중얼거렸다.

"하룻밤 신세 졌으면서 가겠다는 말도 할 줄 모르나? 흥, 다음에는 절대로 재워 주지 않을 테다!"

아침을 먹고 좀 있으려니 매 공공이 직접 그녀를 맞이하러 왔다. 비연이 짐을 부린 후 즐겁게 문을 나섰다.

원래는 정왕 전하와 성의 남문에서 만나기로 되어 있었다. 그러나 그들이 그곳에 도착했을 때 정왕 전하는 보이지 않고 대신 하소만이 나와 있었다.

매 공공이 곁에 있어 비연은 감히 하소만에게 친근하게 인사를 건넬 수 없었다. 하소만도 그저 살짝 예의에 맞게 인사할 뿐 별다른 말을 하지 않았다. 모르는 이들에게는 비연과 하소만의 관계가 썩 좋지 않은 걸로 보일 것이다.

비연은 정왕 전하가 시간에 맞춰 나와 있지 않은 것이 걱정되었다. 그러나 뜻밖에도 하소만과 매 공공이 수녀를 선발하는 문제를 이야기하는 것이 아닌가!

그제야 알게 되었다. 천무제는 계속 정왕 전하에게 측비를 맞게 할 생각이었다. 그것도 한 번에 여러 명을. 정왕 전하가 빠른 시일 내로 황가의 후손을 늘릴 수 있도록.

마냥 좋던 비연의 기분이 순식간에 가라앉았다. 그녀는 확신할 수 있었다. 정왕 전하의 성격으로 미루어 보면 분명 이런 일을 좋아하시지 않을 것이다. 분명 황상이 억지로 밀어붙이고 있겠지!

말이야 듣기 좋게 전하를 위해 마음 쓰는 거라 하겠지만, 솔직하게 말하자면 결국은 정왕부에 눈과 귀가 되어 줄 자들을 심으려는 것 아닌가!

"게다가 황손을 늘린다고……?"

비연이 천천히 중얼거렸다. 생각하면 할수록 정왕 전하의 마음을 대신하는 것처럼 역겨운 감정이 들었다.

이때, 하소만은 매 공공과 함께 웃으며 이야기를 나누고 있었다.

"죄송합니다. 소인이 어젯밤 내내 전하를 찾지 못했지 뭡니까. 그게, 오늘 아침에야 소식을 들었는데, 전하께서 어제 오후에 성 밖에서 일을 보시고 아예 남쪽으로 내려가셨다는군요. 어젯밤은 희래 객잔에서 머무셨고, 거기서 기다리신다 하셨습니다."

매 공공이 불쾌한 표정으로 소리 죽여 질책했다.

"일을 이루기는커녕 오히려 망치겠구나! 전하의 이번 출행은 두 달은 걸릴 것이다. 그 열 분이 넘는다는 수녀들은 네 스스로 방법을 생각해 안배해 드리도록 해라!"

"매 공공, 안심하십시오. 소인이 반드시 제대로 안배하고 전하께서 돌아오시기를 기다리겠습니다."

하소만이 잠시 망설이다가 어른스러운 표정으로 탄식했다.

"아, 매 공공, 그런데 말입니다, 전하께서는 아직 정비를 세우지 않으셨는데 무엇 때문에 이리 조급하게 측비를 세우셔야 하는 것인지요? 여인들은 아무래도 여인이 관리하는 편이 낫지 않겠습니까. 그렇지 않은 상황에서 여인들 수만 늘어난다면 정왕부가 어지러워지지 않겠습니까?"

매 공공이 결국 너털웃음을 터뜨렸다.

"하하, 너도 결국은 어린애군. 아직 여인을 이해하지 못하는 거로군?"

하소만이 재빨리 말했다.

"매 공공, 전하의 마음속에 정비로 생각하시는 분이 계신데, 황상께서는 어떤 생각이 있으신지 모르겠습니다. 그렇게 많은 측비를 맞이하느니 먼저 정비를 맞아들이는 편이 나을 것 같습니다만."

매 공공이 나지막한 목소리로 물었다.

"한가보의 한 삼소저?"

하소만이 헤실거리며 말했다.

"바로 그분입니다! 3년 전, 황상께서도 직접 보신 적이 있으시지요. 한가보는 소 부인께서 가문을 맡고 계시잖습니까. 소 부인 슬하에는 자식이 없고, 양녀인 한 삼소저를 가장 총애하신다고 합니다. 이 혼사를 성사시킬 수 있다면, 앞으로 천염국과 한가보는 하나가 될 것입니다."

매 공공이 생각에 빠진 것을 보고 하소만이 재빨리 덧붙였다.

"매 공공, 지금 한 삼소저도 전하를 연모하고, 전하께서도 뜻이 있으십니다. 그야말로 두 사람이 서로에게 마음이 있는 상태니, 혼사를 이야기하는 것도 무리는 아닙니다. 황상께서 전하께 측비를 맞이하게 하시려는 의지가 강하시다면…… 아마도 소 부인이 불만을 품게 되겠지요! 이 일은 소인이 황상께 직접 말

82

씀드리기는 힘들고, 매 공공께서 소인의 생각이 괜찮다 생각하시면 황상께 한번 말씀을 올려 주시겠습니까?"

매 공공이 하소만의 언사에 감동받은 모양이었다. 진지한 표정으로 심사숙고하더니 고개를 끄덕였다.

"네 생각이 확실히 옳다. 마음에 담아 두마."

하소만이 겨우 안도의 한숨을 내쉬었다. 동시에 곁에서 엿듣고 있던 비연의 심장이 쿵, 소리를 내며 굴러떨어졌다. 그러나 지금 그녀의 마음을 가득 채우고 있는 것은 안타까움이었다.

비연은 진심으로 한우아가 정왕 전하에게 안 어울린다고 생각했다! 하지만 정왕 전하가 한우아를 좋아하여 애정의 징표까지 받았으니, 그리고 하소만의 생각이 틀릴 리 없으니 이 혼사는 십중팔구 진행될 것이다!

천하에 좋은 여자가 그리도 많건만! 한우아보다 출신도 좋은 여자들이, 한우아보다 정왕 전하의 여러 가지 힘든 일을 덜어 줄 수 있는 여자들이 분명 적지 않을 텐데……. 정왕 전하는 어째서 한우아 한 사람만을 바라보시는 걸까?

한우아가 정왕비가 된다면 아직 받지 못한 빚은 어찌 될까? 비연은 그때도 지금처럼 이렇게 유쾌한 심정으로 정왕 전하와 출행을 떠날 수 있을까?

하소만과 작별한 비연과 매 공공은 남쪽으로 출발했다. 비연 혼자 마차 한 대를 독차지했다. 할 일도 없고 대화를 나눌 사람도 없으니 계속 빈둥거리는 수밖에 없었다. 계속 한우아와 정왕 전하의 혼사를 생각했고, 생각하면 생각할수록 애석하고 안타까웠다!

그들은 오후가 되어서야 희래 객잔에 도착했다. 군구신은 막 낮잠에서 깨어난 참이었다. 그는 수녀들에 대한 일은 한마디도 하지 않고, 그들에게 잠시 쉬고 요기를 한 후 다시 출발하자고 만 말했다.

그러나 비연은 속세를 떠난 듯 냉락한, 너무나도 잘생긴 그의 얼굴을 보자마자 더욱 애석한 기분이 들었다. 그녀는 잠시 머뭇거리다가, 몰래 서신 한 통을 신농곡으로 보내 달라고 점원에게 부탁했다.

절 열 채를 부술지언정 타인의 혼사를 깨트려서는 안 된다는 말이 있다. 그러나 그녀는 자신의 남신과도 같은 전하를 그렇게 쉽게 한우아에게 보낼 수는 없었다. 그야말로 돼지 목에 진주 목걸이 아닌가!

그녀가 쓴 서신의 수신인은 당정이었다. 당정에게 자신을 도와 방법을 생각해 달라고 부탁한 것이다. 한우아의 본성을 폭로하여 정왕 전하가 깨닫게 하는 것도 좋고, 천무제에게 더 훌륭한 여자를 추천하는 것도 좋다. 어떻게든 그들이 진양성으로 돌아가기 전에만 방법을 생각해 주면 된다.

하소만과 매 공공이 주고받은 말을 생각해 보면, 그들이 진양성에 돌아간 후 정왕 전하는 바로 정비를 맞이하게 될 터였다.

서신을 점원에게 맡긴 비연은 총총히 위층으로 올라가다 마침 아래로 내려오던 군구신과 마주쳤다. 그녀는 마음이 켕겨 재빨리 몸을 굽혔다.

"전하."

군구신이 그저 고개만 끄덕이고 계속 아래로 내려갔다. 매 공공이 근처에 없는 것을 확인한 비연이 재빨리 그에게 따라붙어 속삭였다.

"전하, 잠시만 이야기를 올릴 수 있을까요?"

군구신이 냉랭한 목소리로 물었다.

"무슨 일이지?"

비연이 약간 부끄러운 표정으로, 그러나 솔직하게 말했다.

"한 삼소저의 일입니다. 전하께서도 아시다시피 한 삼소저는 저에게 빚이 있습니다만 아직까지 갚지 않고 있습니다. 전하께서는 한 삼소저와 교분이 두터우시니 저를 대신해서…… 한번 재촉해 주실 수 있을는지요."

그런 식으로 좋아하는 것이 아니야

비연이 갑자기 그에게 빚을 재촉해 달라고 하자 군구신은 깜짝 놀랐다.

그의 첫 번째 반응은 이것이었다.

"돈이 궁한가?"

비연이 바로 고개를 저으며 중얼거렸다.

"빚을 지고 돈을 갚는 것은 당연한 이치잖아요. 그런데 이렇게 오랜 시일이 지나도록 금화 한 닢 갚지 않고 있고, 설명 한 마디 없어요. 당정이 저를 도와 몇 번 재촉해 주었지만, 처음에는 한가보에 도착하면 바로 돈을 갚겠다고 강조하더니, 한가보로 돌아가서는 서신에 답조차 하지 않아요……."

비연이 재빨리 당정이 그녀에게 주었던 서신을 꺼내 군구신에게 내밀었다. 그녀가 단지 악의적으로 비방하려는 것이 아니라 사실임을 증명하기 위해서였다.

당정은 재촉하다 지친 나머지, 반년의 기한이 끝나면 직접 한가보로 가서 빚을 받아 내겠다고 했다!

군구신은 한우아가 당정에게 보낸 답신을 보며 한참 동안 아무 말도 하지 않았다.

비연이 그를 흘깃거리며 계속 말했다.

"전하, 저도 방법이 없어서……, 그래서 전하께 도움을 청하는 것이에요."

군구신이 서신을 훑어보며 물었다.

"원래 약속했던 기한까지는 얼마 남았지?"

비연이 속으로 기뻐하며 재빨리 답했다.

"아직 두 달 정도 남았어요. 하지만 한 삼소저가 그때 신농곡에서 직접 이야기했었어요. 한가보에 도착하면 바로 돈을 갚겠다고요. 그리고 반년은 있어야 돌아갈 거라고도 했고요. 그래서 차용증에는 반년 내로 돈을 갚겠다고 적었지만…… 한 삼소저가 한가보에 돌아간 지 이미 오래되었어요."

군구신이 고개를 끄덕이며 말했다.

"기다리도록."

기다리라고? 이건 무슨 의미일까?

한우아가 빚을 갚기를 계속 기다리라는 걸까, 아니면 그녀가 기다리고 있으면 그가 재촉해 주겠다는 의미일까?

비연의 눈가에 교활한 빛이 스쳐 갔다. 그녀가 재빨리 외쳤다.

"감사합니다, 전하! 그럼 저는 전하께서 좋은 소식 전해 주시기를 기다리겠습니다!"

그가 무슨 의미로 그런 말을 했는지는 상관없었다. 어쨌든 일단 감사의 인사를 하고 나면 그도 다시 거절할 수는 없지 않을까?

그러나 이게 웬일일까. 군구신이 한마디 덧붙였다.

"여기서 기다려라."

말을 마친 그는 몸을 돌려 위층으로 올라갔고, 비연은 할 말을 잊고 멍한 표정을 지었다.

이건 또 무슨 의미일까?

비연이 얼마 기다리지도 않아 군구신이 직접 금표 한 뭉치를 들고 내려오더니 그녀에게 건넸다.

"12만이다. 본 왕이 한 삼소저를 대신해 갚기로 하지. 차용 증과 서신은 본 왕에게 주면 된다."

뭐라고?

비연의 안색이 변했다. 그녀는 정왕 전하가 믿을 만한 사람 이라는 것을 절대적으로 확신하고 있었다. 그렇기에 정왕 전하 는 분명 한우아의 방식에 반감을 가질 거라고 생각했다! 그런데 그는 한우아를 대신해서 그녀에게 빚을 갚으려 하고 있었다!

군구신이 재촉했다.

"차용증은?"

비연은 후회했다. 마지못해 그 12만 금을 받으면서 어쩔 수 없이 차용증을 군구신에게 건넸다. 그러나 기분이 아무리 좋지 않다 해도 얼굴에 드러낼 수는 없었다. 여전히 공손한 얼굴로 몸을 굽혀 절한 후 억지로 웃음을 짜냈다.

"감사합니다, 전하."

말을 마친 그녀는 몸을 돌려 걷기 시작했다. 아무래도 정왕 전하가 한우아에게 단단히 미혹되신 모양이었다! 그녀와 당정 의 갈 길이 너무나 멀게만 느껴졌다!

군구신이 그녀의 뒷모습을 보며 미간을 찌푸렸다. 아무리 고 민해도 알 수 없었다. 비연은 한우아를 고발하러 온 걸까, 아니면 순수하게 빚을 받으러 온 걸까?

사실 그가 더욱 이해할 수 없는 것은, 그녀가 그날 산 동굴에서 말했던 '좋아한다'였다. '뭐든지 다 좋다'고 했던 것은 진심이었을까, 아니면 농담에 지나지 않았던 걸까.

군구신이 고민하고 있노라니 망중이 와서 나지막한 목소리로 말했다.

"전하, 매 공공이 왔습니다."

군구신은 더 이상 생각하지 않고 즉시 망중과 함께 아래로 내려갔다. 매 공공은 그들 등 뒤에서 걸어오느라 그들의 뒷모습만 보았기에, 별다른 이상한 점을 발견하지 못했다.

군구신은 마차에 오르기 전에 망중에게 명령했다.

"한우아의 최근 상황을 조사하도록."

한우아가 어떤 품행을 보이는지 그가 비연보다 더 잘 알고 있었다. 당정이 공증인이 되었다는 사실을 알지 못했다면 그는 그 빚에 대해 안심하지 못했을 것이다.

그는 원래 한우아가 한가보로 돌아가기 전에 돈을 꿀 계획을 짜고 있다고 생각했다. 그러나 지금 상황을 보니 한우아가 꽤 곤란한 모양이었다. 그렇지 않다면 그녀가 당정에게 미움을 살 행동을 할 리 없었다.

이제 차용증이 그의 손에 있으니, 한우아의 약점을 쥔 것이나 마찬가지였다. 그는 기회를 보아 공기봉리에 관한 일을 제대로 물어볼 작정이었다.

한가보의 규칙은 매우 엄하다고 들었다. 소 부인이 비록 한우아를 가장 아낀다 해도, 가문의 법규를 집행할 때는 결코 정에 휘둘린 적 없는 사람이었다. 한우아는 절대로 이 차용증이 소 부인의 손에 들어가기를 바라지 않을 것이다.

일행이 다시 출발했다. 시위 몇 명이 앞뒤로 말을 타고 가며 호위하고, 매 공공의 마차가 가장 앞장섰다. 군구신의 마차가 중간이었고, 비연의 마차가 가장 뒤에 있었다. 망중은 행렬의 맨 뒤에서 호위하고 있었다.

이번 출행은 지난 두 번의 출행처럼 다급한 일이 아니어서 시간이 충분했다. 매 공공과 망중이 계획한 여정도 상당히 좋았다. 그들은 기본적으로 밤에는 객잔에서 자고, 낮에는 계속 길을 갔다.

매 공공이 옆에 있어, 비연은 될 수 있는 대로 군구신에게 먼저 말을 걸지 않았다. 이런 조용한 여행에 그녀는 이미 익숙했다.

남신이란 숭배하고 존경하는 대상이며, 멀리서만 좋아해야 하는 존재였다. 우연히 만날 수는 있으되 원한다고 얻을 수는 없는 존재며, 멀리서 바라볼 수는 있어도 가까이에서 희롱할 수는 없는 존재다. 매일 볼 수 있는 것만으로도 충분히 만족스러운 것이다.

마차 한 대를 독차지한 덕분에 비연은 상당히 편했다. 바쁘게 약왕정을 수련하고 약방문을 고민했다. 한순간도 무료하다거나 하는 생각은 들지 않고 오히려 시간이 너무 빨리 지나간다는 생각이 들었다.

그날 저녁, 그들은 천염국 중부에서 가장 큰 성인 평원성에 도착했다. 그들은 성에서 가장 큰 객잔에 머물게 되었다.

천염국에는 큰 성이 세 곳 있었는데, 바로 북부의 진양성, 중부의 평원성, 남부의 고락성이었다. 세 성이 거의 일직선상에 위치해 남북을 관통하는 형태였다. 황도는 진양성이었지만, 군사적인 각도에서는 평원성이야말로 가장 중요한 성이었다.

평원성 서쪽으로는 요새 두 곳이 있었는데, 바로 천염국 서쪽, 백초국과 경계를 이루는 국경에 닿아 있었다.

평원성 동쪽으로도 요새 두 곳이 있었는데, 만진국과 경계를 이루는 천염국 동쪽 변경에 잇닿아 있었다.

평원성 남쪽은 드넓은 평지로, 천염국 남쪽 변경까지 이어져 있었다. 천염국 국경 밖, 현공대륙 남부에 속하는 그곳은 어떤 국가의 통치도 받지 않는 대신, 상관보, 한가보, 그리고 현공상회의 근거지였다.

천염국의 군대는 세 갈래의 대군으로 나누어져 있었다. 하나는 정씨 가문의 군대로 서쪽 변경에 주둔하고 있었고, 또 하나는 기씨 가문의 군대로 동쪽 변경을 맡고 있었다. 그리고 남은 하나는 바로 천무제의 직속 군대로 3년 전 정왕에게 지휘를 맡긴 상태였다.

이 대군은 평원성 부근에 주둔하면서, 서쪽으로는 정가군을 지원하고, 동쪽으로는 기가군을 지원했으며, 남쪽 변경은 그대로 내버려 두었다.

물론 이 군대가 평원성 부근에 있는 한 정가군이나 기가군이 반란을 일으킨다 해도 천염국의 북부와 진양성을 수호할 수 있으니 평원성은 최대의 요새라 할 수 있었다.

비연은 열심히 살펴본 끝에 천염국과 현공대륙의 판세를 이해할 수 있었다. 이번 출행은 시간을 다투는 일이 아니니 정왕 전하는 분명 평원성에서 잠시 머물고자 하실 것이다. 그러므로 그녀는 당정에게 서신을 평원성으로 보내 달라고 부탁했다.

비연은 객잔에 도착하자마자 누적된 피로를 느끼고 방 안으로 들어가 나오지 않았다. 얼마 지나지 않아 점원이 서신을 가져왔다.

"고 대소저, 신농곡에서 온 밀서입니다. 소인이 이틀 동안 보관하고 있었습니다."

비연이 서신을 열어 보고 하마터면 소리 내어 웃을 뻔했다. 당정의 서신은 네 장이나 되었는데, 한우아의 진면목을 드러내도록 하는 것부터 천무제에게 괜찮은 여자들을 추천하는 것까지, 의견을 대여섯 개나 적어 놓았다.

서신을 마지막까지 읽은 비연은, 당정이 서신 말미에 덧붙여 놓은 질문을 보았다. 당정은 비연이 정왕 전하를 좋아하는지, 혹시 정왕부로 시집가고 싶은 것은 아닌지 묻고 있었다.

비연은 잠시 멈칫했다가 곧 큰 소리로 웃어 버렸다!

그녀는 정왕 전하를 좋아한다. 그러나 그와 혼인하고 싶은 생각으로 좋아하는 것은 아니었다!

비연이 바로 붓을 들어 당정에게 답장을 쓰기 시작했다. 그녀는 당정에게 계획을 잘 세운 다음, 자신 일행이 진양성에 도착한 후 행동을 시작할 것을 부탁했다.

그리고 바로 그 순간에 매 공공도 서신을 읽고 있었다. 그가 읽고 있는 서신은 바로 천무제에게서 온 것으로, 한우아에 대한 내용이었다.

전하, 축하드립니다

이 출행은 매 공공이 수행하고 있는 만큼, 천무제는 일행의 노선을 손바닥 들여다보듯 알고 있었다.

천무제는 첫째, 비연이 사라지기라도 해서 단약을 얻지 못하게 될까 봐 두려웠다. 둘째, 정왕과 현공상회 간의 교분이 너무 깊어지지는 않을까도 두려웠다. 셋째, 그는 정왕을 이용해 비연을 다스릴 생각이었다. 그러나 정왕이 조심하지 않고 혹시 비연에게 마음을 주기라도 할까 봐 걱정하고 있었다.

이러한 이유로 천무제는 계속 애를 태우고 있었다. 그렇기에 여정 내내 천무제는 매 공공과 계속 연락을 주고받았다.

매 공공은 하소만이 했던 이야기를 당연히 천무제에게 보고했다. 오늘 그가 받은 서신은 바로 천무제가 며칠 동안 고민한 결과였다.

천무제는 결국 수녀를 선발하는 일을 잠시 멈추고, 정왕에게 정비를 먼저 맞아들이게 하기로 결정했다.

매 공공이 서신을 다 읽은 후 군구신의 방문을 두드렸다.

"전하, 노비가 드릴 말씀이 있습니다."

이때, 군구신 앞에는 서류가 한가득이었다. 빙해에 관한 것이나 한우아와 관련된 사적인 내용부터, 동쪽 변경의 전황이며 서쪽의 동태 등 공적인 것까지 그 양이 적지 않았다.

이번 출행에서 그는 비연을 도와 현공상회를 응대할 뿐 아니라 동쪽 변경에서 기씨 가문의 동향에 대해서도 살펴보고, 만진국의 상황도 주시해 볼 생각이었다.

부황은 며칠 전 기욱에게 전투를 중지하라는 명령을 내렸다. 그의 예감이 틀리지 않았다면 기씨 가문은 이번에 제 분수를 지키지 않을 것이다.

이러한 일들 외에도, 이 기회에 남부에 위치한 세력들의 상황도 알아볼 생각이었다. 남방은 빙해에서 가장 가까운 곳이니, 이쪽에는 빙해의 비밀을 풀고자 하는 이들이 많을 것이다.

적당한 기회가 있다면 심지어 빙해에 한번 다녀올 생각까지 하고 있었다. 대황숙과 함께 한번 빙해에 갔던 적이 있었지만 높은 산 위에서 멀리 조망하기만 했었다. 그 뒤로 계속 빙해의 해안까지 가서 독에 물든 얼음 면을 직접 보고 싶다고 생각하고 있었다.

군구신이 직접 서류들을 정리하고 난 후에야 망중이 문을 열었다.

문이 열리자마자 매 공공이 웃음기 가득한 얼굴로 공손하게 읍하며 외쳤다.

"전하, 축하드립니다! 축하드립니다!"

군구신이 냉랭하게 물었다.

"무엇 때문이지?"

매 공공이 재빨리 보고했다.

"노비가 방금 소식을 받았습니다. 지난번 수녀들은 황상께서 직접 보시고는 모두 불만족스럽다 하시며 돌려보내셨습니다. 황상께서는 연말 전에 전하의 혼사를 끝내기로 마음먹으시고, 예부상서에게 예물을 준비하라 명하셨습니다. 전하께서 이번 출행을 끝내고 돌아가시면, 전하께서 직접 사신을 뽑아 한가보로 보내, 한 삼소저에게 구혼하게 하실 생각이십니다."

말을 끝낸 매 공공이 다시 덧붙였다.

"전하께서 한가보와 인연을 맺게 되시는 동시에 마음에 둔 분을 맞이하실 수 있게 되셨으니, 노비가 전하께 축하를 올릴 수밖에요!"

군구신의 눈에 날카로운 빛이 잠시 스치는가 싶더니 금세 사라졌다. 그는 이 일에 대해 전혀 놀라지 않은 듯 안색 하나 바꾸지 않고 냉랭하게 말했다.

"부황께서 결정하시면 그것으로 되었다."

매 공공이 기뻐하며 물었다.

"그럼 노비가 황상께 보고를 올릴까요?"

군구신이 고개를 끄덕이고 더 이상 어떤 태도도 표명하지 않았다.

매 공공이 떠난 다음, 망중이 재빨리 다가오더니 웃으며 말했다.

"전하, 보아하니 소만의 방법이 쓸 만합니다!"

하소만은 한우아를 높이 평가하여 평소에 늘 전하에게 권하곤 했다. 그러나 그럴 때마다 차가운 시선만을 받을 뿐이었다.

이번에 황상이 수녀를 선발하는 일을 너무 다급하게 몰아대니, 정왕 전하는 어쩔 수 없이 하소만의 건의를 받아들여 한우아로 잠시나마 막아 보기로 한 것이다.

정왕 전하가 허락하지 않았다면 하소만이 곰의 심장이나 표범의 간을 집어 먹었다 해도 감히 매 공공과 같은 외부인에게, 두 사람이 서로 마음이 있다거나 하는 말은 하지 못했을 것이다!

물론 정왕 전하는 하소만의 방법을 허락했을 뿐 한우아와 혼사를 치를 계획은 아니었다. 그는 단지 정비를 맞이한다는 핑계로, 황상이 정왕부를 수녀로 채우지 못하게 하려는 것뿐이었다.

주인의 안색이 괜찮은 것을 보고 망중이 재빨리 말을 이었다.

"전하, 제가 소만을 대신해 상을 청하겠습니다. 그 녀석, 반 년 동안 상이라곤 한 번도 받지 못해서 마음속으로 계속 섭섭해하고 있습니다!"

군구신이 잠시 생각하다가 말했다.

"소만에게 전해라. 부황에게 여러 명을 추천해 보라고 말이다. 이 일을 한 달 미룰 때마다 본 왕이 소만에게 한 달 치 봉급을 더 주도록 하지. 일이 엉망이 되면 그 결과는 자신이 감당하고!"

망중이 잠시 멍한 표정을 지었다가 곧 참지 못하고 큰 소리로 웃기 시작했다.

"예, 예! 제가 가서 서신을 쓰겠습니다!"

며칠 후, 하소만이 정왕부에서 망중의 서신을 받았다. 서신을 읽은 그의 마음은 매우 복잡해졌다. 정말로, 정말로, 정말로!

거액의 상금에 흥분하면서도 전하에게서 받은 임무 때문에 근심스러웠다.

하소만은 겨우 열세 살이었다. 무엇 때문에 정왕 전하가 여인 하나를 취하는 것이 그리도 어려운지 이해할 수 없었다. 궁에 있는 황자들 중에 정비를 맞이하는 것이 연극이 아닌 자가 있던가? 다들 정비를 맞이하면 장식품이나 꽃병으로 여기거나 혹은 방패막이로 삼곤 했다. 황자들 중 한 명이라도 정말로 정비와 서로를 은애하며 행복한 나날을 보내는 이가 있나?

한우아의 손에는 정왕 전하가 원하는 물건이 있고, 그녀는 교양도 있고 사리도 밝았다. 분수 있게 행동하며, 애정으로 인해 과한 행동을 한 적도 없었다. 소녀다운 신경질도 없고, 정왕 전하의 환심을 사려고 애쓰지도 않으니 정비로서 완벽한 선택이 아닌가?

게다가 정왕 전하가 한우아를 정비로 맞으면 한가보라는 배경을 얻을 수 있었다. 천무제가 이후로 다시 정왕 전하에게 측비를 맞이하게 하려 해도, 한우아의 기분을 고려하지 않을 수는 없을 것이다!

하소만은 생각하고 또 생각하다가, 곧 나이 든 할머니처럼 원망스러운 듯 투덜거리기 시작했다.

"사리 분별을 할 줄 아는 사람을 맞이하면 한번 고생으로 영원히 편해지는 셈이니 얼마나 좋아? 대체 왜 이런 쓸데없는 일을 해야 한담! 정말로 마음에 둔 사람을 취한다면 매일 황상을 경계해야 하잖아? 걱정을 덜 수나 있나? 피곤하기만 할 텐데? 스스로 귀찮아질 일을 찾는 셈이잖아? 정말로!"

그러나 원망은 원망이고, 분노도 분노일 뿐이다. 하소만은 잠시도 지체하지 않고 서신을 불태운 후 팔짱을 낀 채 정원에 앉아 심사숙고하기 시작했다.

이틀 전 천무제가 하소만을 궁으로 불러 한우아에 대해 물어보았다. 하소만은 한우아에 대해 과장스러울 정도로 칭찬했다. 그런데 지금 전하가 원하는 것은 이 혼사를 어떻게든 질질 끌어, 구혼하러 가기까지 시간을 버는 것이었다. 이제 한우아에 대한 천무제의 좋은 인상을 망가뜨리거나, 더 좋은 사람을 천거하는 수밖에 없었다. 아이고야!

이렇게 당정도 계략을 세우고, 하소만도 방법을 생각하게 되었는데, 두 사람의 창끝은 모두 한우아를 향하고 있었다. 그러나 한우아는 이 순간 여전히 한가보에 숨은 채 비연의 빚을 어떻게 하면 갚지 않을 수 있을까 고민하고 있었다.

군구신과 비연은 동행하면서도 각자 자신의 일로 바빴다. 매공공이 두 사람을 매우 치밀하게 관찰했으나 두 사람 사이에서 그 무엇도 발견하지 못했다.

며칠 후, 그들은 천염국 남부의 가장 큰 성인 고락성에 도착했다. 이 성은 천염국의 남대문이나 마찬가지였다.

현공대륙 남부는 한가보, 상관보, 현공상회, 이 세 세력을 제외하면 큰 세력이 딱히 없었다. 한가보와 상관보, 그리고 현공상회는 이 10년 동안 평화롭게 지내며, 그 누구도 남부의 패주가 되려 하지 않았다. 그러므로 천무제는 군사적으로 그들을 경계하지 않고, 변경의 관문도 계속 열어 두고 있었다.

천무제가 진정으로 경계하고 있는 것은 그들이 빙해에 대해 품고 있는 뜻이었다. 물론 표면적으로는 계속 우호적인 뜻을 표시하고 있었지만 말이다.

비연은 대략적인 상황만을 이해했을 뿐 빙해와 관련한 일은 잘 알지 못했다. 그리고 지금 이 순간 비연은 찻집에서 군구신, 매 공공과 함께 차를 마시며 현공상회의 상황에 대해 이야기하고 있었다.

며칠 전 그들이 받은 소식에 따르면 온자걸과 어약방의 거래가 이미 성사되었다. 온우유는 1년 내에 약감으로 승진할 예정이었고, 온자걸은 저렴한 가격에 삼칠을 팔았으며, 시간에 맞춰 동쪽 변경으로 보내겠다고 약속했다.

그들은 동쪽 변경에서 명확한 소식이 오기를 기다리는 중이었다. 소식을 받으면 그들은 남쪽 변경의 관문으로 나가 현공상회의 회장을 만날 것이다!

회장, 승 회장

현공상회에 대해 비연은 아는 바가 별로 없었다. 그에 비해 군구신은 상당히 많은 것을 알고 있었다. 그는 현상각이 발행한 흑패 소유자인 동시에 현공상회의 중요 고객이기도 했다.

군구신의 설명을 듣고 비연은 현공상회가 손을 대고 있는 사업이나 세력 범위가 상상을 넘어설 정도로 광범위하다는 것을 알게 됐다.

현공상회는 회장과 회장 부인이 함께 주조업을 시작으로 창업했고, 지금은 약재, 양식, 광업, 무기, 요릿집, 전장[1], 표국[2] 등 열 가지도 넘는 사업체를 경영하고 있었다. 손을 대는 사업마다 실적이 좋을 뿐 아니라, 심지어 몇몇 사업은 독점에 가까운 지위까지 누리고 있었다.

이렇게 강대한 재벌이지만 창업한 지 20년도 되지 않았다.

현공상회 회장의 신분은 비밀에 싸여 있어, 그의 진정한 이름을 아는 사람이 거의 없었다. 상회 사람들은 그를 '주인 어르신'이라 불렀고, 외부인들은 그를 '승 회장'이라고만 불렀다. 전하는 말에 따르면, 그가 가장 신뢰하는 사람들도 그의 내력을

---

1 과거 개인이 운영하던 금융 기관.
2 고대 중국의 운송 · 보험 · 경비 업체.

알지 못한다고 했다.

그에 비하면 회장 부인의 신분이며 내력은 보다 명확하게 드러나 있었다. 회장 부인의 이름은 상관정아, 바로 남부 3대 세력 중 하나인 상관보의 적녀였다.

비연이 열심히 듣고만 있는데, 매 공공이 참지 못하고 입을 열었다.

"전하, 현공상회 배후에 상관보가 있는 건 아닐까요? 노비가 황상께 들은 바로는, 사실 이 거래에는 한가보도 한 발 걸치고 있다고 합니다. 소 부인과 승 회장의 관계가 결코 나쁘지 않습니다. 심지어……, 심지어 소문에는 소 부인과 승 회장이 남녀 관계라는 이야기도 있습니다!"

군구신도 이 점을 의심하고 있었다. 다만 제대로 조사한 내용이 아니기 때문에 쉽게 태도를 표명하지 않았다.

매 공공이 소리 내어 웃었다.

"하기야 전하께서 한 삼소저와 혼인하시면 뭐……, 다 한 가족이 되는 것 아니겠습니까!"

군구신은 비연이 자신을 보고 있는 것을 알면서도 냉담한 표정으로 아무렇지도 않은 듯 고개만 끄덕였다.

비연이 바로 시선을 거두었다. 얼굴에는 아무 표정도 떠올라 있지 않았지만 마음속은 어둡게 소용돌이치고 있었다. 한우아의 뒷배가 정말이지 대단했다! 하소만처럼 눈이 높은 사람이 한우아를 그렇게 좋게 본 것도 이상한 일이 아니었다.

비연은 당정에게 이 상황을 설명하고, 당정이 현공상회의 비위를 거스르는 일이 일어나지 않도록 해야겠다고 생각했다.

비연은 한가보에 대해 이야기하고 싶지 않아, 화제를 돌리기 위해 진지하게 물었다.

"전하, 현공상회에서는 이사를 승 회장이 임명하나요, 아니면 부인이 임명하나요? 이사의 권한이 어느 정도죠?"

비연은 현공상회의 내력보다 현공상회 고위층의 인맥에 더 관심이 있었다. 예를 들자면 상회의 어떤 일을 어떤 이들이 맡는지, 그들의 배경이며 서로의 관계가 어떠한지 등등. 비연 일행의 진정한 출행 목적은 거래가 아니라 고발이니까.

고발이란 것은 쉽다고 하면 아주 쉽고, 어렵다 하면 아주 어려운 것이다. 사람을 제대로 찾는다면 한두 마디 건네는 것만으로도 충분할 수 있다. 그러나 사람을 잘못 고른다면 무슨 꼴을 당할지 모른다!

그들이 만나려는 사람은 승 회장 본인이지만, 다른 사람들도 경계해야만 하는 이유였다!

군구신의 설명을 듣고 비연은 현공상회에는 각 사업 부문마다 이사가 한 명씩 있다는 것을 알게 되었다. 이사 위로 그들 모두를 통솔하는 대大이사가 있고, 그 위가 바로 승 회장과 부인이었다.

최근 2년 동안 사업의 대부분을 부인이 관리하고 있었다. 거액을 다루는 거래나 오랜 기간에 걸쳐 협력하게 되는 계약이 아니면 승 회장은 얼굴을 드러내지 않았다.

비연의 눈가에 복잡한 빛이 스쳐 갔다. 깊이 생각하지 않을 수 없었다.

매 공공이 웃으며 말했다.

"동쪽 변경의 소식이 오면 제가 바로 승 회장을 예방하겠다는 서신을 보내겠습니다. 전하께서 직접 만나겠다고 하시는데, 승 회장이 얼굴을 드러내지 않을 수 있겠습니까?"

군구신이 대답하기 전에 비연이 소리쳤다.

"그런 정도로는 안 됩니다!"

천무제에게 어약방 대약사의 신분으로 삼칠을 사겠다고 말하긴 했지만, 저들이 대체 어떤 방식으로 파는지는 아주 중요한 문제였다.

밝은 곳에서 거래하는 것도 사는 것이고, 어두운 곳에서 거래하는 것도 사는 것이다. 단독으로 사는 것도 사는 것이고, 협력하여 사는 것도 사는 것이다. 물건을 구매한 후 신분을 드러내는 것도 사는 것이고, 먼저 신분을 드러낸 후 다시 사는 것도 사는 것이다! 신분을 어떻게 드러낼지 하는 것도 신중하게 고려해야만 했다!

그들이 만나야 할 사람은 승 회장이었다! 그가 어떤 내력을 지니고 있건, 어떤 성격이건, 그는 10여 년이라는 짧은 기간에 오늘의 현공상회를 이룬 사람이다. 그런 그가 쉬운 상대일 리 없었다.

만약 그들이 먼저 남궁 대인으로 하여금 삼칠을 사도록 종용하고, 그것을 고발하기 위해 왔다는 사실을 승 회장이 알게 된다면 분명 본전도 제대로 건지지 못하게 될 것이 분명했다!

비연이 진지한 표정으로 속삭였다.

"전하, 연극을 하려면 제대로 해야 합니다! 동쪽 변경에서 서신이 오기까지 우리에겐 아직 시간이 있으니, 반드시 길게 내다보고 계획을 짜야 합니다!"

군구신이 고개를 끄덕이며 말했다.

"승 회장이 술을 좋아한다더군. 그를 만나기 위해 미리 신분을 드러낼 필요는 없을 듯하다."

"술을 좋아한다고요?"

비연은 깜짝 놀랐다. 한참 고민하던 반짝이는 두 눈에 점차 교활한 웃음기가 떠올랐다.

"전하, 신묘한 계책이 하나 있습니다!"

비연이 목소리를 죽이고 계책을 설명하자 군구신이 연신 고개를 끄덕였다. 매 공공도 고개를 끄덕이면서 비연의 영리함에 마음속으로 감탄하기 시작했다.

아직 젊은 나이이건만 어찌 이리 똑똑한 것일까? 황상께서 정왕 전하께 함께 가라 하신 것이 과연 영명하셨도다! 정왕 전하를 제외하고, 천염국을 다 뒤져도 비연 저 계집애를 당해 낼 자를 찾을 수 없지 않을까?

이야기를 끝낸 비연 일행은 객잔에 머물면서 동쪽 변경의 소식을 기다리기로 했다. 황상이 기욱에게 전투를 멈추라는 명을 내린 후, 동쪽 변경의 상황은 상대적으로 안정되어 가고 있었다. 만진국은 거병하여 전투를 벌일 생각이 없는 듯 매일 천염국과 설전만 벌이고 있었다.

만진국 황제는 계속 죽고 다친 병사들이며 전쟁으로 인해 피해를 입은 백성들 이야기를 했다. 심지어 신농곡 노집사에게 친필 서신을 보내 공정함을 지켜 달라고 호소했다!

천무제는 백리명천이 폄적당했다는 사실을 믿을 수 없다며, 만진국이 백리명천을 숨겨 두고 신농곡을 기만하고 있다고 지적했다.

전투가 없으니 금창약도 그렇게 빨리 공급할 필요는 없었다!

며칠 후 비연은 동쪽 변경의 군의로부터, 현공상회의 삼칠이 전부 도착했다는 소식을 받을 수 있었다. 비연이 인내하며 더 기다렸다.

다시 시일이 지난 후 삼칠을 전부 사용해 금창약을 만들었다는 사실을 확인했다. 온자걸이 무엇 때문인지 돌아가지 않으려 한다는 이야기를 들은 후에야 비연이 행동을 개시하기로 결정했다.

아침 일찍, 그녀는 남자 옷을 입고 문을 나섰다. 당정과 마찬가지로, 남자 옷을 입었다 해도 그녀는 전혀 남자 같아 보이지 않았다. 오히려 여성스러우면서도 영웅적인 기운이 넘치고 씩씩해 보였다.

군구신이 그녀를 한눈에 알아보기는 했지만 조금 어리둥절한 표정을 지었다. 비연이 그 자리에서 두 번 돌아 보이고는, 그가 평소와 다르다는 것을 눈치채지 못한 채 물었다.

"전하, 어때요?"

군구신이 정신을 차리고 입을 열려고 했을 때 매 공공이 다가오는 것이 보였다. 군구신은 결국 아무 말도 하지 않았고, 대신 매 공공이 비연을 추켜세웠다. 비연이 다시 몇 바퀴 돌면서 즐거워했다.

비연 일행은 고락성을 나와 남쪽으로 내려가 관문을 통과했다. 한 시진 정도 가니 현공대륙 남단에서 가장 번화한 성인 낙하성에 도착할 수 있었다.

현공상회 총부가 바로 이 낙하성에 있었다!

약주, 정말 재미있네

낙하성은 원래 현공대륙 남부의 작은 마을에 불과했으나, 현공상회 총부가 이곳에 건립된 덕을 톡톡히 보아 지금은 번화한 성이 되었다.

현공상회 총부는 성 중심에 위치해 있었는데, 마치 거대한 숲처럼 광활한 지역을 차지하고 있어 낙하성의 지표가 되고 있었다.

비연 일행이 도착하니 오후 무렵이었다. 그들은 바로 현공상회로 가지 않고, 현공상회에서 가장 가까운 객잔에 짐을 풀었다. 상회를 예방하기 위해서는, 찾아가겠다는 예방첩을 미리 보내야 했기 때문이다.

비연은 예방첩에 승 회장에게 상당히 유혹적일 거래 내용을 적었다. 그러나 신분을 쓸 때가 되자 한참 망설이며 감히 위조하지 못했다.

"전하, 상도의에 따르면…… 어떤 친우의 명의를 빌려 써도 되는 걸까요?"

군구신이 답했다.

"상도의에는 깊은 교분이 필요하지 않지. 소문에 따르면 화월산장의 진짜 주인이 우리 황족이라 하니, 화월산장의 명의를 쓰도록."

비연도 이 방법이 꽤 괜찮다는 생각이 들었다. 화월산장주라면 황족과 관계가 있으면서도 불분명한 구석이 있으니, 그들이 쓰기에 적당한 느낌이었다.

매 공공은 정왕을 보며 속으로 매우 놀라고 있었다. 황상은 계속 화월산장의 주인이 정왕 전하라 의심하고 있었는데, 지금 보니 그 의심이 틀린 모양이라고 생각하면서. 그는 속으로 이번 출행이 성공하건 아니건, 최소한 그가 알게 된 사실이 적지 않다고 생각했다. 돌아가면 황상에게 이야기할 것이 꽤 있을 것이다.

비연은 성은 고顧씨로 쓰고, 화월산장주의 명의로 승 회장에게 보낼 예방첩을 작성했다.

그날 밤에 현공상회 대이사로부터 답을 받았는데, 승 회장이 최근 바쁜 관계로 일단 자신이 먼저 상담을 진행하겠다고 전해 왔다.

비연은 승 회장이 예방첩을 보았는지 확신할 수 없었지만, 최소한 대이사가 회답을 보낸 속도로 보건대 그녀가 제시한 거래를 그들이 마음에 들어 한다는 것은 알 수 있었다.

다음 날 새벽, 비연이 다시 남자 옷을 입었다. 군구신은 시위로, 매 공공은 노비로 변장한 뒤 함께 현공상회로 갔다.

현공상회 대이사의 이름은 상관도로, 회장 부인의 친정 쪽 사람이었다. 부인의 깊은 신임을 받고 있어 현공상회 내에서 권한이 아주 컸다.

비연 일행이 문 앞에 도착하자 대이사가 직접 대문 밖에서 기다리고 있는 것이 보였다. 머리와 수염이 하얗게 센 것으로 보아 쉰이 넘은 듯한 그는 온화한 표정으로 짙은 회색의 긴 장포를 걸치고, 손에는 돋보기를 하나 들고 있었다. 상인 특유의 거들먹거리는 느낌이 없고 오히려 글을 가르치는 훈장 같은 느낌이었다.

상도의 고수들은 얼굴에 똑똑한 기색을 내보이지 않는 법이다. 비연은 마음속으로 경계하기 시작했다. 승 회장을 볼 수 있을지 없을지는 이 대이사를 어떻게 구워삶느냐에 달려 있으니까.

비연이 마차에서 내리자 대이사가 빠른 걸음으로 다가왔다. 비연이 남장을 한 것을 보고 상당히 놀란 듯했지만 딱히 신경 쓰는 것 같지는 않았다. 그는 매우 예의 바르게 말했다.

"고 사장님, 먼 길 오시느라 고생 많으셨습니다. 미리 마중을 나가지 못해 죄송합니다."

비연 역시 예의 바르게 읍했다.

"대이사님의 대명은 오래 들어 왔습니다. 오늘 뵙게 되니, 저에게는 삼생에 걸친 행운입니다. 이리 뵙게 된 김에 여러 가지로 가르침을 받고 싶습니다."

"별말씀을 다 하십니다."

대이사는 겸손해 보였다. 그러나 비연이 부주의한 틈을 타서 군구신과 매 공공을 한 번 훑어보았다. 그러고는 바로 이렇게 말했다.

"고 사장님, 안으로 드시지요."

응접실로 가는 동안, 비연이 말을 돌려 가며 승 회장에 대해

묻기 시작했다. 그러나 대이사는 입이 무거웠다. 아니, 대답하
지 않는 것은 고사하고 계속 화제를 바꿔 오히려 화월산장과
천염국 황족의 관계에 대해 물어 왔다.

물론 비연 역시 만만한 사람은 아니었기에 한마디도 흘리지
않고, 소소한 이야기로 질문을 막아 냈다.

군구신과 매 공공도 뒤에서 듣고 있었다. 군구신은 비연에
대해 점점 더 만족하고 있었고, 매 공공은 점점 더 탄복하고 있
었다.

매 공공은 속으로, 비연이 기씨 가문 혹은 정씨 가문으로 시
집가지 않은 것이 다행이라고 생각했다. 만약 비연이 두 가문
중 한 곳으로 시집을 갔다면 황상이 다급해졌을 것이다. 이렇
게 영리하다니, 일개 약사로 두기에는 너무나 아까운 인물이라
는 생각도 들었다.

응접실에 도착했을 때는 이미 비연과 대이사가 서로에 대한
파악을 끝낸 다음이었다. 대이사는 비연에게 예의를 갖출 뿐
아니라 인정하는 기색을 보이고 있었다. 그는 자리에 앉자마자
바로 거래에 대한 이야기를 꺼냈다.

"고 사장님, 물건은 가져오셨습니까?"

비연이 매 공공에게 술 두 병을 가져오게 했다. 그녀가 한 잔
따르자 황주[3]의 농후한 향이 코를 찔러 왔다.

---

3 중국 술의 하나. 누룩과 차조 또는 찰수수 등을 원료로 만든 담갈색 또는 흑갈색
의 술.

"대이사님, 드시지요."

대이사가 술의 향을 맡고 색을 보더니 진지하게 맛을 보기 시작했다. 술에 대해 꽤 잘 아는 것이 분명했다.

대이사가 한 잔 비운 후 중얼거렸다.

"이 술에 약은 있으되 약의 맛은 나지 않고, 약재의 양은 적되 약성은 충분하니 술의 기운을 살려 주는군……. 재미있군, 재미있어!"

비연이 가져온 술이 당연히 보통 술일 리 없었다.

이 술은 군구신이 가져온 것으로, 개인이 양주한 상등품이었다. 그녀가 술에 다시 한번 가공을 했는데, 상당히 많은 약재의 정화를 첨가했으니 시장에서는 절대로 살 수 없었다. 그리고 이 약재의 정화 속에는 삼칠도 들어 있었다!

이 거래가 성공한다면 그 삼칠을 현공상회에서 제공받을 작정이었다.

대이사가 기뻐하는 것을 보고 비연이 재빨리 한 잔 더 따르고 웃으며 말했다.

"승 회장님께서 바쁘시다니 안타깝습니다. 대이사님, 이 술이…… 승 회장님의 입맛에 맞을는지요? 제가 듣기로는, 승 회장님께서 좋아하실 만한 술이라면 반드시 성공할 거라 했습니다! 우리 장주님의 뜻은 두 곳에서 협력하는 것입니다. 우리가 술을 배합하고, 현공상회에서 원료를 제공하면……."

비연의 말이 끝나기도 전에 대이사가 말을 끊고 반쯤 진지하게, 또 반쯤은 놀리듯 말했다.

"고 사장님, 이 술이라면 승 회장님은 아무리 바쁘셔도 분명 드시고 싶어 하실 겁니다. 다만 술은 술이고, 거래는 거래지요. 승 회장님은 술을 즐기시지만 언제나 우리 술만 드십니다. 하하, 저처럼 다른 이의 술잔을 탐하지 않으시지요."

이 말에 비연의 심장이 쿵 소리를 내며 떨어졌다.

다른 이의 술잔을 탐한다? 이건 무슨 의미일까? 어떤 이익을 바라는 걸까?

보아하니 대이사가 회장 부인의 신임을 받고 있지만 사적인 욕심 역시 꽤 커 보였다. 그가 얼마나 탐하고 싶은 것일까?

그가 탐하는 것은 두렵지 않았다. 그러나 너무 많이 탐한다면 불가능하다!

비연이 재빨리 한 잔 더 채운 다음 반쯤은 진지하게, 또 반쯤은 농담하듯 말했다.

"그런 말이 있지요. 미주는 몸에 좋으나 잔을 너무 탐하면 몸을 망치게 된다는."

대이사가 여전히 웃으며 아무 대답도 하지 않았다. 비연은 다시 그에게 술을 따라 주려 했지만 그가 거부하더니 술잔을 들고 손 위에서 돌리기 시작했다. 그러기를 한참 후에야 물었다.

"고 사장님, 술잔에 대해 좀 아십니까? 이 늙은이의 술잔을 좀 보시지요."

비연은 술잔에 대해서는 전혀 알지 못했다. 그러나 그녀는 술잔을 받아 열심히 살펴보는 척한 뒤 과장하여 칭찬했다. 그리고 마지막으로 한마디 덧붙였다.

"이 술잔은 주문 제작하신 건가요?"

대이사가 큰 소리로 웃었다.

"성의 서쪽, 이항이라는 골목에 있는 도자기 가게에서 우연히 얻은 것입니다."

비연이 고개를 끄덕이며 더 이상 묻지 않았다.

대이사가 다시 화제를 돌렸다. 그는 더 이상 약주 이야기는 하지 않고, 거래를 할 것인지 아닌지, 언제 비연이 승 회장을 만날 수 있을지도 이야기하지 않았다. 비연 역시 한마디도 언급하지 않았다.

두 사람은 잠시 더 이야기를 나눴고, 비연이 먼저 작별을 고했다.

마차가 현공상회 대문에서 멀어진 다음, 매 공공이 참지 못하고 급히 물었다.

"고 대약사, 이……, 이 일은 이제 성사가 어렵습니까?"

비연이 대답하기도 전에 군구신이 마부로 위장하고 있던 망중에게 말했다.

"바로 이항으로 가자."

비연이 웃었다. 정왕 전하도 무슨 의미인지 이해한 것이다.

대이사의 노림수

비연 일행이 성의 서쪽에 위치한 이항에 도착했을 때는 날이 이미 어둑어둑했다.

골목을 한 바퀴 둘러본 다음, 그들은 이 골목에 도자기 가게는 단 한 곳이라는 것을 발견했다. 보기에는 그저 보통 가게였고, 팔고 있는 물건도 모두 저렴한 것들이었다.

비연 일행이 들어가 보니 가게 안에는 예순 남짓한 노인 하나만이 있었는데, 바로 점주인 듯했다.

노인이 비연을 훑어보더니 예의 바르게 말했다.

"소저, 필요한 건 무엇이든 고르시지요."

비연은 한 바퀴 둘러본 다음 곧 대이사의 것과 똑같은 술잔을 하나 발견했다. 그녀는 술잔을 들고 돌려 본 다음, 군구신에게 웃으며 말했다.

"신기하구나. 오늘 똑같은 것을 보았는데, 이것도 인연이겠지? 이것을 사야겠다!"

그녀가 노인을 보며 물었다.

"노인장, 이 술잔은 어찌 파시는가요?"

노인이 즉시 엄지손가락을 세우며 말했다.

"소저, 안목이 있으시군요! 단번에 그 물건을 고르시다니. 그건 이 늙은이의 가게에서 가장 좋은 물건입니다. 사시겠다면 금화를 세 닢이건 열 닢이건, 알아서 주십시오."

이 말에는 어떻게 들어도 다른 의미가 담겨 있었다.

비연이 아주 상쾌하게 대답했다.

"본 소저는 당연히 진심이지요. 사고 싶습니다!"

그녀가 술잔을 든 채 걸어 나갔고, 군구신이 노인장에게 가서 값을 치렀다. 그가 낸 돈은 금화 세 닢도 열 닢도 아닌, 30만 금이었다.

옆에서 보던 매 공공과 망중이 눈을 휘둥그렇게 떴다. 그들이 아무리 요령이 없다 해도, 이 30만 금이 대이사에게 건네는 뇌물이라는 사실은 알 수 있었다! 이 노인은 분명 대이사의 사람인 것이다!

여지라고는 없이 철저했다. 그야말로 네가 청하니 나도 원하겠다는 식으로, 어떤 증거도 남기지 않았다! 상관 대이사는 입을 너무 크게 벌리고 있었다!

이항을 떠나며 비연 역시 견딜 수 없이 속이 쓰렸다. 그러나 이 출행과 관련한 지출은 천무제에게서 정산받을 수 있다고 생각하니 그래도 위로가 되었다.

그녀가 재빨리, 더 이상 평범할 수 없는 술잔을 매 공공에게 건네며 생긋 웃었다.

"매 공공, 귀중한 물건이니 잘 보관하셔야 해요. 돌아가서 황상께 올리실 수 있도록요!"

매 공공은 매우 화가 나 있었다. 그는 궁에서 이런저런 이득을 취하는 방법으로는 스스로가 일가를 이루었다 여겼건만, 상인이 이렇게 절묘한 수단을 쓸 줄은 몰랐던 것이다.

그가 진지하게 물었다.

"정왕 전하, 고 대약사, 30만 금은 적은 금액이 아닙니다. 우리가 정말로 승 회장을 만날 수 있겠습니까? 헛수고가 되면 저는…… 돌아가서 할 말이 없습니다."

비연은 자신만만했다. 첫째, 확실히 30만 금은 적은 금액이 아니었다. 둘째, 그녀는 대이사가 그 약주를 좋아한다는 것을 확인했다. 셋째, 승 회장이 술을 좋아하니 대이사는 이 거래를 성립시키는 동시에 승 회장을 즐겁게 할 수도 있을 것이다. 대이사가 이 기회를 놓칠 리가 없었다.

그녀가 진지하게 말했다.

"안심하세요. 기껏해야 사흘이에요. 대이사가 직접 우리를 찾아오게 되어 있어요!"

그래도 매 공공은 여전히 안심이 안 되는지, 계속 걱정 서린 어조로 비연에게 온갖 질문을 던졌다. 군구신이 계속 침묵하다가 결국 참지 못하고 냉랭하게 말했다.

"이 일이 실패하면 30만 금은 본 왕이 낼 것이니, 더 이상 말하지 마라!"

매 공공은 그제야 안심하고 입을 다물었다.

비연은 마음이 따뜻해지는 것을 느꼈다. 그녀는 정왕 전하에게 고맙다고 말하고 싶었지만 그저 공손한 태도로 이렇게만 말했다.

"전하께서는 영명하십니다!"

이제 남은 건 기다리는 일뿐이었다.

사흘 후, 과연 상관 대이사가 직접 객잔까지 찾아왔다. 그러나 비연과 군구신을 놀라게 한 것은 따로 있었다. 대이사가 그들을 데리고 승 회장을 보러 가는 것이 아니라, 승 회장을 대표하여 그들과 이 약주 거래를 이야기하러 왔다는 점이었다!

대이사는 분명 이미 30만 금을 챙긴 다음이었다. 그는 본래도 온화한 표정이었지만 지금 비연을 대하는 태도는 더욱 호의적이었다.

비연이 묻기도 전에 그가 먼저 말했다.

"고 사장님, 정말 상황이 어렵게 되었습니다. 승 회장님께서 원래 오늘 고 사장님을 만나려 하셨지만, 최근 현상각에 일이 하나 생겨 아침 일찍 성을 나가셨습니다. 대신 이 일의 전권을 이 늙은이에게 맡기셨지요."

최근 현상각에 일이 생겼다고? 정왕 전하와 현상각주는 관계가 상당히 좋은 편으로, 얼마 전에도 각주에게서 승 회장의 행방에 대해 들었는데!

이 대이사가 이익은 취하고 일은 하지 않겠다는 건가? 대체 무슨 생각을 하는 거지?

비연이 미간을 찡그리며 입을 열려고 했을 때, 대이사가 웃으며 뼈가 있는 말을 던졌다.

"고 사장님, 얼마나 진심이신지 이 늙은이가 잘 압니다. 승 회장님도 이미 고 사장님의 술을 품평하셨고, 입이 마르게 칭찬하셨습니다. 그리고 직접 술의 배합을 적어 보셨는데 한번 보시겠습니까? 얼마나 맞았는지?"

진실인지 거짓인지 알 수 없는 상황에서 비연은 그때그때 상황을 보아 가며 행동하는 수밖에 없었다.

비연은 술의 배합을 적은 종이를 받아 살펴보고는 이 배합이 진짜 배합과 거의 차이가 없다는 것을 발견했다. 심지어 그녀가 추가한 몇 가지 약재 중 반 이상을 맞혔고, 그중에는 삼칠도 포함되어 있었다!

비연이 깜짝 놀랐다.

"승 회장님이 정말 대단하시군요! 덕분에 오늘 또 견식을 넓혔습니다."

대이사가 웃으며 말했다.

"보아하니, 차이가 그렇게까지는 나지 않는 모양이군요. 하하! 이 세상에 승 회장님이 평하지 못할 술은 없을 겁니다. 물론 배합도 중요하지만, 더 중요한 것은 술을 담그는 공법이지요. 승 회장님께서 이 거래의 전권을 이 늙은이에게 주셨습니다. 고 사장님, 무엇을 생각하시건 솔직하게 말씀하셔도 좋습니다."

현상각에 정말로 무슨 일이 생겨서 승 회장이 올 수 없게 된 걸까? 비록 승 회장을 직접 보지 못하는 것은 매우 유감이지만, 이 대이사가 거래에 진심으로 응한다면 온자걸은 분명 피할 수 없을 것이다.

이 거래에 관련한 세세한 상황은 비연이 이미 생각해 둔 바 있었다. 그녀가 진지하게 말했다.

"예전에도 말했듯이, 재료는 현공상회에서 대고, 제조는 화월산장에서 책임집니다. 판매는 현공상회에서 맡기로 하고, 화월산장에서는 공임비와 이익의 3할을 원합니다."

대이사가 큰 소리로 웃기 시작했다.

"고 사장님, 이리도 젊으신데 어디서 그런 사업 방법을 배우셨습니까? 공임에 이익의 3할이라, 자본은 대지 않고 밑져야 본전으로 하시겠다니!"

비연이 웃으며 말했다.

"자본으로 이야기하자면, 이 술의 배합이야말로 가격으로 따질 수 없는 것이지요. 승 회장님이 상당히 가깝게 맞히셨으나 가장 중요한 몇 가지 약재는 알아내지 못하셨어요. 이 술은 보통 술이 아니라 보양이 되는 약주랍니다."

대이사는 즉시 주류 시장을 분석하고 판매 원가를 계산해냈다.

두 사람이 설왕설래하면서 몇 가시 협력 방식을 이야기했다. 비연은 한 발도 양보하지 않았고, 대이사가 뇌물을 받아 켕기는 구석이 있는지 결국은 양보했다.

비연은 암암리에 안도의 한숨을 내쉬었다. 사실 그녀가 견지하려 했던 것은 이익 비율이 아니라 현공상회가 재료를 댄다는 조항이었다. 이렇게 되었으니 그녀는 이제 삼칠 문제를 이 거래와 연결시킬 수 있었다.

삼칠은 올해 시월은 되어야 채집 가능할 터이니, 이 일이 성사된 후 그녀가 즉시 재료를 요구하기만 하면 된다. 온자걸의 능력이 아무리 좋다 해도 이만큼을 채우지는 못할 것이다.

곁에 서 있던 군구신과 매 공공이 서로 눈빛을 주고받았다. 두 사람 모두 안심하고 있었다.

그러나 누가 알았을까? 비연이 대이사와 협력의 세세한 부분을 이야기하고 있노라니 대이사가 갑자기 제 머리를 치며 말했다.

"아, 맞다! 이 늙은이가 한 가지 잊고 있던 게 있습니다. 승 회장님께서 약재 하나가 마음에 들지 않으니, 고 사장님이 꼭 방법을 생각해 바꿔 달라고 하시더군요."

이 말에 비연은 즉시 무엇인가 이상하다는 것을 눈치챘다.

이건 무슨 일일까! 기본적으로 이야기가 끝났는데 이제 와서 배합을 바꿔 달라고? 정말로 잊은 것일까, 아니면 거짓으로 잊은 것일까?

비연이 서둘러 물었다.

"무슨 약재 말씀이시죠?"

대이사가 진지하게 말했다.

"삼칠 말입니다. 승 회장님께서는 삼칠의 맛을 좋아하지 않으십니다!"

그들은 같은 부류 사람들

승 회장이 그렇게나 우연히 이 자리에 올 수 없게 되었고, 또 그렇게나 우연히 삼칠의 맛을 좋아하지 않는다고? 이 세상 어디서 이리도 많은 우연들이 모여들었지? 여기에는 분명 음모가 있는 게 틀림없다!

비연의 눈가에 차가운 빛이 스쳐 갔다. 그녀가 일부러 궁금한 듯 물었다.

"승 회장님께서 어째서……. 삼칠의 향이 나쁘지도 않은데요!"

대이사가 어쩔 수 없다는 듯 대답했다.

"승 회장님의 기호는 부인께서도 맞추기 어려워하실 정도니, 이 늙은이야 그 연유를 알 수 없지요."

비연이 난감해하기 시작했다.

"대이사님, 삼칠을 빼면 술의 맛이나 기운이 달라질 텐데요!"

대이사가 기침을 몇 번 하더니 일부러 자리를 바꿔 비연의 옆자리로 옮겨 앉았다.

"고 사장님, 여기 다른 사람도 없고, 늙은이가 사장님을 속일 생각 또한 없습니다. 승 회장님은 약주에 상당히 흥미를 갖고 계셔서 이미 작년부터 비방을 찾기 시작하셨습니다. 지금 가지고 계신 비방만 해도 열 첩 이상이지요. 그러니 승 회장님이 고 사장님의 배합을 반드시 필요로 하는 건 아닙니다. 중요한 것은 이 늙은이가 만족했다는 것이죠. 이 늙은이가 꽤 힘을 들여 승 회장님께 고 사장님의 배합을 쓰시라 설득하는 데 성공했습니다. 다른 것은 다 들어줄 수 있지만 이 삼칠 문제만은 절대로 안 됩니다. 보시면…… 비슷한 약재를 찾아 대신 넣으면 되겠지요."

대이사가 잠시 심사숙고하더니 진지하게 한마디 덧붙였다.

"하지만 이 맛과 기운은 결코 차이가 나서는 안 됩니다!"

이게 정말일까? 아니면 대이사가 날조해 낸 핑계일까?

비연은 후자라 생각하고 연극을 계속하기로 했다.

"대이사님, 이 술의 배합에 대한 문제는 제가 결정할 수 있는 것이 아닙니다. 이렇게 하는 것이 어떨까요? 일단 제가 우리 장주님께 보고드려, 장주님이 어떤 의견을 갖고 계신지 알려 주실 때까지 며칠만 기다려 주시겠어요?"

"그럽시다. 고 사장님 소식을 기다리지요."

대이사가 잠시 머뭇거리더니 다시 한마디 덧붙였다.

"고 사장님, 이 늙은이를 대신해 장주님께 한마디 덧붙여 주시지요. 그분의 성의는 이 늙은이가 마음속 깊이 기억하겠노라고."

이때 곁에 있던 군구신이 마침내 눈을 들어 대이사를 바라보았다. 그러나 그는 여전히 안색 하나 변하지 않았다.

대이사를 보낸 후, 비연과 군구신이 서로 얼굴을 마주 보았다. 두 사람의 생각이 거의 비슷했으나, 신중을 기하기 위해 군구신이 현상각에 연락해 승 회장의 행방을 알아보았다.

하루가 지나 현상각의 소식을 받았다. 승 회장은 여전히 낙하성에 있으며, 현상각에는 아무 일도 없다는 내용이었다.

그제야 그들은 상관 대이사와 온자걸이 한 무리라는 것을 알게 되었다.

비연은 화가 치밀어 올랐다.

"그 30만 금, 반드시 배로 토해 내게 해 줄 테다!"

매 공공은 오히려 그 30만 금을 아까워하지 않고 다행이라고 주장했다.

"고 대약사, 고 대약사가 생각이 깊어 참 다행이었습니다. 다행히도 우리가 진짜 신분을 드러내지는 않았으니! 아니었으면 이 일이 다 엉망이 될 뻔했습니다!"

군구신이 잘생긴 미간을 살짝 찌푸린 채 진지한 목소리로 중얼거렸다.

"상관도와 온우유가 무슨 관계지?"

이 순간, 비연과 매 공공은 자신들이 중요한 문제를 잊고 있었다는 것을 알아차렸다. 온자걸이 어약방에 이익을 양도한 것은 온우유가 승진하도록 돕기 위해서였다. 그렇다면 상관도는?

대이사인 상관도는 온자걸보다 직급이 한 단계 높다. 그런 그가 실제로 이익을 얻는 것도 아닌데 참고 있다고? 심지어 온자걸을 비호까지 하고? 온자걸이 어약방에 이익을 넘겼다면 상관도는 어디서 이익을 얻었을까?

비연은 진양성을 떠나기 전에 예전 장부들을 살펴보았다. 최근 3년 동안, 어약방은 현공상회에서 적지 않은 약재들을 구매했다. 장부에 적힌 가격은 정상적이었다. 이것이 의미하는 것은, 온자걸이 양도한 이익은 어약방의 공공재산이 된 것이 아니라 상관영홍 등의 주머니로 들어갔다는 것이었다.

여기에 생각이 미치자 비연이 갑자기 소리쳤다.

"대이사와 상관영홍의 성씨가 같아요! 둘이 한패였음이 틀림없어!"

군구신이 냉랭하게 말했다.

"온씨 남매는 그저 바둑돌이었던 모양이군."

비연은 상관도에게 감탄하지 않을 수 없었다. 이익이 온자걸과 천염국 어약방을 모두 거친 다음 자신의 주머니로 들어오게 해 두었다. 위험은 모두 온씨 남매와 어약방에 전가되도록 만들어 놓고.

온자걸이 동생이 승진할 수 있도록 어약방 집사에게 뇌물을 주었다라고 하면 이유가 충분했다! 설사 죄를 저지른 것이 드러나 온자걸이 대이사에 대해 털어놓더라도 증거가 있을 수 없었다! 대이사는 이 일에 직접적으로 참여하지 않았을 테고, 어떤 뇌물도 직접 받지는 않았을 것이다. 그 30만 금처럼!

비연은 온우유의 그 교만한 표정을 떠올리며 갑자기 연민을 느꼈다. 온우유는 현공상회 이사인 사촌 오라비가 있다고 자랑스러워하지만, 그 오라비가 자신을 어떻게 이용하고 있는지는 모를 것이다!

비연과 군구신이 생각에 잠겼다. 두 사람의 표정은 약속이나 한 듯 엄숙했다. 그들의 목표는 이제 온자걸이 아니라 상관 대이사였다!

매 공공이 다급하게 말했다.

"전하, 대약사! 대이사는 분명 이 약주 거래를 승 회장에게 속이고 있습니다. 그는 절대로 우리를 승 회장과 만나게 하지 않을 겁니다! 이제 어떻게 하면 좋을까요?"

"길게 보고, 풀을 건드려 뱀을 놀라게 하는 일은 없도록 해야겠지."

군구신이 망중을 불러 명령했다.

"상관영홍의 진정한 신분을 조사하도록. 상관영홍이 상관도와 접촉한 증거를 찾아낼 수 있으면 가장 좋겠군."

비연은 대이사와의 거래를 미루면서 망중이 알아 올 정보를 기다렸다. 그러나 놀랍게도 망중은 상관도와 상관영홍의 관계를 조사하지 못했을 뿐 아니라, 오히려 나쁜 소식을 가져왔다.

"상관영홍의 온 가족이 실종되었습니다."

의심할 바 없었다. 상관영홍은 비연이 자신을 조사할까 봐 두려워 도망친 것이다.

이제 일이 아주 곤란해졌다!

첫째, 대이사를 고발할 증거가 없으니 온자걸을 고발한다 해도 의미가 크지 않았다. 둘째, 그 삼칠을 모두 사용했으니 비연이 대약사의 신분으로 승 회장을 만나 고발하기 어려워졌다. 그리고 마지막으로, 신분을 공개하지 않는 이상 그들이 승 회장을 만나기 매우 어려운 상황이었다!

비연은 고민한 끝에 단호하게 결심했다! 그들이 승 회장을 볼 수 없다면, 승 회장으로 하여금 그들을 보러 오게 하면 된다!

비연은 그날로 군구신과 매 공공을 이끌고 기루로 갔다. 그리고 기루 주인을 매수해 새로 온 기녀로 변장하고, 방문 앞에 팻말을 하나 세웠다.

'주량으로 승 회장을 이길 수 있는 자만 들어와 얼굴을 볼 수 있다!'

기루와 관련한 소문은 항상 널리 퍼지기 마련이다. 며칠이 지나자 이 일은 낙하성의 거리마다, 골목마다 모든 이들이 열렬하게 이야기하는 화제가 되었다. 사람들은 왜 새로 온 기녀가 이런 규칙을 만들면서 승 회장의 주량을 기준으로 삼았는지 고집스럽게 이야기했다.

비연은 다시 기루 주인을 통해 새로운 소문을 퍼뜨렸다. 바로 새로 온 기녀의 주량이 승 회장과 같기에 이런 규칙을 세웠다는 것이었다.

이 소문이 퍼지자 낙하성 전체가 마치 끓는 솥처럼 변했다. 승 회장은 현공대륙 전체에서 주량이 가장 뛰어난 사람이다! 새로운 기녀는 겨우 일개 아가씨가 아닌가. 어떻게 승 회장과 주량이 같을 수 있지? 이건 스스로를 높인다기보다 승 회장을 끌어내리려는 것 아닌가?

곧 누군가가 문을 두드렸다. 그 누군가는 바로 승 회장의 부인인 상관정아였다.

매 공공이 다급하게 외쳤다.

"고 약사, 보십시오! 제가 말했잖습니까. 승 회장은 대장부니 이런 일로 실랑이를 벌이지 않을 거라고 말입니다. 찾아온 사람은 분명 그의 부인입니다! 제가 듣기로는 이 부인이 결코 호락호락한 상대가 아니고, 심정이 남자보다도 더 사납다고 합니다!"

비연도 당연히 승 회장이 오지 않을 걸 알고 있었다. 그녀가 이런 연극을 하며 기다리고 있던 상대도 바로 부인이었다. 먼저 부인을 만나지 않으면 어떻게 승 회장을 만날 기회를 잡을 수 있겠는가?

그녀는 매 공공을 상대하지 않고 군구신에게 말했다.

"전하, 일단 잠시 피해 계십시오. 제가 보증하겠습니다. 부인이 우리를 승 회장에게 데려가 줄 겁니다!"

내 부군이 너를 보고자 한다

쾅쾅쾅!

거칠게 문 두드리는 소리 사이로 기루 주인이 권하는 말들이 들려왔다.

"상관 부인, 들어가시면 안 됩니다! 규칙에 어긋납니다! 상관 부인, 우리 새 기녀는 승 회장님과 정말로 아무 관계가 없습니다. 부인께서 생각하시는 그런 것이 아닙니다! 상관 부인……."

곧 방문이 열렸다. 비연은 투조한 나무 병풍 사이사이로 한 여자가 들어오는 것을 볼 수 있었다. 나이는 30대 중반 정도로 보였다. 실제로는 그보다 나이가 위라 해도 갸름한 얼굴이며 몸매를 상당히 잘 가꾸었고, 우아한 느낌을 잃지 않으면서도 요염하니 가히 미인이라 할 수 있었다.

모두가 상관 부인이 활달한 동시에 고요한 성격이라 했다. 활달하게 행동할 때면 그 기세로 다른 이들을 핍박하며, 남자에게도 지지 않았다. 고요히 있을 때면 그 탁월한 아름다움과 더불어 당당하면서도 부드러운 느낌을 풍겼다. 비연은 속으로 떠도는 소문이 거짓말은 아니라고 생각했다.

상관 부인이 방에 들어와 '쾅' 소리가 나도록 방문을 닫았다. 비연은 여전히 태연자약하게 앉아 아무 말도 하지 않았다.

상관 부인의 흉흉한 기세로 병풍을 돌아왔다. 그리고 비연을 발견하자 바로 발걸음을 멈추었다.

비연은 남자처럼, 허리에는 가느다란 옥대를 차고 머리에는 옥관을 쓰고 있었다. 누가 보아도 여자였으나, 그녀에게서는 맑고 귀한 느낌이 풍겨 나왔다. 세속의 먼지 하나 묻지 않은 듯한 비연의 모습과 '기녀'라는 두 글자는 어울리지 않는 것 같았다.

"너……."

상관 부인이 그녀를 한 번 훑어보고는 바로 어찌 된 일인지 깨닫고 차갑게 외쳤다.

"천한 것, 아주 대담하구나! 일부러 한 짓이군!"

상관 부인은 자신의 남편을 아주 잘 알고 있었다. 오랜 세월 같이 지내는 동안 그녀는 남편이 여자에게 눈길을 보내는 것을 본 적이 없었다. 바로 그녀 자신을 포함해서.

그녀는 남편이 기루의 여자와 엮였을 리 없다고 확신하고 있었다. 문제의 기녀는 아마도 이름을 날리고 싶어 미치기라도 한 모양이라고도 생각했다. 대담하게도 그녀 남편의 이름을 두고 소문을 퍼뜨리다니.

그러나 실제로 눈앞에서 비연을 보게 된 순간, 그녀는 자신의 생각이 틀렸음을 깨달았다. 눈앞에 있는 여자는 기녀도 뭣도 아니었다. 일을 이렇게 크게 벌인 것은 분명 그녀를 끌어들이기 위해 일부러 한 짓일 터였다.

비연이 차를 한 잔 따르고 웃으며 물었다.

"부인, 제가 대담하지 않았다면 부인을 뵐 수 있었을까요?"

상관 부인이 얼굴을 찌푸리며 명령했다.

"본 부인이 차 한 잔 마실 시간을 주겠다. 어서 네 방문 앞의 저 팻말을 가지고 거리로 나가, 사람들이 보는 앞에서 불태워 버려라. 그러지 않으면 그 결과는 스스로 감당해야 할 게다!"

비연이 다시 물었다.

"부인께서는 제가 무엇 때문에 부인을 찾았는지는 묻지 않으시나요?"

상관 부인의 눈가에 지겨움이 슬며시 스쳐 갔다. 해마다 이런 식으로 온갖 방법을 짜내 그녀를 만나려는 사람이 몇 명씩 있었다. 그중 사업을 위해 오지 않은 경우는 하나도 없었다. 합작을 원하지 않으면 이득을 원하고, 이득을 원하는 경우가 아니면 기회를 원하고. 그녀는 귀찮아 견딜 수 없었다!

눈앞의 계집은 그녀를 속이는 데 성공했지만, 동시에 분노하게 했다. 그녀는 오늘 예외를 두지 않을 뿐 아니라, 이 계집이 어디 출신인지 확실하게 알아내겠다고 마음먹었다. 그녀는 이 계집을 보낸 곳을 제대로 손봐 주고 본보기로 삼아, 다시는 다른 이들이 이런 식의 접근을 못 하도록 할 셈이었다.

상관 부인이 침착하게 자리에 앉았다.

"말해 보거라. 네 성은 무엇이고 이름은 무엇이지? 어느 가문의 자식이냐? 너희 가문에서는 무엇을 사고팔지? 무슨 일이라도 있었느냐?"

영리한 비연은 상관 부인과 거래 이야기를 할 생각이 아예 없었다. 상관 부인의 질문들을 듣자마자 그녀에게 다른 의도가 있음을 알아차렸기 때문이다!

비연은 작은 술병을 꺼내 상관 부인에게 건넸다.

"부인, 이것을 한번 보시면 아시게 될 것입니다!"

상관 부인이 술병을 살펴보았다. 그곳에는 어떤 글씨도 표지도 없었다. 심지어 술의 이름조차 적혀 있지 않았다. 그녀는 병을 열고 술의 향을 맡아 보았다. 아주 농후하고 유혹적인 향이었으나 어떤 술인지는 도무지 생각나지 않았다. 아무래도 그녀에게는 익숙하지 않은 술인 듯싶었다.

상관 부인이 물어보려 했을 때 비연이 무거운 목소리로 속삭였다.

"부인, 부인처럼 현명하신 분이라면 제가 무엇 때문에 찾아왔는지 아시겠지요? 마음속에 정하신 바가 있다면 좋습니다! 이곳은 이야기를 나눌 만한 곳이 아니니 더 이상 이야기하지 않겠습니다. 이 일은 승 회장님과 부인께서만 알고 계셔야 합니다. 승 회장님을 뵙고 싶었으나 방법이 없어, 이런 무모한 방식으로 부인을 끌어들일 수밖에 없었습니다. 부디 혜량해 주시기를 바랍니다."

이 말에 상관 부인은 답답해졌다. 마음에 정한 바 따위는 없었다! 그녀는 이 술이 어디에서 온 것인지, 이 술이 무엇인지도 알지 못했으니까. 그리고 대체 무슨 일이 있었던 것인지도 몰랐으니까!

그러나 비연의 무거운 표정을 본 상관 부인은 입 끝까지 올라온 말을 삼키고 말았다. 이제 마음속에 의심이 생겨나고 있었다. 상회에 무슨 큰일이라도 있는데 남편이 지금 그녀를 속이고 있는 것은 아닐까?

그녀가 생각에 빠져 있는데 비연이 다시 말했다.

"상관 부인, 저에게 한마디만 해 주셔요!"

상관 부인은 말을 많이 하다가 눈앞의 여자에게 자신이 이 상황을 알지 못한다는 것을 들킬까 봐 두려웠다. 그래서 그녀는 마치 모든 것을 알았다는 듯이 진지하게 말했다.

"이 일은 확실히 큰일이지. 이렇게 하자. 내가 돌아가 잘 고려해 본 다음 다시 너에게 답을 주마. 너는 일단 저 팻말을 불태우도록 해라!"

비연이 흥분을 감추지 못하고 바로 자리에서 일어섰다.

"부인께서 고려해 주시기만 한다면, 부인께서는 저에게 어떤 일이건 시키셔도 됩니다!"

상관 부인이 웃으며 말했다.

"기다리거라!"

상관 부인이 몸을 일으키며 특별히 탁자 위 술병을 들고 나갔다.

비연은 문을 닫고 몸을 돌리자마자 큰 소리로 웃기 시작했다. 그 맑고 커다란 눈이 웃음기로, 말로 표현할 수 없이 반짝이고 있었다.

그녀가 방금 흥분한 듯 보였던 것은 결코 연기가 아니라 진심이었다! 상관 부인이 속임수에 걸렸다! 그녀가 성공했다!

현공상회에 무슨 큰일이 있겠는가. 그녀는 그저 허황된 이야기를 하며 상관 부인의 가슴을 철렁하게 했을 뿐이다. 상관 부인은 분명 승 회장이 자신을 속이고 있는 것은 아닌지 의심할 테고, 그 술에 대해 승 회장에게 질문할 것이다!

그 이후로 일이 이루어질지 아닐지는, 그 술이 승 회장의 입맛을 사로잡을 수 있는가에 달려 있었다! 승 회장은 술을 좋아하는 사람이다. 입에 맞는 술을 만난다면 어찌 된 일이건 관심을 가질 수밖에 없다.

그 술의 기운은 상관 대이사에게 준 것보다 배는 높았고, 비연이 심혈을 기울여 배합한 것이었다. 물론, 삼칠은 절대로 줄일 수 없었다. 비연은 그 술에 대해 완벽하게 자신하고 있었다!

적막 속에서 계속 숨어 있던 군구신과 매 공공이 마침내 나왔다. 비연이 흥분하여 군구신 앞으로 달려가 큰 소리로 웃었다.

"전하, 우리는 반드시 성공할 거예요!"

그녀의 눈 속에서 반짝이는 웃음을 바라보다 감염이라도 된 듯, 군구신이 제 깊은 눈동자에도 웃음기를 담았다. 그는 심지어 사랑스러운 눈길로 그녀를 바라보고 있었다.

흥분한 비연은 그 눈길을 유심히 살피지 않았고, 매 공공은 더욱 신경 쓰지 않았다. 이 순간 매 공공의 주의력은 전부 비연에게 쏟아지고 있었다. 그는 지금 당장이라도 천무제에게 서신을 쓰고 싶어 안달이 나 있었다.

이 계집이 사고뭉치라고? 아니다, 절대로 그런 것이 아니다. 세상 물정 모르는 게 없는 것을! 큰일이다, 큰일이야!

비연 일행은 곧바로 기루 주인에게 설명한 후 객잔으로 돌아왔다. 그들은 다시 상관 대이사를 상대해야 했다. 그의 의심을 사고 싶지 않았던 것이다.

오후가 되었다. 비연은 상관 대이사와 적당히 안면치레를 하며 그에게 장주의 소식을 기다려 달라고 부탁했다. 그리고 대이사가 떠난 지 얼마 되지 않아 기루 주인이 소식을 보내왔다. 상관 부인이 다시 찾아왔다는 내용이었다.

비연 일행이 기루에 도착했을 때는 날이 어두워져 있었다. 기루 주인이 그들을 후문으로 안내했다. 그곳에는 비할 데 없이 사치스러운 마차가 한 대 서 있었다. 상관 부인이 부은 얼굴로 친히 마차 옆에서 그들을 기다리고 있었다.

비연을 발견한 상관 부인의 안색이 더욱 나빠졌다. 자신이 속았다는 것을 분명하게 안 모양이었다. 그녀가 냉랭하게 말했다.

"아직 젊은 계집이 능력이 꽤 되는군! 하지만 네 목숨 줄이 길지는 모르겠다. 올라타거라! 내 부군이 너를 보고자 하니!"

주인 어르신, 승 회장님

비연만 마차에 타고 군구신은 여전히 시위인 척 매 공공과
함께 걸었다.

비연은 장소를 달리 정해서 만나야 하는 것이 아닌지 고민하
기 시작했다. 현공상회에서 상관 대이사와 마주치기라도 한다
면 좋지 않을 테니까. 그러나 상관 부인은 그들을 현공상회 총
부가 아닌 골목 깊숙한 곳에 있는 고요한 정원으로 데려갔다.

상관 부인은 비록 표정이 좋지 않았지만 오는 길 내내 비연
을 괴롭히기는커녕 단 한마디도 입 밖에 내지 않았다. 별원에
들어가서도 그녀는 말없이 그들을 데리고 직접 안쪽 깊은 곳으
로 걸어갔다.

비연의 발걸음은 침착했지만 마음속으로는 상당히 긴장하고
있었다. 아무리 노력해도 그 강경하고 영리한, 마흔 남짓의 전
설적인 사내가 어떤 모습일지 상상조차 할 수 없었다. 그 정도
연령에 그 정도 지위라면 분명 천무제나 기 대장군처럼 엄숙한
표정의 나이 든 숙부 같은 느낌이 아닐까. 술을 좋아한다니 어
쩌면 배가 불룩하게 나온 남자일지도 모르지!

화원으로 들어가니 바람결에 맑은 술 향기가 풍겨 왔다. 딱
적당한 정도로 풍기는 향이었다. 조금이라도 더 짙었다면 너무
많다는 느낌이 들었을 테고, 조금이라도 덜했다면 부족하다 싶

었을 것이다. 술을 좋아하지 않는 사람이라도 이 유혹적인 향을 맡으면 참지 못하고 맛을 보고 싶어질 것 같았다.

비연은 바로 알아보았다. 이 술은 바로 상관 부인이 가져갔던 약주로, 지금 데우는 중이었다. 약주를 데울 때는 불씨가 가장 중요하다. 향으로 판단하건대, 술을 데우는 사람이 불씨를 완벽하게 장악하고 있는 듯했다.

비연이 계속 앞으로 걸어가자 곧 화원 가운데, 사방에 휘장을 쳐 놓은 방으로 들어가게 되었다. 방 안에서 검은 옷을 입은 남자가 골풀로 만든 돗자리에 앉아 술을 데우고 있었다.

멀리서 보니 그는 한 손은 다리 위에 올려놓고, 다른 한 손으로는 대나무 국자를 들고 주전자 속에서 따뜻한 술을 푸고 있었다. 무척이나 고요한 느낌으로, 한적한 가운데에도 중후함을 잃지 않고 있었다.

그는 분명 몸이 아주 좋을 터였는데, 호리호리하게 마른 몸에 검은 옷을 입고 바닥에 앉아 있으니 어딘지 모르게 높고 꼿꼿한 느낌을 풍겼다.

아주 가까운 거리가 아니었고, 남자가 옆으로 돌아앉아 있어 얼굴을 제대로 볼 수는 없었다. 그러나 체형이나 앉은 자세로 보건대 나이가 서른은 넘지 않았을 것 같았다.

비연은 궁금했다. 이렇게 조용히 앉아 술을 데우고 있는 이 사람은 절대 노비일 리 없었고, 손님 같지도 않았다. 혹시 현공 상회의 젊은 주인일까?

하지만 승 회장에게는 아들이 하나밖에 없는데, 올해 열다섯 정도라고 들었다. 게다가 아들은 항상 상관보에만 머물면서, 낙하성에 오기를 싫어한다 하지 않았던가.

이 사람은 누구일까? 승 회장은 또 어디 있는 거지?

비연이 앞으로 걸어가며 속으로 고민했다. 오늘 밤엔 정면으로 승부해야 했다. 비연은 도중에 자신의 일을 망치려는 누군가를 죽여야 하는 일이 없기를 바라고 있었다!

가까이 갈수록 남자를 좀 더 자세하게 볼 수 있었다. 비연은 재빨리 자신의 판단을 수정했다. 이 남자는 20대가 아닌 30대임이 분명했다.

그때 상관 부인이 말했다.

"주인 어르신, 도착했습니다!"

주인 어르신? 그가 승 회장 본인이란 말인가?

비연은 깜짝 놀랐다. 그때 남자가 천천히 고개를 들었다. 마침내 그의 얼굴을 볼 수 있었다. 남자의 얼굴을 보는 순간 비연은 헉, 차가운 숨을 들이마셨다.

남자에게는 눈이 하나밖에 없었고, 안대로 다른 눈을 가리고 있었다. 그러나 그것도 그의 잘생긴 외모에는 전혀 영향을 끼치지 않았다!

그의 얼굴은 조각처럼 완벽했고 눈빛은 차갑고 깊었다. 이렇게 아무 의미 없이 눈을 드는 것만으로도 원숙하고 침착한 동시에, 오만하고 패기에 넘치는 인상을 주어 보는 이로 하여금 저절로 경외심을 느끼게 했다.

비연은 자신이 다시 한번 실수했다는 것을 깨달았다. 이 남자는 30대가 아니라 40대였다. 그러나 세월은 그의 얼굴에 흔적을 많이 남기지 않았다. 모든 것이 그의 눈빛 속에, 그리고 그의 기개 속에 침전되어 있었다.

이 남자는 확실히 젊지 않았다. 그러나 늙은 느낌이 전혀 없다. 그에게는 침착하고 패기 있는 남성의 매력이 있었다. 그 매력은 대부분의 젊은 남자들은 갖기 어려운 것이었고, 어느 나이의 여자에게나 지극히도 유혹적인 그런 것이었다!

남자를 보면 볼수록 이상한 생각이 들었다. 이 남자가 안대로 가리고 있는 한쪽 눈이 멀지 않았을 것 같다는 생각. 남자의 안대를 벗겨 보고 싶은 충동을 느꼈다. 그의 얼굴 전체가 어떻게 생겼는지, 안대로 가리고 있는 눈에는 어떤 과거와 비밀이 숨겨져 있는지 보고 싶었다.

승 회장이 이런 사람이라니. 상상과는 천양지차였다!

비연은 물론이고 군구신도 놀란 눈빛을 하고 있었다. 그러나 그는 곧 평소의 담담함을 회복했다.

비연이 승 회장을 보고 있었고, 승 회장도 그녀를 보고 있었다. 그가 비연을 위아래로 훑어보더니, 차가운 시선이 마침내 그녀의 얼굴에 머물렀다. 그는 한참 바라본 후에야 차갑게 물었다.

"어느 가문의 여식이냐? 본 회장이 너를 본 적이 있느냐?"

본 적 있느냐고?

비연은 답답했다. 몸의 원주인은 결코 승 회장을 본 적 없다. 그리고 그녀 자신도 그를 보았을 리 없지 않은가?

설령 그녀가 여덟 살 전에 그를 보았다 해도, 여자는 성장하고 나면 어릴 때와 모습이 바뀌는 법, 지금의 그녀는 어릴 때와는 완전히 다른 모습이었다. 승 회장이 그녀를 어디선가 본 듯하다고 생각할 리는 없었다!

비연은 더 이상 깊이 생각하지 않고 답했다.

"처음 뵙습니다. 저는 화월산장의 사장 고소연顧小燕으로, 승 회장님을 뵈러 왔습니다."

"화월산장이라?"

승 회장은 그제야 비연 뒤에 있는 군구신과 매 공공을 바라보았다. 그의 시선이 군구신에게서 멈췄다.

군구신은 승 회장이 자신을 바라보고 있다는 것을 알면서도 여전히 담담한 표정으로, 모든 기운을 안으로 숨긴 채 태산이라도 된 듯 미동도 하지 않았다.

승 회장이 무엇인가를 발견했는지는 알 수 없었다. 시선을 돌린 그가 술을 한 잔 따른 후 비연에게 앉으라고 손짓했다.

비연이 신발을 벗고 탁자 앞에 가부좌를 틀고 앉았다. 곧 상관 부인도 들어왔다. 그녀는 결코 연약한 느낌의 여자가 아니었지만, 승 회장 곁에 앉으니 작은 새와도 같은 느낌을 주었다. 물론 그녀의 눈빛은 여전히 사나운 기운을 내뿜고 있었다.

이런 부부 앞에서, 비연은 마침내 압박감을 느끼기 시작했다. 그때 군구신이 신발을 벗더니 안으로 들어와 비연의 뒤 한편에 무릎을 꿇고 앉았다. 고개를 살짝 숙이고 침묵하는 모습이 충성스러운 시위 같기도 하고, 동시에 고요한 수호자 같기도 했다.

고개를 돌려 군구신을 본 비연은 갑자기 마음속 두려움이 모두 사라지는 것을 느꼈다. 심장도 다시 안정적으로 뛰기 시작했다.

이때 멍하니 있던 매 공공도 서둘러 안으로 들어와 비연 뒤에 무릎을 꿇었다. 비연이 재빨리 담담한 표정으로 다시 고개를 돌리고, 두 손으로 술잔을 들어 승 회장에게 경의를 표하며 단숨에 마셨다. 그리고 스스로 두 번 더 잔을 채워 역시 단숨에 마셨다.

"승 회장님, 제가 회장님의 성함을 함부로 쓴 것에 대해 이 세 잔으로 벌을 받겠습니다."

그녀는 다시 상관 부인에게 경의를 표하며 세 잔을 따라 단숨에 마셔 버렸다.

"상관 부인, 제가 부인을 속인 것도 이 세 잔으로 벌을 받겠습니다."

이 술의 기운이 약하지 않으니, 단숨에 여섯 잔을 마셨으면 성의가 충분하다 할 만했다. 그러나 승 회장은 타인의 체면을 신경 써 주는 사람이 아니었다. 그가 냉랭하게 말했다.

"무엇 때문에 왔는지 먼저 말하거라."

비연은 그가 자신의 체면을 생각해 주건 말건 상관없었다. 그녀가 기다리던 것은 바로 이 말이었으니까.

비연이 웃으며 말했다.

"술 때문에 왔습니다. 이렇게 훌륭한 술인데 쓸 수 없게 된다면, 너무 애석한 일이 아닙니까!"

승 회장의 눈빛이 차갑게 빛났다. 그러나 그는 그녀를 바라보기만 할 뿐 대답하지 않았다.

비연은 재빨리 가져온 술 몇 병을 꺼냈다. 그리고 그중 한 병을 골라 술을 따른 후 권했다.

"승 회장님, 일단 맛을 보시지요."

그러나 승 회장이 말했다.

"이 술의 배합과 공정을 말하거라. 기루에서의 일은 따지지 않겠다. 그리고 거래라면, 본 회장은 아무 관심이 없다."

마침내 고발하다

술의 배합을 달라. 그러나 거래에는 관심이 없다?

비연도 거래를 위해 온 것은 아니었다. 그러나 승 회장이 술의 배합을 얻는다 해서 술을 빚는다는 보장은 없다. 그가 술을 빚는다 해도 얼마나 빚을지, 그리고 얼마만큼의 삼칠을 사용할지도 확신할 수 없다.

그렇게 공을 들여서 겨우 승 회장 본인을 만났다. 그녀는 어떤 위험도 무릅쓰고 싶지 않았다.

승 회장이 이 술의 배합을 얻더라도 가을까지 술을 빚지 않으면, 온자걸은 새로 채취한 삼칠을 제공할 수 있게 된다. 그렇게 되면 그녀는 헛수고만 하는 셈이 되고!

비연이 일부러 차갑게 웃기 시작했다.

"승 회장님, 회장님은 물건을 알아보신다고 생각했습니다. 그러나……, 하하, 그 정도셨군요! 이 술은 바로 제가 대이사께 드린 술로, 안에 삼칠이 들어 있습니다. 그리고 제가 부인께 드린 술은 삼칠의 분량이 더욱 많지요! 삼칠은 맥을 통하게 하고 어혈을 풀어 주니, 술을 빚을 때 최고의 물건이며, 술의 기운을 올려 주지요. 회장님께서 삼칠의 맛을 좋아하지 않으셔서 삼칠을 바꾸려 하신다고 들었습니다. 그건 이 술을 쓸 수 없게 되는 것이나 마찬가지 아닐까요?"

이 말에 승 회장의 안색이 변했다.

비연이 일부러 화난 척 말했다.

"제가 반드시 회장님을 뵈어야겠다고 생각한 이유는 단지 회장님 앞에서 이 말을 하기 위해서입니다. 이 술의 배합은 절대로 바꿀 수 없습니다! 또한 회장님처럼 이렇게 마음대로 술의 배합을 모욕하는 분이라면 술을 마실 자격이 없습니다! 거래는 더더욱 불가능하고요!"

이제 승 회장뿐 아니라 상관 부인의 안색까지 변했다.

승 회장이 냉랭하게 말했다.

"본 회장은 지금까지 단 한 번도 삼칠의 맛을 싫어한다고 말한 적이 없다."

비연은 속으로 안도의 한숨을 내쉬며 일부러 경악한 척했다.

"승 회장님, 그럼 설마……."

승 회장은 화가 난 것처럼 보였다.

"어찌 된 일이냐?"

비연은 그제야 대이사가 했던 말들을 이야기했다.

"승 회장님, 우리 장주께서는 배합을 바꿀 수 없다고 답하셨습니다. 저는 대이사님께 몇 번이나 회장님께 권해 달라고 말씀드렸는데…… 대이사님께서 그리하셨을 줄은…….."

그녀는 승 회장과 상관 부인을 바라보며 진지하게 물었다.

"혹시 대이사님께서 삼칠의 맛을 싫어하셨던 걸까요?"

승 회장은 대이사에게 문제가 있다는 것을 눈치챘다. 그러나 그는 약간 화가 났다는 것 외에는 크게 감정을 드러내지 않았

144

다. 그가 상관 부인을 바라보며 나지막한 목소리로 말했다.

"나는 이 술이 필요해. 다른 일은 당신이 알아서 처리하면 좋겠군."

말을 마친 그가 갑자기 몸을 일으켜 자리를 떠나려 했다. 비연은 다급해졌다. 그녀는 깊이 생각할 겨를도 없이 승 회장 앞으로 재빨리 달려가, 두 팔을 벌리고 길을 가로막았다.

이 일을 상관 부인에게 맡겨도 되는 거라면 비연은 기루에서 상관 부인에게 직접 이야기했을 것이다. 고생하여 여기까지 올 필요 없이! 대이사는 상관 부인 친정 사람이었고, 비연은 상관 부인을 경계하지 않을 수 없었다!

비연은 다급하게 막아서며 솔직하게 말했다.

"승 회장님, 이 일을 부인께 맡기신다면 타당성을 잃어버리실 겁니다. 대이사는 필경 상관 가문 출신이니까요!"

이 말을 들은 상관 부인이 탁자를 내리쳤다.

"망할 계집, 그건 대체 무슨 뜻이지?"

비연이 두려운 빛 없이 진지하게 말했다.

"감정상으로 보나 도리상으로 보나, 부인께서 스스로 이 문제를 피하셔야 한다고 생각합니다."

상관 부인이 대꾸하기 전에 승 회장이 말했다.

"이 거래는 아직 결정된 것이 아니니, 이 일은 아직 현공상회 내부의 일일 뿐이다. 외부인이 마음 써 줄 필요는 없다."

비연은 승 회장이 부인을 믿고 사랑한다는 사실을 꿰뚫어 보았다. 그녀도 상관 부인이 결백하기를 바라고 있었다. 그러나 여기까지 어떻게 왔는데, 마지막을 눈앞에 두고 위험을 무릅쓰고 싶지 않았다! 그녀는 단 한 걸음도 양보하지 않았다.

"저는 확실히 현공상회 내부의 일에 참견할 자격은 없습니다. 그러나 저는 아직 결정되지 않은 거래를 위해 이미 30만 금을 썼습니다."

그러고는 매 공공이 건네는 술잔을 받아 탁자 위에 내동댕이쳤다.

"물론 이 30만 금은 제가 달갑게 낸 돈임을 인정합니다. 그러나 저는 현공상회에 대한 신뢰를 잃었습니다. 이 거래, 저는 하지 않겠습니다!"

말을 마친 비연이 일부러 탁자 위의 술을 모두 거둬들이고 몸을 돌렸다.

비연의 고집 세고 시원시원한 모습을 바라보던 승 회장의 눈가에 기꺼운 빛이 흘렀다. 그가 물었다.

"만약 본 회장이 어떻게든 이 거래를 해야겠다고 한다면?"

무척 기뻤지만 비연은 여전히 몸을 돌리지 않고 냉랭하게 물었다.

"회장님께서 직접 거래하신다면 저에게는 영광입니다. 저도 당연히 신뢰를 회복하고, 지극히 즐거운 마음으로 받아들이겠지요!"

승 회장은 이 약주가 좋았다. 그는 부인을 흘깃 보고는 별말 없이 다시 자리에 앉았다. 상관 부인이 사납게 승 회장을 한 번 노려보았지만 역시 자리로 돌아와 말없이 앉았다.

비연이 안도의 한숨을 내쉬며 자리로 돌아와 승 회장과 마주 보고 앉았다. 두 사람은 곧 의논을 시작했다.

비연이 제시한 협력 방식과 이익을 나누는 방식은 전에 대이 사에게 제안한 것과 같았다. 현공상회가 원료를 제공하고 화월 산장이 제조를 책임진다.

승 회장은 술을 마시며 비연의 이야기를 들었다. 그러다 비 연의 말이 끝나자 입을 열었다.

"원료는 현공상회에서 제공 가능하다. 가격은 시장에 맞춰 정하고, 제조와 관련한 공임도 문제없다. 다만 화월산장은 순 이익의 1할만을 가져갈 수 있다. 그리고 만약 적자가 나면 양측 이 반반으로 분담하기로 하지."

이 조건은 너무하지 않은가! 비연이 속으로 중얼거렸다.

'인색하네!'

비연이 정말로 이익을 바라고 온 것은 아니었다. 그러나 승 회장의 의심을 피하기 위해 그보다 더 면밀하게 계산하는 척해 야 했다. 그녀는 계속 그와 이야기를 나누고, 푼돈 몇 푼까지 시시콜콜하게 따지는 척하며 이익을 얻어 냈다.

이렇게 두 사람이 오래 이야기한 끝에 협력과 관련한 조건이 결정되고, 계약을 체결하게 되었다. 비연은 술의 배합 두 부를 그에게 건네주었다.

비연은 마음속에 꽃이라도 핀 기분이었다. 그녀가 함박웃음 을 지으며 말했다.

"승 회장님, 거래에 감사드립니다!"

승 회장이 그 30만 금짜리 술잔을 손에 들고 물었다.

"이렇게 비싼 술잔을 어디서 샀지?"

"성의 서쪽 이항 골목에 위치한, 이름 없는 도자기 가게에서 샀습니다."

승 회장이 고개를 끄덕였다.

"달갑게 냈다는 그 돈, 며칠 후에 돌려주지."

"감사합니다, 승 회장님!"

비연이 잠시 망설이다가 재빨리 말했다.

"승 회장님, 원료는 언제부터 보내 주실 수 있나요? 저희는 돌아간 후 바로 일을 시작하고 싶습니다."

승 회장이 술의 배합을 들고 열심히 살펴보더니 말했다.

"모든 원료는 시월 이후에나 보낼 수 있겠군."

시월 이후라면 새로운 삼칠이 시장에 나오는 시점이 아닌가!

비연이 재빨리 말했다.

"안 됩니다. 이번 달에 보내 주셔야 합니다. 칠월의 우물물이 이 약주를 빚기에 가장 적합하니까요!"

그러나 승 회장이 말했다.

"시월이 넘어가야 원료의 가격이 가장 저렴해진다. 지금 이 배합에 있는 약재 중에 비축량이 부족한 것이 많아 계산이 맞지 않는다. 이 술은 대량으로 판매해야 이익이 남을 수 있지. 품질을 너무 높이려고 애쓰면 오히려 손해를 볼 수밖에 없다."

비연이 웃었다.

"이 약재들, 다른 곳이라면 비축량이 없을 수 있겠지요. 하지만 현공상회는 그렇지 않을 텐데요!"

승 회장은 진지하게 고개를 끄덕이면서도 이렇게 말했다.

"하지만 현공상회에 너의 이 거래만 있는 것은 아니니까. 돌아가 기다리면 시월 이후에는 원료 중 단 한 가지도 부족함 없이 보내 주겠다."

지금 그가 약재 자체를 판매한다면 이문을 상당히 남길 수 있다. 그러나 그 약재들로 술을 빚어 판매한다면 반드시 이윤이 남는다는 보장은 없었다.

비연도 그의 뜻을 바로 이해할 수 있었고, 다급해졌다! 그녀는 어떻게든 승 회장을 설득할 방법을 찾아야 했다. 정말 시월까지 기다리게 되면 지금까지 애쓴 일은 다 헛수고가 되어 버릴 테니까.

그러나 지금으로써는 승 회장의 방법이 가장 현명했다!

대체 무슨 이유를 대면 승 회장을 설득할 수 있을까?

장주에게 설명할 수 없다

　비연이 승 회장이라면, 그녀 역시 이득을 남길 수 있는 거래부터 끝내고 그다음에 화월산장에 원료를 공급할 것이다. 이 새로운 거래는 그리 급할 것이 없으니까.

　그러나 이 순간, 비연은 어쩔 수 없이 머리를 짜내어 승 회장이 생각을 바꾸도록 해야 했다.

　그녀가 깊이 생각한 끝에 뻔뻔스럽게 말했다.

　"승 회장님, 제 생각에는 첫 번째 술은 적자를 보는 한이 있더라도 일단 입소문이 나도록 해야 할 것 같습니다. 우리 화월산장의 우물물은 칠월에 술을 빚기에 가장 적합한 상태가 되고, 맛이 가장 좋습니다. 술을 아시는 분이니 이해하시리라 믿지만……."

　그러나 비연의 말이 끝나기도 전에 승 회장이 답했다.

　"그럼 내년 칠월까지 기다리지."

　비연은 답답했지만 그 심정을 겉으로 내보일 수는 없었다. 그녀는 다시 이유를 바꿨다.

　"승 회장님, 지금의 신분으로서는 이 거래가 단지 이익만을 위한 것은 아니시겠지요. 제가 보기에, 아무리 큰 이익이라 해도 기분이 유쾌한 것만은 못하답니다. 칠월의 우물물로 이 술을 만들 수 있다면 내년 겨울에 바로 저장고를 열 수 있을 테고, 온 천하 사람들과 함께 이 술을 맛볼 수 있겠지요. 그럼 어찌 유쾌하지 않겠습니까!"

승 회장이 눈썹을 치켜세우며 그녀를 바라보더니 말했다.

"술을 마시는 것은 마시는 것이고, 거래는 거래다. 이익은 이익이고, 기분이 유쾌한 것은 유쾌한 것이지. 너희 장주는 너에게 그런 것도 가르쳐 주지 않았더냐?"

비연은 할 말을 잃고 말았다. 이 대륙 최고의 상인 앞에서 기분이 유쾌한 것이 이익보다 낫다고 이야기하다니, 정말이지 우둔한 방법이었다. 이런 이유라면 그녀 스스로도 납득할 수 없을 것이다.

이제 어떻게 승 회장을 설득할 수 있을까? 어떻게 하면 좋지!

승 회장이 부인을 한번 바라보았다. 그리고 부인이 별다른 말을 하지 않자 몸을 일으켜 자리를 떠나려 했다. 비연은 다시 다급해졌다.

"승 회장님, 잠시만요!"

승 회장이 바라보며 물었다.

"또 무슨 일이지?"

비연은 필사적이었다.

"승 회장님, 이번 달에 원료를 주시기를 간청드립니다. 저는……."

승 회장이 그녀의 말을 끊었다. 그가 의심하기 시작했다는 것이 비연의 눈에도 보였다.

"얘야, 그렇게 원료가 급하다면 본 회장에게 합리적인 이유를 대는 게 좋을 거다!"

비연이 가련한 표정으로 말했다.

"승 회장님, 우리 장주님이…… 급하게 재촉하셨습니다! 칠월 전에 원료를 얻을 수 없다면 저는……, 저는 쫓겨나게 되어 있답니다!"

이 말을 듣고, 계속 표정 없이 앉아 있던 군구신이 마침내 눈을 들어 비연을 바라보았다. 그리고 곧 다시 고개를 숙였다.

비연이 계속 온 힘을 다해 연기했다. 눈물까지 삼키면서.

"저는 회장님께서 이 약재를 저희에게 주시면 얼마만큼의 이윤을 손해 보는지 모릅니다. 하지만 제가 약속하겠습니다. 이 약주는 반드시 이익을 낼 겁니다! 승 회장님, 저를 불쌍하게 여겨 주세요! 이렇게 멀리까지 와서, 그렇게 공을 들여 겨우 회장님을 뵈었는데, 회장님은……."

승 회장이 다시 한번 무정하게 비연의 말을 끊었다.

"돌아가거라. 가서 네 장주에게 다음에는 사람을 바꿔서 보내라고 전하도록."

이건…… 낭패였다!

비연은 얼이 빠지고 말았다. 승 회장의 깊고 고요한 눈빛에는 이미 비연에 대한 감탄이 사라지고 무시만이 남아 있었다. 사람에게 '애걸'하는 것은 그가 가장 싫어하는 방식이었다. 특히 사업상 문제에서는 더욱 그랬다.

그는 몸을 일으키며 부인에게 담담한 목소리로 말했다.

"손님을 배웅하도록."

비연이 주먹을 쥐었다. 그녀는 지금까지 누군가에게 애걸해 본 적이 없었다. 이번에 이렇게 필사적으로 연극까지 벌였는데 차가운 눈길만 받게 되다니, 그녀도 너무나 기분이 나빴다!

비연이 술잔을 들어 탁자 위에 힘차게 내려놓고는 차갑게 말했다.

"승 회장님, 제가 회장님과 술을 겨뤄 이긴다면 제 애원에 답하시겠습니까?"

승 회장은 갑자기 발걸음을 멈추었고, 막 몸을 일으키던 상관 부인도 멈칫했다. 그러나 상관 부인이 곧 큰 소리로 웃기 시작했다.

"어린 아가씨가…… 정말 바보인 건지, 아니면 바보인 척을 하는 건지. 하하, 낙하성 사람들에게 다시 한번 우스갯거리가 되고 싶니?"

비연이 대답했다.

"진심입니다. 제 마음을 다하고 있어요!"

상관 부인이 다가오더니 비연의 주위를 한 바퀴 돌며 훑어보고는 웃으며 말했다.

"작년에도 세상 물정 모르는 녀석이 하나 와서 도전했었지. 술 깨는 약을 열 알이나 먹고 왔다던가. 결국은…… 술을 마시다 죽고 말았지. 그런 이야기를 들어 본 적이 없나 보지?"

이 말은 그녀에게 약을 써서는 안 된다고 경고하는 것이었다. 비연은 가슴이 철렁했지만 일단 아무 말도 하지 않았다.

승 회장이 고개조차 돌리지 않고 계속 밖으로 걸어 나갔다.

비연의 눈가에 복잡한 빛이 스쳐 갔다. 그녀는 정말 필사적이었다.

비연은 의연하게, 가장 큰 술병을 들어 고개를 젖힌 채 마시기 시작했다. 단숨에 한 병을 깨끗하게 비운 그녀는 술병을 사납게 바닥에 내동댕이쳤다.

"승 회장님, 저와 겨루기가 두려우신 것은 아니겠지요?"

그녀는 정말로 진심이었다. 승 회장의 주량이 현공대륙 최고라는 것은 알고 있었고, 또한 자신이 그를 이길 가능성이 거의 없다는 것도 알고 있었다. 그러나 그녀에게는 이 길뿐이었다!

지금 상황에서는 일을 성사시킬 수 있을지 없을지는 이 가장 중요한 한 걸음에서 결판이 나게 되어 있었다. 지금은 최후의 한 걸음이었다!

상관 부인이 깨진 술병을 보더니 천천히 고개를 들어 비연을 바라보았다. 그녀의 눈에 점차 감탄의 빛이 스며들었다. 그녀는 비연이 꽤 괜찮다고 생각했다. 자신이 젊었을 때의 모습이 보인다고!

승 회장도 결국 돌아보았다. 약간 의외라는 듯한 표정을 지었지만 발걸음을 멈추지는 않고 차갑게 말했다.

"본 회장은 여자와 겨루지 않는다!"

상관 부인이 상쾌하게 웃기 시작했다.

"젊은 아가씨, 그럼 본 부인과 겨뤄 보는 것은 어때? 네가 이기면 칠월 전에 네가 원하는 모든 원료를 하나도 빠짐없이 보내주지. 네가 지면, 하하……, 네 그 30만 금은 본 부인의 소유가 되고, 이 거래도 앞으로 본 부인이 맡는 것으로 하자. 어때?"

상관 부인은 분명 일부러 이러는 것 같았다. 승 회장은 그런 그녀를 흘깃 바라보기만 했다. 어쩔 수 없다는 표정 같기도 하고, 또 불만스러워 그녀를 상대하지 않으려는 것 같기도 했다.

승 회장의 부인이 주량이 낮을 리 있을까? 그러나 최소한 응대할 때의 압박은 조금 적지 않을까?

승 회장이 아무 말도 하지 않는 틈을 타서 비연이 재빨리 고개를 끄덕이며 답했다.

"좋아요, 그렇게 하지요! 어떤 술을 마실지는 부인께서 결정하세요!"

그때 군구신이 갑자기 끼어들었다.

"남자들이 있는데 여인에게 술을 마시게 해서야 되겠습니까? 제가 연 소저를 대신해 회장님께 가르침을 청하고 싶습니다. 승 회장님의 의향이 어떠하신지요?"

일순간 모두 고개를 돌려 군구신을 바라보았다. 군구신이 천천히 몸을 일으켰다. 차갑게 빛나는 눈빛에 표정은 담담했다.

승 회장이 다시 한번 그를 살펴보았다. 비연이 당황스러워하며 말리려 했을 때 군구신이 비연에게 말했다.

"연 소저, 저는 장주님께 소저를 안전하게 지키라는 명을 받았습니다. 소저께서 술을 마시다 몸을 상하시거나 뜻밖의 사고라도 생긴다면, 저는 장주님께 아무 말도 할 수 없게 될 것입니다."

화월산장의 진짜 장주가 군구신이라는 것을 비연이 알았다면 이 말을 듣는 순간 울고 싶어졌을 것이다. 그러나 그녀는 진상을 알지 못했고, 이 순간 그저 마음속이 따뜻해졌다.

물론 그녀는 자신이 우러르고 존경하는 정왕 전하에게 이런 고난을 겪게 하고 싶지는 않았다!

술을 마시면 감정은 상쾌해진다. 그러나 술을 겨루면 몸을 상하는 법이다!

비연이 거절하려 했을 때 승 회장이 뜻밖에도 돌아와 웃으며 말했다.

"남자들이 있는데 여인에게 술을 마시게 해서야 되겠느냐고? 좋아! 아주 좋군! 본 회장이 너와 함께 마셔 보겠다!"

비연은 더욱 다급해졌지만 군구신이 그녀에게 눈짓하며 안심시켰다. 그는 주의하여 자신의 기운을 추스르고, 앞으로 나아가 자연스럽게 물었다.

"승 회장님, 무엇으로 겨루어 보시렵니까? 어떤 술을 즐기시는지요?"

승 회장이 눈썹을 치켜세우더니 말했다.

"여봐라, 본 회장의 그 빙로백장冰露白漿을 가져오너라!"

빙로백장!

비연의 가슴이 철렁했다. 빙로백장은 현공대륙에서 가장 독한 술이었다!

남의 밑에 있을 인물이 아닌 것을

듣기에, 승 회장은 수없이 술을 마셔 보았지만 취한 적이 없다고 했다. 그런 그가 취해 보고 싶은 마음에 고민하여 배합해낸 술이 바로 빙로백장이었다.

소문일 뿐이니 진짜인지 거짓인지는 알 수 없었지만, 이 빙로백장은 현공대륙에서 가장 독한 술이라는 별칭과 함께 현공상회에서도 선물용으로만 쓰이지 판매되지는 않았다.

비연처럼 술을 잘 마시는 사람도 깜짝 놀랄 정도니 매 공공은 말할 것도 없었다. 그러나 군구신은 안색 하나 변하지 않았다.

곧 하인들이 약주를 모두 치우고 빙로백장을 몇 항아리 가져왔다. 군구신과 승 회장이 서로 마주 보고 앉았다.

승 회장은 기분이 꽤 괜찮은 모양이었다. 그가 물었다.

"젊은이, 이름이 어찌 되지?"

군구신이 대답했다.

"성은 진陳, 이름은 신辰입니다."

"진신이라?"

승 회장이 다시 말했다.

"술은 본 회장이 정했으니, 어떻게 겨룰지는 자네가 정하게."

군구신이 아주 명쾌하게 답했다.

"세 항아리를 먼저 마시면 승리하고, 토해 내면 지는 것으로 하시지요."

이 말에 승 회장이 더욱 즐거운 듯 비연을 보며 웃었다.

"얘야, 네가 술을 거래하러 다녀서 그런가, 시위조차도 전문가가 되었구나!"

술을 모르는 이가 군구신이 정한 규칙을 들으면 웃을 것이다. 술 세 항아리를 마시는 것쯤은 술 좀 마신다 하는 사람에게는 아주 쉬운 일이니까. 그러나 술을 아는 이라면 이것이 얼마나 힘든 도전인지 알 것이다.

빙로백장이라는 술은 주량이 꽤 좋은 사람이라도 한 항아리를 넘기기 힘들었다. 주량이 아주 좋은 사람도 두 항아리를 넘기기 힘들었다. 주량이 최상급인 사람이라 해도 세 항아리를 넘길 수는 없었다. 떠도는 소문에는, 승 회장의 진짜 주량이 빙로백장 세 항아리라는 이야기도 있었다!

군구신이 이런 규칙을 정했으니, 승 회장이 그를 전문가라고 한 것도 지나친 것이 아니었다.

비연은 당황스러웠지만 간신히 웃음을 짜내며 말했다.

"그야 당연하지요! 그러니 승 회장님께서는 저희와 협력하게 되더라도 안심하실 수 있습니다."

하인들이 재빨리 군구신과 승 회장 앞에 술 항아리를 세 개씩 늘어놓더니 뚜껑을 모두 벗겼다. 바로 향기로운 술 냄새가 올라오기 시작했다.

따뜻한 약주와 달리 빙로백장에서는 맑은 향이 올라왔다. 그 얼음처럼 차가운 향을 맡고 있노라면 절로 잔을 들고 싶어질 정도였다.

비연이 긴장하여 군구신 곁으로 가서 앉았지만 그를 방해할까 두려워 너무 가까이 가지는 못했다.

매 공공은 천무제에게 보고하는 것도 잊고 비연 곁에 다가와 있었는데, 비연보다 세 배는 긴장한 것 같았다.

상관 부인만 여유로운 기색으로 원래 자리에 앉아 있었다. 아무래도 자신의 남편을 절대적으로 신뢰하는 것 같았다.

군구신과 승 회장은 담담하고 침착했다. 보기에 전혀 긴장한 것 같지 않았고, 그렇다고 마음을 놓고 있는 것 같지도 않았다.

두 사람이 준비를 끝낸 후, 예의 바르게 서로 마시라고 권한 뒤 술을 넘기기 시작했다!

놀라웠던 것은, 시간을 다투는 규칙임에도 불구하고 두 사람은 결코 술 항아리를 들고 벌컥벌컥 마시지 않았다는 것이다.

승 회장은 아주 여유롭게 술잔에 술을 따르고 향을 한번 맡았다. 그리고 유쾌한 표정으로 천천히 맛을 보았다. 시간에 전혀 개의치 않는 듯 보였다. 이 내기에서 지더라도 상관없는 것 같기도 했다. 그는 스스로 술을 따르며, 나른한 가운데 높은 곳에서 추위를 두려워하는[4] 고독을 내보이고 있었다.

그리고 군구신은 술을 따르는 동작조차 승 회장보다 느릿느릿하게 움직였다. 술잔을 채운 후, 그 역시 술의 색이며 향을

---

4 高處不勝寒. 소동파의 수조가두水調歌頭에 나오는 구절로, 높은 위치에 오르면 지기를 얻기 어려워 외로워질 것이 두렵다는 의미.

천천히 감상한 후 한 모금 마셨다. 그리고 생각에 잠긴 듯 그 맛을 되새긴 다음에야 두 번째 모금을 마셨다.

군구신은 승 회장보다 더 느린 속도로 마시고 있었는데, 그 모습이 우아하고 침착하며 존귀해 보였다. 모르는 이가 본다면 그가 술을 품평하며 안일한 정취를 즐기고 있다고 생각했을 것이다.

매 공공이 눈을 휘둥그렇게 뜨고 있었고 비연도 여전히 긴장하고 있었다. 상관 부인은 남편의 움직임에는 놀라지 않았으나 군구신이 자신의 남편보다 더 침착하고 우아하게 술을 감평하는 것을 보고는 깜짝 놀랐다. 이 젊은이는 정말 대단했다! 전문가 중의 전문가였다!

소문은 거짓이 아니었다. 빙로백장은 승 회장이 고민한 배합으로 만든 술이었다. 독하기가 이루 말할 수 없어, 세 항아리를 넘길 수 있는 사람은 거의 없었다. 승 회장의 한계도 네 항아리 정도였는데, 몸 상태가 나쁠 경우에는 네 번째 항아리를 다 마시지 못하고 치워야 했다.

이 술은 급하게 마실수록 취기가 빨리 올라오는 술이었다. 급하게 마시면 위에서 버티지 못하고 토해 내기 마련이었다. 결국 이 술을 많이 마시려면 반드시 느린 속도로 마셔야만 했다.

승 회장 또한 군구신을 흘깃 보며 역시 매우 놀라고 있었다. 그는 상관 부인과 달리 군구신이 빙로백장에 대해 잘 안다는 것을 두고 놀라지는 않았다. 그가 탄복하는 것은 바로, 군구신이 젊은 나이에 이렇게 긴장되는 시합을 치르면서도 진정으로 기운과 마음을 억누르고 침착하게 행동한다는 점이었다.

최근 그는 적지 않은 이들을 만났다. 빙로백장을 아는 이들이라 해도 눈앞에 있는 젊은이처럼 담담하게 행동했던 이는 한 명도 없었다. 그가 잘못 본 것이 아니라면 이 젊은이는 결코 남의 밑에 있을 사람이 아니었다.

승 회장 입가에 웃음기가 짙어져 갔다. 아주 재미있었다.

군구신은 승 회장이 저를 보고 있다는 것을 알면서도 무표정한 얼굴로 잔을 채웠다. 마치 자신만의 세계에 빠져 있는 것처럼. 군구신의 얼굴에 희미하게 냉정함과 외로움이 스쳐 갔다.

술은 흥을 돋울 수 있고 근심을 풀어 줄 수도 있다. 한 남자가 외로운지 아닌지 보려면 술을 마실 때 그의 눈빛을 보면 된다. 승 회장의 외로움이 높은 곳에서 추위를 두려워하는 그런 외로움이라면, 군구신의 고독은 마치 태어날 때부터 지닌 천성 같은 것이었다. 천생 냉막하고 무정한, 타인에게는 신경 쓰지 않는 그런 외로움.

이렇게 천천히 마시는 가운데 마침내 첫 항아리가 끝났다. 승 회장은 술을 전혀 마시지 않은 것처럼 보였다. 군구신 역시 술 한 방울 마시지 않은 느낌이었다. 두 사람 다 안색 하나 바뀌지 않았고 눈빛 역시 맑았다. 술을 한 잔도 마시지 않은 사람보다 오히려 더 정신이 맑아 보였다.

두 사람이 서로 항아리를 교환하고는 기울여서 검사했다. 술이 한 방울도 남아 있지 않은 것을 확인한 두 사람은 각자 항아리를 내려놓았다. 승 회장이 웃기 시작했다. 군구신은 웃고 싶지 않았지만 자신이 현재 시위의 신분이라는 것을 생각하고 억지로 마주 웃었다.

승 회장은 한눈에 그 웃음이 거짓이라는 것을 알아보았다. 승 회장 입가의 웃음기가 살짝 굳는가 싶더니 곧 소탈하게, 아무렇지도 않다는 듯 소리 내어 웃었다.

두 사람이 거의 동시에 두 번째 항아리를 시작했고, 거의 동시에 두 번째 항아리를 끝냈다.

군구신이 빈 항아리를 내려놓았을 때 얼굴에 취한 기색은 전혀 보이지 않았다. 그 날카롭고 맑은 눈동자를 마주하며 승 회장은 다시 한번 놀랐다.

이번에는 순수하게 군구신의 주량에 놀란 것이었다! 그가 타인의 주량에 놀란 것은 꽤 오랜만이었다. 자기 자신을 제외하면, 현공대륙에서 빙로백장 두 항아리를 마시고도 취기가 오르지 않는 사람을 본 적이 없었다. 마침내 승 회장이 진지해졌다!

세 번째 항아리인 동시에 마지막 항아리가 그들 앞에 놓였다!

비연과 매 공공은 비할 데 없이 긴장하고 있었다. 상관 부인도 마침내 군구신을 직시했다. 여유 만만하던 표정은 간데없고, 아직 긴장한 것까지는 아니었지만 상당히 엄숙해져 있었다. 이 항아리가 승부를 결정할 것이다!

그런데 갑자기!

군구신이 항아리를 들더니 고개를 뒤로 젖혀 꿀꺽꿀꺽 마시기 시작했다. 토하게 될 것이 두렵지도 않은 걸까?

그 순간 모두가 눈을 휘둥그렇게 떴다. 승 회장을 포함해 그 누구도 그가 이러리라고는 생각하지 못했던 것이다.

비연이 가장 먼저 정신을 차렸다. 그리고 깨달았다.

지금 정왕 전하는 모든 것을 걸고 승부를 벌이고 있었다!

서로의 한계

정왕 전하가 정한 규칙에 따르면, 먼저 세 항아리를 마신 사람이 이기고, 술을 토해 내면 지게 된다!

정왕 전하의 이 방식은 그가 세 번째 항아리를 중간에 토해 내는 일 없이 순조롭게 전부 마실 수 있는지 없는지에 달려 있었다.

그가 세 번째 항아리를 마시고 나면 시합은 끝난다. 그다음에 술을 토해 내더라도 승리는 승리인 것이다!

이 방식은 계책도 중요하지만 그보다는 담력이 더 필요했다. 이렇게 마신다면 정말로 술을 토해 내기 쉬웠고, 아주 위험했다!

비연은 상황을 이해할수록 점점 더 긴장하고 있었다.

승 회장도 군구신의 뜻을 알아채고 큰 소리로 웃었다.

"힘이 넘치는구만! 본 회장이 끝까지 함께해 주지!"

그러더니 그도 항아리를 들더니 고개를 뒤로 젖히고 마시기 시작했다. 그의 속도가 군구신보다 훨씬 빨랐고, 기세도 맹렬했다!

군구신이 그것을 보더니 망설임 없이 두 손으로 항아리를 잡은 채 속도를 올렸다. 항아리 안의 술이 점차 줄어들었고 승 회장 역시 더 이상 느긋할 수 없었다. 그도 두 손으로 항아리를 꽉 잡은 채 놓지 않았다.

방 안의 분위기가 순식간에 긴장되기 시작했다! 그 누구도 그들 중 누가 먼저 다 마실지, 누가 술을 토하지 않고 버텨 낼지 확신할 수 없었다.

긴장된 분위기 속에서 주변의 술기운이 점점 더 짙어졌다. 또한 농밀한 술 냄새 속에서 분위기도 점점 더 긴장되어 갔다.

군구신이 처음부터 선수를 빼앗아 계속 한 걸음 앞서 있었다. 그러나 승 회장도 긴박하게 따라오고 있었다. 이런 속도로 계속 간다면 곧 군구신의 항아리가 바닥을 보일 것이다!

사람들은 점점 더 긴장하고 있었다. 상관 부인마저 이제 애가 닳고 있었다. 그러나 갑자기! 군구신이 사납게 항아리를 탁자 위에 내려놓았다. 그리고 두 손을 탁자 위에 짚은 채 사람 전체가 살짝 앞으로 기울어졌다. 탁자가 막아 주지 않았다면 그대로 쓰러질 것만 같은 모습이었다.

찰나의 순간, 비연의 심장이 사납게 뛰었다. 하마터면 '전하' 라고 외칠 뻔했다. 매 공공 역시 놀라서 눈을 휘둥그렇게 뜨고, 입을 크게 벌린 채 아무 말도 못 하고 있었다.

군구신의 그 냉담한 얼굴에 언제부터인지 술기운이 퍼지고 있었다. 취해서 쓰러지지는 않았지만 취기가 전부 올라온 것이 분명했다. 두 손으로 탁자를 짚은 채 고개를 숙여 자신의 항아리를 들여다보았다. 찌푸린 미간에 꽉 다물린 입술…… 그는 무엇인가를 강하게 참고 있는 것 같았다.

토하고 싶은 걸까?

비연이 경악했다. 일단 술을 토해 내면, 그것이 단 한 모금이라 해도, 지금까지의 모든 노력이 물거품이 된다!

다행히도 군구신은 토해 내지 않았다. 그는 힘이 돌아오기라도 한 것처럼 입가가 편하게 풀어지고 있었다.

비연은 그제야 군구신이 쉬고 있는 중이라는 것을 알았다. 속으로 안도의 한숨을 내쉬었지만 곧 다시 긴장하기 시작했다. 정왕 전하가 술을 토해 내지 않는다 해도 승산은 없었다!

정왕 전하가 방금 탁자에 항아리를 내려놓을 때의 소리로 판단할 수 있었다. 항아리에 남은 술이 많지는 않았지만 그렇다 해서 아주 적은 것도 아니었다.

정왕 전하의 상태를 보면, 멈춘 후에 술을 토해 내지는 않았지만 이미 견디기 어려운 것 같았다. 그녀는 그가 얼마나 쉬어야 할지 알지 못했다. 그리고 그가 지금 계속 마신다면 얼마나 마실 수 있을지, 또 얼마나 빨리 마실 수 있는지도 알지 못했다.

승 회장이 계속 마시면서 두 사람 사이의 거리를 좁히고 있었다. 일단 그가 군구신을 따라잡으면 더더욱 승산이 없는 것이나 마찬가지가 될 것이다!

이때, 승 회장이 군구신을 힐긋 바라보았다. 그의 눈가에 사나운 기운이 어렸다. 사업상의 거래건 아니면 술을 겨루는 것이건, 그가 아무것도 안 한다면 모를까 일단 시작하면 결코 상대의 사정을 봐주지 않았다. 이번에도 예외가 아니었다.

그는 느슨해지기는커녕 속도를 높였다. 이제 그는 술을 마시는 것이 아니라 술을 쏟아붓고 있었다.

그 모습을 본 비연과 매 공공이 허둥지둥했다. 매 공공이 군구신에게 계속 마시라고 말하려 했으나 비연이 바로 그의 입을 막았다.

비연도 패배를 좋아하지는 않았다. 그러나 전하가 억지로 계속하는 것은 더욱 싫었다! 전하는 분명 한계에 도달했기에 멈춘 것이다. 계속 이어 나간다면 아마 목숨을 걸어야 할 것이다!

매 공공은 비연의 매서운 눈빛에 놀라 감히 움직일 엄두도 내지 못했다.

시간은 점차 흐르면서 방 안에 적막이 내려앉았다. 승 회장이 술을 들이붓는 소리만이 영원히 끝나지 않을 것처럼 들려올 뿐이었다.

항아리 안 술의 양이 줄어들고 있었다. 승 회장의 머리가 점점 더 뒤로 젖혀지고, 항아리의 바닥이 점점 더 하늘로 향하고 있었다. 저 바닥이 하늘로 똑바로 향하게 되면, 그것은 그가 다 마셨다는 것을 의미할 것이다.

모두 긴장하여 그의 항아리를 보고 있었다. 심지어 비연의 시선조차 군구신을 떠나 그 항아리의 바닥으로 향하고 있었다. 그리고 군구신은 지금도 고개를 숙인 채 침묵하고 있었다. 마치……, 마치 이미 포기한 것처럼.

어찌 짐작할 수 있었을까!

승 회장의 항아리가 조용히 하늘로 향하고 있을 때, 군구신이 두 손으로 다시 항아리를 안아 들었다. 그리고 군구신의 항아리 바닥이 똑바로 하늘로 향하고, 남아 있던 술이 모두 그의 입 안으로 쏟아졌다.

그렇다! 마시는 것도 아니고, 쏟아붓는 것도 아니고, 그야말로 부어 버렸다!

일순간 모두가 그를 돌아보았다. 너무나 놀란 것이다. 심지어 승 회장조차 집중하지 못하고 그를 곁눈질했다.

빙로백장은 물론이고 설사 물이라 해도 저런 식으로 목구멍에 부어 버린다면 너무나 괴로워 바로 토해 내기 십상일 것이다.

미친 것일까?

그러나 군구신은 토해 내지 않고 버텨 냈다!

거의 동시였다. 군구신과 승 회장이 항아리를 내려놓았다. '쿵' 소리와 함께 두 사람이 서로를 바라보았다. 주변은 아무 소리도 들리지 않고 고요하기만 했다. 시간조차 멈춰 버린 것 같았다.

군구신이 마침내 웃었다. 살짝 취기가 오른 얼굴이 웃으니, 그 모습에 매혹되지 않을 도리가 없을 정도로 잘생겨 보였다.

"승 회장님, 보아하니 네 번째 항아리를 마셔야겠군요."

사실 군구신이 멈추었던 것은 마실 수 없어서가 아니라 쉬면서 힘을 집중하기 위해서였다. 이 빙로백장은 확실히 급히 마셔서는 안 될 술이었다. 그러나 그는 견뎌 낼 수 있었다. 그가 원한 것은 휴식을 취할 시간이었다.

그는 주량이 아주 셌다. 그리고 이제 숨을 돌리며 정신을 되찾은 이상, 그에게는 두려울 것이 없었다!

그는 휴식을 취하는 한편 계속 승 회장이 술을 쏟아붓는 소리를 들으며 그의 주량이며 시간을 계산하고 있었다. 무승부의 상황을 확보한 상황에서 가능한 한 최대한의 휴식을 취했다.

사실 승 회장이 방금 전력을 다했다면 그에게는 기회가 없었다. 그러나 승 회장은 상대를 가볍게 보고 있는 힘을 다하지 않았고, 그것이 군구신에게 기회를 준 것이다!

소문에는, 이 빙로백장은 승 회장조차 취해서 쓰러지게 할 수 있다고 했다. 오늘 군구신은 지켜볼 작정이었다. 승 회장의 한계가 정말로 네 번째 항아리인지, 그리고 자신의 한계가 어디까지인지도!

군구신의 그 차가운 웃음을 본 승 회장도 마침내 그의 뜻을 알아차렸다. 승 회장이 소리 내어 웃기 시작했다.

"젊은이, 본 회장은 계속 네 번째 항아리를 함께 마셔 줄 사람을 기다려 왔지. 하하, 그게 자네일 줄이야! 오게나, 마시세!"

마시세!

네 번째 항아리야말로 진정으로 승부를 결정짓는 항아리가 될 것이다. 두 사람 다 더 이상 느긋하지 않았다. 두 사람이 거의 동시에 항아리를 들고, 고개를 젖혀 술을 쏟아붓기 시작했다. 그 무엇에도 구속받지 않고 제멋대로. 동시에 강력하고 통쾌하게. 그들은 마치 하늘을 나는 듯한 속도로 술을 비웠다!

비연과 매 공공은 말할 것도 없고, 상관 부인조차 자신의 남편이 그렇게 통쾌하게 마시는 장면을 놀란 얼굴로 보고 있었다. 그녀는 평생 남편이 누군가와 그렇게 즐거운 표정으로 술을 마시는 것을 본 적 없었다.

이 네 번째 항아리는 대체…….

누가 이기고, 누가 지게 될까?

갑자기, 군구신과 승 회장이 동시에 멈췄다. 두 사람이 서로를 바라보았다. 승 회장이 웃었고 군구신도 웃었다. 이번에는 억지로 웃는 것이 아니라 통쾌하게 마신 후의 자연스러운 웃음이었다.

두 사람이 웃고 또 웃다가 취기 오른 얼굴로 점점 탁자 위로 엎어졌다. 그렇게 취해 버렸다.

둘 다 항아리를 손에 쥐고 있었다. 항아리 안에는 여전히 술이 남아 있었다. 비연과 상관 부인은 서로 눈빛을 교환하고, 약속이나 한 듯 안을 들여다보았다.

이 승부에서 과연 누가 이겼을까?

내기, 더 깊은 수렁

이 승부에서 과연 누가 이겼을까?

당연히 남아 있는 술이 적은 쪽이 이기게 된다!

비연과 상관 부인이 탁자 위 항아리를 바라보다가 다시 서로를 바라보았다. 그리고 거의 동시에 항아리를 끌어안았다. 마치 서로가 이 승부의 증거를 망쳐 놓기라도 할까 봐 두려운 듯이.

두 사람이 탁자 하나를 사이에 두고 마주 보았다. 두 사람 다 서로를 경멸하는 듯한 눈빛을 보내고 있었다.

상관 부인이 갑자기 외쳤다.

"여봐라, 그릇을 가져와라!"

술을 따라 비교하려는 생각임이 분명했다!

탁자 위는 이미 깨끗하게 정리되어 있었다. 비연 앞에 작은 자기 그릇들이 쌓였고, 상관 부인 앞에도 같은 크기의 그릇들이 쌓였다.

상관 부인이 말했다.

"망할 계집, 시작해라! 홍, 너희가 졌을 거다!"

상관 부인은 부군이 호적수를 만난 것에 대해서는 기뻐하고 있었다. 그러나 이 호적수가 남편보다 살짝 떨어지는 것으로 판명 난다면 더욱 기쁠 것이다!

비연은 정왕 전하의 주량에 상당히 의아해하고 있었다. 그러나 의아한 것은 의아한 것이고, 그의 주량이 승 회장보다 조금 더 세어서 승 회장을 압도했기를 바라고 있었다.

비연도 말했다.

"그쪽이 졌을걸요!"

상관 부인이 쌓여 있는 그릇 중 하나를 들더니 힘차게 탁자 위에 내려놓았다.

"시작하지!"

곧, 두 사람이 그릇 하나에 술을 꽉 채웠다. 그리고 약속이나 한 듯 상대방의 그릇을 보고 계속해서 두 번째 그릇을 채웠다.

두 번째 그릇도 곧 꽉 차고 말았다. 두 사람은 다시 서로의 그릇을 흘깃 바라본 다음 안색 하나 바꾸지 않고 계속 따랐다.

이렇게 연이어 다섯 그릇을 따랐을 때였다. 비연과 상관 부인이 약속이나 한 듯 동작을 멈췄다.

그들은 노련한 사람들이었다. 자신의 손에 있는 항아리에 대충 어느 정도의 술이 남아 있는지 짐작할 수 있었다. 이 순간, 두 사람 모두 암암리에 서로의 손에 남은 술을 가늠해 보고 있었다.

비연이 속으로 생각했다. 방금 상황으로 보건대 승 회장의 주량은 분명 네 항아리 정도일 것이다. 정상적인 속도로 마셨다면 네 항아리를 거뜬히 마시고도 남았을 것이다. 그러나 방금의 속도를 생각하면 승 회장의 항아리에 남은 술은 많지 않을 것이다.

상관 부인도 생각했다. 방금 그 시위는 호락호락한 상대가 아니었다. 비록 중간에 오래 멈추긴 했지만 그다음 행동을 생각하면 주량이 아주 센 청년임이 분명했다. 정상적인 속도로 마셨다면 네 항아리를 마시지 못했을 거라고는 말할 수 없었다. 그녀의 부군처럼. 방금의 속도를 생각하면 청년의 항아리에 남은 술이 이쪽과 별 차이가 없을 것이다.

고요한 가운데 두 사람은 서로만 바라보고 있었다. 두 사람의 눈빛이 경멸을 담고 있었으나, 내심 긴장하고도 있었다.

상관 부인이 말했다.

"먼저 따르거라!"

비연이 물었다.

"무엇 때문에? 함께 따르시죠!"

상관 부인은 불쾌했지만 승낙했다.

이번에 두 사람은 천천히, 아주 천천히 술을 따랐다. 계속 서로의 항아리가 술을 따르는 각도를 곁눈질하면서. 바닥이 보일수록 항아리가 점차 기울어졌다.

비연이 그릇의 절반을 채우자 상관 부인도 절반을 채웠다. 비연이 다시 조금 더 채우자 상관 부인도 그만큼 채웠다. 두 사람이 그릇을 거의 채웠을 때, 항아리의 바닥도 거의 하늘을 보고 있었다.

지금도 두 사람은 서로의 항아리에 대체 술이 얼마나 남았는지 감을 잡지 못하고 있었다.

갑자기 상관 부인이 항아리를 내려놓더니 웃기 시작했다.

"망할 계집, 조건을 덧붙일까?"

조건을 덧붙인다고?

비연이 의심스러운 마음에 물었다.

"무슨 조건을?"

상관 부인이 말했다.

"우리가 이기면 오늘 나눈 약정에 따라 술을 빚는 원료를 가을에 제공하게 되어 있지. 본 부인이 추가하고 싶은 조건은, 앞으로 10년 동안 술을 빚는 공임비를 현공상회에서 책임지지 않는 거야! 너희가 이긴다면 앞으로 10년 동안 원료 비용의 절반을 깎도록 하겠다."

이 말에 비연이 숨을 헉, 들이켰다!

상인은 과연 상인이었다! 이런 순간에도 사업을 생각하다니!

상관 부인이 차분하고 느긋하게 팔짱을 꼈다. 이길 자신이 있다는 태도였다. 눈썹을 치켜세우고 비연을 보며 물었다.

"어때? 할 수 있겠어?"

비연은 상관 부인의 자신만만한 모습을 보며 항아리 속에 대체 술이 남아 있는지, 얼마나 더 남아 있는지 궁금해졌다.

상관 부인이 도전하듯 말했다.

"망할 계집, 담력이 꽤 크지 않던가? 어때? 감히 못 하겠어?"

비연의 눈가에 날카로운 빛이 스쳐 갔다. 그녀가 항아리 위에 손을 얹은 채 말했다.

"보아하니, 상관 부인께서는 승산이 꽤 크다 생각하시나 보군요!"

상관 부인은 비연이 자신을 시험한다는 것을 알아듣고 큰 소리로 웃었다.

"도박을 해 볼 건지 말 건지, 통쾌하게 말해 보라고!"

비연이 고민하기 시작했다. 상관 부인이 일부러 그녀를 놀라게 하려는 걸까, 아니면 항아리에 정말 술이 없는 걸까?

상관 부인이 재촉했다.

"할 거야, 말 거야?"

비연이 여전히 대답하지 않고 미간을 찌푸렸다.

그 모습을 본 상관 부인이 속으로 생각했다. 이 계집이 방금까지는 그렇게 패기 있게 굴더니, 왜 갑자기 망설이는 걸까? 일부러 연극을 하는 걸까, 아니면 항아리에 술이 남아 있는 걸까?

상관 부인이 계속 외쳤다.

"어서 이야기를 해! 못 하겠으면 그만두고!"

마침내 비연이 입을 열었다.

"상관 부인께서 이리도 자신감이 넘치시니……. 그렇다면 저는 무승부에 걸겠습니다!"

무승부?

상관 부인의 표정이 복잡해지기 시작했다.

비연이 계속 말했다.

"부인께서 이기신다면 공임비는 물론이고 이익도 필요 없습니다. 10년 동안 무료로 현공상회에 약주를 빚어 드리지요……."

비연이 여기까지 말했을 때 상관 부인의 표정은 더욱 복잡해졌다. 이건 너무도 좋은 조건 아닌가? 이익마저 포기하겠다니!

"무승부라면?"

비연이 상당히 진지하게 대답했다.

"무승부라면 원래의 협약대로 하면 됩니다. 다만 현공상회에서 우리에게 우선권을 주셔야 합니다. 앞으로 10년 동안, 화월산장이 언제라도 원료를 요구하면 현공상회에서는 반드시 조건 없이 따라야 합니다!"

비연은 도박을 해 볼 생각이었다.

정왕 전하가 승 회장과 도박을 했고, 지금 그녀가 상관 부인과 도박을 하고 있었다. 이것은 더 깊은 수렁에 빠지는 일이었다.

정왕 전하가 졌다면, 그들이 내놓아야 할 것은 돈에 불과했고, 그 돈은 당연히 천무제에게 부담하게 하면 되었다.

정왕 전하가 이긴다면, 그녀와 상관 부인이 모두 지는 셈이니 덧붙인 조건은 아무 쓸모가 없어지는 셈이다.

정왕 전하와 승 회장이 무승부라면 그들은 우선권을 가지게 되고, 계속 그 삼칠을 요구하면 되는 것이다.

이번에는 비연이 상관 부인을 재촉했다.

"부인, 하시겠습니까, 그만두시겠습니까? 통쾌하게 말씀해 주시지요?"

상관 부인이 어떻게 비연 뒤에 얼간이 노릇을 하며 돈을 낼 천무제가 있다는 사실을 알겠는가. 또한 비연이 그들 사이의 승부에는 관심이 없고 삼칠에만 관심이 있다는 사실도 알 수 없었다.

상관 부인의 항아리에는 사실 술이 남아 있었다. 그녀는 계속 연기를 하고 있었을 뿐이었다.

상관 부인이 속으로 계산하기 시작했다. 저 계집이 감히 무승부에 걸겠다고 하는 것은 분명 그녀에게 속아 그녀의 항아리에 술이 없다고 여겼기 때문일 것이다. 그리고 저 계집의 항아리에는 분명 술이 없을 것이다!

바꿔 말하면, 저 계집이 원래 시위가 이긴다는 것에 걸었다면 그녀가 이겼을 것이다. 그런데 저 계집이 무승부에 건다니, 그렇다면 10년 동안 공임비를 내지 않아도 될 것이다!

이 도박은 또 한 번 수렁에 빠지는 일이니, 능력이 있는 이가 아니라면 차마 시도하지 못할 것이었다. 상관 부인은 즐거웠다. 그녀는 이렇게 지혜를 겨루고, 용기를 겨루는 일을 진심으로 좋아했던 것이다. 그녀가 말했다.

"좋다, 그렇게 하자. 본 부인은 승리에 걸고, 너는 무승부에 건다!"

말을 마친 그녀는 즉시 술 항아리 속에 남아 있는 술을 전부 쏟아 냈다. 그 작은 자기 그릇이 술로 가득 찼다.

비연이 그 모습을 보고…….

매 공공을 따돌려야

꽉 찬 그릇을 바라보며 비연이 얼빠진 표정을 지었다. 그 얼굴을 본 상관 부인이 즐거워하며 말했다.

"애야, 넌 아주 영리하더구나. 하지만 안타깝게도, 약삭빠르게 굴다가 제 꾀에 넘어간 거지. 본 부인에게 술이 없을 거라 생각했지? 하하!"

비연이 고개를 들고 부인을 바라보았다. 점차 새하얀 이가 드러나고, 기쁜 표정으로 웃기 시작했다.

사실 그녀의 마음속에는 아무 저의도 없었다. 상관 부인이 연극을 하는지, 아니면 정말로 술이 없는지 판단해 내지 못했던 것이다!

그녀가 무승부에 건 것은, 자신과 정왕 전하에게 손실을 늘리지 않는 상황에서 기회를 하나라도 더 갖고 싶었을 뿐이었다!

지금 보건대, 그녀의 운이 지극히 좋았다!

비연이 말없이 웃으며 항아리에 남아 있던 최후의 술을 따르기 시작했다. 많지도 않고 적지도 않은 양의 술을. 마지막 그릇을 꽉 채우는 양의 술을.

정왕 전하와 승 회장의 겨루기는 결국 무승부였다! 이긴 자도 진 자도 없었다!

그러나 그녀는 이겼다! 이것이 의미하는 것은, 그들은 이제 언제라도 삼칠을 달라고 요구할 수 있다는 의미였다!

자기 그릇 속 술이 더 이상 흔들리지 않고, 흘러넘치지도 않는 것을 확인한 후에 비연이 천천히 고개를 들었다. 그녀는 다시 상관 부인을 바라보며 새하얀 이를 드러내고, 비할 데 없이 찬란하게 웃기 시작했다!

상관 부인이 멍한 표정을 지었다. 그녀가 뜻밖에도 또 실패했다!

그녀는 어린 시절부터 상업에 종사하며 산전수전 다 겪은 사람이었다. 다른 사람을 계략에 빠트렸으면 빠트렸지 그녀가 다른 사람 계략에 빠진 적은 없었다. 이 한평생 자신의 부군이 아니면 누구에게도 진 적이 없던 그녀였다! 그런 그녀가…… 뜻밖에도 두 번이나 눈앞의 젊은 여자에게 진 것이다!

상관 부인은 후회하기 시작했다. 조건을 덧붙이지 않고 무승부를 이루었다면 대수롭지 않을 일이었을 것이다! 그러나 지금은 아무 조건도 없이 비연에게 특권을 주어야 했다!

비연을 보는 상관 부인의 눈길이 달갑지 않았다. 그러나 그녀는 그저 비연이 달갑지 않았을 뿐, 도박에 대해서는 패배를 인정할 줄 아는 성실한 사람이었다.

그녀가 말했다.

"망할 계집, 네가 이겼다! 앞으로 우리가 다시 겨뤄 볼 기회가 있으면 좋겠군!"

비연이 마치 어린아이처럼 활짝 웃으며 말했다.

"부인께서 좋게 봐 주신 덕입니다. 후에 기회가 있으면 다시 가르침을 받겠습니다! 부인께서 아낌없이 가르침을 내려 주시기 바랍니다!"

상관 부인이 그녀를 노려보고는, 몸을 일으켜 하인에게 승 회장을 방으로 모시라 명했다. 그때 비연이 재빨리 외쳤다.

"잠시만요, 상관 부인! 저에게 술을 깨는 좋은 약이 있습니다. 간을 보호하고 비위를 따뜻하게도 해 주지요. 부인께서 꺼리지 않으신다면 승 회장님께 세 알을 복용하게 하십시오. 제가 약속드리겠습니다. 내일 날이 밝을 무렵이면 승 회장님께서는 분명 술을 깨실 수 있을 겁니다."

아무리 주량이 세다 해도 그렇게 맹렬하게 마셨으니 몸이 상하지 않을 수 없었다! 아무리 건강한 몸이라도 빠르게 회복할 수는 없을 것이다.

비연이 약을 건넨 이유는 승 회장에 대한 감탄과 인정 때문이기도 했고, 또 하나는 이 일을 빨리 마무리 짓고 싶기 때문이기도 했다. 그 약재를 대체 언제부터 움직이기 시작할지, 어떻게 운송할지와 같은 상세한 사정을 승 회장과 다시 한번 세세하게 의논해야 했다.

비연이 상관 부인에게 약 세 알을 건넸다. 상관 부인이 눈썹을 치켜세우며 보더니 약을 바로 받지 않고 경계하는 기색을 보였다. 그러자 비연이 웃으며 말했다.

"안심하세요. 저에게는 승 회장님을 해칠 만한 담력은 없으니까요!"

비연이 같은 약을 세 알 꺼내 직접 군구신에게 삼키게 했다.

그 모습을 보고서야 상관 부인도 그 약을 받았다.

"빙로백장은 보통 술과 다르다. 어떤 술 깨는 약도 소용이 없지. 하지만 네가 호의로 건넨 것이니 본 부인이 받아 두마. 고맙구나!"

비연이 즐거운 마음에 재빨리 쫓아가 웃으며 말했다.

"상관 부인, 그럼 이 약의 효과에 대해 우리…… 내기를 한번 할까요?"

상관 부인이 말문을 잃고 경계하듯 그녀를 바라보았다.

비연이 순진하게 웃으며 말했다.

"후후, 돈을 거는 것은 어때요? 다른 것은 말고요."

상관 부인은 이미 비연에 대한 경계심이 배는 커진 다음이라 내기할 생각이 전혀 없었다. 설사 금화 한 닢이라도!

그녀가 바로 물러나려다가 고개를 돌려, 군구신이 창백한 얼굴로 인사불성인 것을 보고 잠시 머뭇거렸다. 그러더니 마음이 약해졌는지 하인에게 엄숙하게 명령했다.

"손님을 방으로 모시고 시중을 들어 드리도록 해라. 절대로 태만해서는 아니 된다!"

비연은 원래 저택을 떠나려 했으나, 이 말을 듣자 사양하지 않고 하루 머물기로 마음먹었다. 이렇게 되면 내일 계속 의논할 수 있을 것이다.

그녀가 말했다.

"상관 부인, 감사합니다! 승 회장님께 약을 드리는 것을 잊지 마세요!"

하인들이 비연에게 방 두 칸을 준비해 주었다. 비연이 한 칸을 쓰고, 군구신과 매 공공이 한 칸을 쓰게 되었다.

군구신을 잘 눕힌 후에도 비연은 안심이 되지 않아 계속 그의 방을 떠나지 못했다.

"매 공공, 전하께서 약을 드시기는 했지만 한밤중에 토하실 수도 있어요. 음, 제가 매 공공과 함께 지켜보면 어떨까요?"

매 공공은 비연이 상관 부인과 겨루는 전 과정을 직접 목격하면서 마음속으로 계속 탄복하고 감탄하고 있었다! 그리고 속으로, 비연의 재능이라면 그가 황상에게 말하지 않더라도 장래에 중용받을 게 분명하다고 생각했다. 황상의 성격을 생각하면, 경계하는 동시에 있는 힘을 다해 자신의 편으로 끌어들이려 할 거라고.

이 정도 인물이라면 잘 받들어 주고 비위를 맞춰 놓는 편이 좋았다. 후일 문제가 생기지 않도록 말이다.

매 공공이 재빨리 대답했다.

"고 대약사, 오늘 밤 정말 고생하셨습니다! 어서 돌아가 쉬시지요! 밤을 새우는 것 정도야, 이 노비가 책임지겠습니다! 안심하셔도 됩니다!"

비연도 감히 관심을 너무 많이 보이지는 못하고, 약 몇 알을 남겨 놓은 후 그 방을 떠났다. 그러나 그녀가 자신의 방으로 돌아가기도 전에 매 공공이 놀란 목소리로 외치며 달려왔다.

"고 대약사, 어서 와 보십시오! 전하께서 이상하십니다!"

비연이 깜짝 놀라 바로 돌아갔다. 매 공공이 말했다.

"전하께서 온몸을 떨고 계십니다. 그 술이 너무 차가웠던 것 아닐까요? 오장육부가 다 차갑습니다!"

떨고 있다고? 오장육부가 다 차갑다고?

비연은 무엇인가를 깨달은 듯 갑자기 발걸음을 멈췄다. 그러나 곧 다시 정신을 차리고 방으로 되돌아갔다.

조금 전만 해도 조용히 누워 있던 군구신이 몸을 웅크리고 있었다. 그리고 정말 떨고 있었다! 두 눈은 꽉 감고, 미간을 찌푸리고……. 아주 고통스러운 것이 분명했다.

빙로 때문에 몸이 차가워진 거라면 단순한 감기 정도의 증세만 보이지 이렇게까지 고통스러워하지는 않을 것이다. 비연은 그의 한독이 다시 발작했음을 확신할 수 있었다. 게다가 빙로백장을 많이 마신 것 때문에 병세가 더욱 심해진 것 같았다! 어떻게 해야 할까?

비연은 고민하다가 매 공공을 바라보았다. 그는 문 안으로 들어오지 않고 문가에 서서 초조하게 말했다.

"고 대약사, 일단 보고 계십시오. 노비가 저들에게 의원을 불러 달라 하겠습니다!"

이치대로라면 확실히 의원을 불러오게 해야 했다. 그녀는 약사일 뿐이니까. 그런데 의원이 오면 정왕 전하의 비밀이 드러나게 된다! 다른 이에게 드러나는 것은 그래도 괜찮지만 매 공공이 알게 된다면 의심할 바 없이 천무제도 곧 알게 될 것이다!

비연은 현재까지도 정왕 전하와 천무제 사이의 관계를 정확히 모르고 있고, 정왕 전하가 무엇 때문에 이 한독에 대해 감추고 있는지 모르긴 하지만, 그녀는 확신하고 있었다. 정왕 전하는 천무제가 그의 비밀을 아는 것을 바라지 않을 것이다.

비연이 즉시 결단을 내리고 진지하게 말했다.

"그럴 필요 없어요! 아무리 경계해도 모자라지 않으니까. 저들이 데려오는 의원을 믿을 수 있다는 보장도 없잖아요. 무슨 일이라도 벌어진다면 우리 두 사람은 황상께 아무 말씀도 올릴 수 없을 거예요. 전하는 지금 술 때문에 몸을 상하신 거예요. 그 술이 너무 차가웠던 탓이지요! 매 공공, 제가 약방문을 하나 적을 테니 어서 가서 약재를 찾아오세요. 기억하세요. 어약방의 규칙에 따라 그 약재에서 눈을 떼는 일이 있어서는 안 됩니다. 약을 달이기 전에, 어떻게든 제가 한번 살펴보아야 하고요."

그녀는 말을 마치자마자 약방문을 적었는데, 일부러 아주 구하기 어려운 약재 두 가지를 적어 넣었다.

그녀는 매 공공을 어떻게든 따돌릴 작정이었다!

사람을 물고 싶으면 이렇게 무는 것이 아니야

비연의 말에 매 공공이 잠시 머뭇거렸다.

그녀는 그에게 깊이 생각할 시간을 주지 않기 위해 일부러 다급하게 외쳤다.

"전하는 이곳에 계실 거예요! 내가 잠시도 떨어지지 않고 전하를 지킬 거고, 상황이 악화되더라도 당장 쓸 수 있는 약도 몇 가지 가지고 있어요. 안심하고 어서 다녀와요!"

매 공공은 원래 자신이 정왕 전하를 지키고 비연에게 약을 찾아오라고 하려 했다. 비연이 약의 전문가니, 약재를 고르고 달이는 것도 자신보다 빠를 것이기 때문이었다. 그러나 비연의 말에 그는 재빨리 문을 닫고 달려나갔다.

매 공공이 떠난 후, 비연이 서둘러 군구신의 이마를 짚어 보았다. 이마에 열은 없고 아주 차가웠다.

다시 맥을 짚었다. 맥에는 큰 이상이 없었지만 손도 얼음처럼 차가웠다. 그녀는 전하의 맥에 분명 문제가 있지만 자신에게 판별해 낼 능력이 없다는 것을 깨달았다.

그녀의 판단은 틀리지 않았다. 전하의 한독이 발작한 것이다. 약욕을 할 수 있는 상황이라 해도 그녀에게는 약광석이 없었다.

비연이 바로 결단을 내려, 허리에서 약왕정을 풀고 군구신

곁에 앉았다. 그리고 군구신의 두 손을 끌어당겨 약왕정을 감싸게 하고, 자신의 손으로 그의 큰 손을 다시 감쌌다.

그녀의 표정은 초조한 동시에 매우 진지했다. 남신의 손을 잡고 있으면서도 마음속에는 어떤 잡념도 떠오르지 않았다. 비연은 정신을 집중해 약왕정의 3품 신화를 소환했다.

정왕 전하가 필요로 했던 것이 3품 신화였음을 계속 기억하고 있었다. 지난번 그녀는 3품 신화를 소환하기 위해 꽤 애를 써야 했지만, 몇 달 간의 수련을 통해 이제 3품 신화는 쉽게 불러낼 수 있었다.

곧 약왕정이 점차 커졌다. 작은 주먹 크기에서 다시 두 개의 커다란 주먹 크기가 되더니, 동시에 약왕정 안에서 무형무색의 신화가 타오르기 시작했다. 약왕정 전체가 따뜻해지더니 점차 뜨거워졌다.

군구신은 원래 추워서 떨고 있었지만 약왕정의 온기를 나누어 받자 회복되는 것 같았다. 이제 그는 상당히 안정된 것처럼 보였다.

비연은 그의 병세가 심해질까 두려워 더 높은 신화를 소환할 수 없었다. 그의 몸이 상당히 편해진 것을 알면서도 그녀는 여전히 마음을 놓을 수 없었다.

한참 후, 군구신의 두 손이 따뜻해진 것을 느끼면서도 비연은 여전히 그의 상태를 주시하고 있었다. 찌푸리고 있던 그의 미간에서 점차 힘이 풀리는 것이 보였다. 그제야 그녀는 그의 증세가 호전되고 있다는 것을 확신했다. 3품 신화는 확실히 쓸모가 있었다.

정신없이 뛰고 있던 비연의 심장도 서서히 안정되었다. 그녀가 탁한 기운을 토해 내며 속삭였다.

"전하, 제가 머뭇거리며 시간을 끌었던 것이 천만다행이에요. 제가 방으로 일찍 돌아갔더라면, 전하께서는 매 공공을 죽여서 입을 막으셨어야 했을 테니까요!"

비연의 시선이 무심결에 약왕정으로 돌아갔다. 그때야 그녀는 자신이 계속 전하의 손을 잡고 있음을 깨달았다.

지난번 그녀가 약왕정의 온도에 놀라 손을 놓았던 기억이 떠올랐다. 이미 약왕정의 신화를 3품 이상으로 수련한 그녀에게 현재 3품 신화의 온도 정도는 별것 아니었다. 그랬기에 그녀는 손을 놓는 것을 잊고 있었던 것이다.

저, 정말로 고의가 아니었다…….

비연이 갑자기 부끄러운 마음이 들어 손을 놓으려 했으나, 또 동시에 참을 수가 없어 한 번 더 흘깃 바라보았다. 정왕 전하의 손이 그녀의 손보다 한참 컸다. 따뜻해진 손가락은 아주 길어서 매우 보기 좋았다. 그녀는 원래 손이 작은 편이었는데, 이렇게 큰 손과 함께 있으니 더욱 작아 보였다.

큰 손, 작은 손……. 정왕 전하 같은 남자가 손을 잡아 준다면 어떤 기분이 들까?

머릿속에 떠오른 생각에 비연은 그만 스스로 할 말을 잃고 말았다. 그녀는 그저 그의 손을 바라보았고……, 뜻밖에도 온갖 생각이 오가고 있었다.

아니, 자제력은 어디로 간 거지!

그래, 사실 그녀는 정왕 전하를 앞에 두고 자제력이란 것을 발휘한 적이 없었다.

물론 그녀가 정왕 전하에 대해 자제력이 없다 해도 마음속의 일일 뿐, 감히 진정으로 무엇인가를 하고자 한 적은 없었다. 그럴 마음은 있어도 그럴 용기가 없었으니까.

비연이 그의 손을 놓았다. 이제 심지어 가까이 다가갈 수도 없었다. 그래서 의자를 가져와 앉은 채 그를 지키기 시작했다. 때때로 그의 체온을 확인하고, 약왕정 신화의 품을 내릴 시간을 확인했다. 병이 발작한 상태가 아니라면 3품 신화의 열기에 그가 화상을 입을 수도 있을 테니까.

그녀는 그렇게 기다리며 군구신의 평온한, 잘생긴 얼굴을 바라보았다. 보면 볼수록 너무나도 완벽하고, 보면 볼수록 눈과 마음이 모두 즐거워질 정도였다. 결국 참지 못하고 눈이 가늘어지도록 웃기 시작했다.

이 순간, 군구신은 상당히 좋아진 상태였다. 사정을 모르는 이가 보았다면 그가 자고 있다고 생각했을 것이다.

취하지 않았다면 그는 분명 미간 한번 찌푸리지 않고, 병세가 발작할 때까지 버티지도 않았을 것이다. 그러나 술에 취해 인사불성이 되는 바람에 의식을 잃었고, 지금 그의 모든 반응은 몸의 본능에서 나온 것이었다. 그는 제 목숨을 구해 줄 물건을 끌어안듯 약왕정을 단단히 끌어안았다.

시간이 서서히 흘러갔다. 약왕정의 신화가 그의 체내에 남은 한기를 천천히 몰아냈다. 몸이 회복되는 동시에 잠들어 있던 의식도 다소나마 회복되었다.

그는 곧 자신이 발병했음을 깨달았고 손안에 따뜻한 무엇인가가 있음을 감지했다. 지난번 온천에 잠겨 있을 때처럼 자신의 팔로 무엇인가를 끌어안고 있었다.

그것이 무엇인지 알고 싶었지만 그는 힘이 빠져 눈꺼풀조차 들 수 없는 상태였다. 심지어 생각도 이어지지 않았다. 아주아주 자고 싶었고…….

그러나 그는 억지로 버티고 있었다. 상황을 알 수 없었지만 잠들 수 없었다. 잠들어서는 안 될 것만 같았다.

다시 시간이 흘렀다. 군구신의 몸이 완전히 회복되자 비연은 약왕정 안 신화를 꺼트렸다. 그녀가 웃으며 말했다.

"전하, 이제 괜찮아요. 제가 있으니 전하께는 아무 일도 없을 거예요."

그녀가 몸을 일으키며 기지개를 켰다. 그리고 약왕정을 챙기려 했다. 약왕정은 다시 작아져 있었고, 군구신이 그것을 꽉 쥐고 있었다. 어떻게 해도 도저히 빼낼 수가 없었다.

처음에는 비연도 별일 아니라 생각하고, 약왕정을 빼내는 대신 군구신의 손가락을 하나하나 떼어 놓으려 했다. 그러나 어떻게 해도 손가락을 떼어 낼 수 없었다. 그녀는 초조해지기 시작했다.

온 힘을 다해도 군구신의 손가락을 떼어 낼 수 없음을 확인했을 때, 비연은 마침내 사태의 심각성을 알아차렸다. 정왕 전하가 깨어난 후 약왕정에 대해 의심을 품는 것은 제쳐 놓더라도, 곧 매 공공이 돌아올 것이다. 그가 약왕정을 보면 그야말로 끝장이다!

어쩌면 좋지?

그녀의 머릿속에 떠오른 첫 번째 생각은 약왕정의 신화였다. 한독은 이미 회복되었으니, 2품 신화만 소환해도 정왕 전하는 뜨거워서 손가락을 뗄 것 같았다.

그러나 그렇게 하면 그에게 화상을 입히게 된다! 설사 그녀가 그 상황을 참을 수 있다 해도, 그가 깨어나면 화상에 대해 설명해야 할 것이다.

정왕 전하를 간지럽혀 볼까?

글쎄, 그가 이렇게 취한 이상 어떻게 간지럽혀도 쓸모가 없을 것이다.

비연이 한참 생각한 끝에 결심했다…….

물자!

비연이 몸을 굽혀 여린 입술을 가져갔다. 그러나 그의 손등에 닿는 순간, 묘한 이질감이 입술에서 전신으로 퍼져 나갔다.

그녀는 벼락이라도 맞은 듯 다급하게 떨어졌다. 심장이 이유 없이 쿵쾅거리며 뛰고 있었다.

사람을 무는 것이……, 이런 게 아닌 것 같은데…….

그녀는 마치 결심이라도 하듯이 굳은 얼굴로 군구신의 손을 응시했다. 그리고 잠시 후, 작은 입을 크게 벌리고 새하얀 이를 드러낸 그녀는 곧바로 그의 손등에 고개를 묻고 사납게 물었다.

그녀가 얼마나 세게 물었던지 군구신이 바로 손에 힘을 풀었다. 약왕정이 그의 몸으로 떨어지더니 곧 바닥으로 미끄러졌다. 비연은 기뻐하며 즉시 그에게서 떨어지려 했다.

그러나 누가 알았을까. 군구신의 다른 손이 갑자기 다가오더니 그녀의 머리를 꽉 끌어안았다!

전하, 우리는 그럴 수 없어요

군구신 체내의 한기는 사라졌지만 대신 취기가 올라왔다. 그는 흠뻑 취한 채 잠을 탐하고 있었다. 약왕정을 꽉 쥐고 놓지 않은 채 끝까지 버텼다. 잠이 들더라도 그 따뜻한 온기를 놓고 싶지 않았던 것이다.

지난번 그가 이런 온기를 맛보았을 때 비연은 그게 제 몸이었다고 했지만 군구신은 계속 의심하고 있었다. 이번에는 어떻게든 그게 무엇인지 알아볼 작정이었다.

비연이 고생하고 있던 이 순간, 그는 다시 비연을 그 따뜻한 무언가로 착각한 것 같았다. 군구신은 있는 힘을 다해 그녀의 목덜미를 눌렀고, 비연의 작은 얼굴이 그의 손등에 닿고 말았다.

비연이 경악했다.

"전하, 노, 놓아주세요! 전하, 제발…… 놓아주세요!"

그녀는 이제 말하는 것조차 곤란했다. 있는 힘을 다해 발버둥 쳤지만 그럴수록 군구신은 그녀를 단단히 안을 뿐이었다. 마치 손에서 힘을 풀면 다시 잡지 못할까 봐 두렵다는 듯이.

비연은 그의 손을 뗄 힘이 없어 그저 양옆으로 발버둥 치는 수밖에 없었다. 그녀의 몸 절반이 그의 몸 위에 엎어진 채 있는 힘을 다해 머리를 앞으로 들이밀고 있었다.

그러나 이게 웬일일까. 비연이 겨우 좀 벗어났나 싶었는데,

군구신이 갑자기 긴 다리를 그녀의 몸 위에 걸쳤다. 그리고 그녀를 침상 위로 끌어당기고는 제 몸으로 내리눌렀다.

비연은 이제 반듯하게 대大자로 누운 채 천장을 보게 되었다. 몸 전체가 군구신의 단단한 몸 아래 깔려 팔과 다리만 겨우 움직일 수 있을 뿐이었다. 그녀가 눈을 휘둥그렇게 뜬 채 멍하니 천장을 바라보았다. 머릿속을 오가는 말은 단 하나였다.

'끝장났다!'

생각한 대로 끝장나 버린 것이다!

군구신은 이렇게 그녀를 누르고 있으면 안심이 되는 모양이었다. 취기가 잔뜩 오른 얼굴을 그녀의 목덜미에 묻고 잠들어 있었다.

"전하……, 주무시면 안 된다고요!"

울고 싶었지만 눈물도 나오지 않았다. 비연은 사지를 꼼지락거리며 어떻게든 벗어나려 했다. 마치 하늘을 보고 뒤집어진 거북이라도 된 기분이었다. 팔과 다리를 어떻게 움직여도 헛수고였다.

절망스러운 상황이었지만 비연은 곧 냉정을 되찾았다. 그녀는 어떻게든 방법을 찾아 이 상황에서 몸을 빼야 한다는 사실을 알고 있었다. 그렇지 않으면 그 결과를 그녀로서는 수습하기 어려울 것이다.

매 공공이 떠난 지도 꽤 되었으니 곧 돌아올 것이다! 그가 이 모습을 보게 되면 그녀가 무어라 설명할 수 있겠는가?

힘을 써도 헛수고니 이제 다른 방법을 써 보는 수밖에 없었다!

비연은 스스로에게 냉정하자고 중얼거렸다. 그녀는 마음을 가라앉히고 방법을 생각했다. 너무 허둥지둥하고 있어 생각을 정리하기 어려웠던 것이다.

그러나 그녀가 마음을 가라앉히는 순간, 자신과 정왕 전하가 너무나……, 너무나 가까이에 있다는 사실을 의식하게 되었다.

정왕 전하의 몸이 완전히 그녀에게 달라붙어 있었다. 두 사람 사이에는 얇은 옷만이 있을 뿐이었다. 그녀는 심지어 그의 몸이 그려 내는 선을 느낄 수 있었고, 목덜미에는 그의 뜨거운 숨결이 쏟아지고 있었다. 그리고 그녀의 마음으로…… 그녀의 마음속 무엇인가를 건드리면서.

아니, 뭘 건드린다는 거야?

이 남자는 그녀가 가장 존경하고 우러르는 남자였다. 어떻게 이렇게……, 이렇게 가깝게! 어떻게 이렇게…… 그녀의 마음을 건드리는 것일까?

어느새 심장이 빠르게 뛰고 있었다. 비연은 저도 모르게 중얼거렸다.

"정, 정왕 전하, 주무시지 말아요, 제발……."

그녀는 당황스러웠다. 자신의 마음이 마치 점령되어 굴복당한 것 같았다. 그러나 이것이 대체 어떻게 점령당하고 어떻게 굴복당한 것인지 그녀로서는 제대로 설명할 수 없었다.

비연은 이런 느낌이 마음에 들지 않았다. 그에게 이런 감정을 느끼는 것도 싫었다. 그러나 벗어날 수 없었다. 무엇 때문일까?

이때였다. 군구신이 갑자기 고개를 들었다. 그러나 그의 눈은 가느다란 선을 그릴 뿐 여전히 취해서 인사불성의 상태였다. 그는 자세를 바꾸더니 다시 머리를 묻고 다른 쪽을 바라보며 계속 자기 시작했다.

목덜미에 쏟아지던 열기 어린 숨이 사라지자 비연은 순식간에 정신이 맑아지는 것 같았다. 그녀는 점점 더 자신의 감정을 확신하면서 중얼거렸다.

"안 돼……. 정왕 전하, 내가 전하를 좋아할 수 있지만……. 아니야, 아니죠, 나는 전하를 좋아하지 않아요!"

그를 좋아하지 않는다! 그런 방식으로 좋아하는 것이 아니다!

그녀는 계속 중얼거렸다. 그리고 이 순간, 저도 모르게 한 사람을 떠올렸다. 처음 만난 순간부터 그녀를 이런 방식으로 괴롭혔던 사람. 지금까지도 그녀에게 신분을 알려 주지 않은, 그녀가 이름조차 알지 못하는 사람. 분명 아주 나쁜 사람인데도 그녀에게 정말로 해를 입힌 적은 없는 사람. 아니, 오히려 그녀를 도와주곤 했던 사람.

망할 얼음!

그녀는 망할 얼음을 떠올리고 있었다. 비연은 자신이 무엇 때문에 그를 떠올리고 있는지도 몰랐다. 그러나 그를 생각할수록 점점 더 정왕 전하에게서 벗어나고 싶었다. 멀리 떨어지고 싶었다.

"정왕 전하, 우리…… 이러면 아니되어요!"

그녀가 중얼거렸다. 이때였다. 문밖에서 갑자기 발걸음 소리가 들려왔다. 비연은 경악했고, 심장은 더욱 격렬히 뛰기 시작했다.

쿵, 쿵, 쿵!

누군가가 왔다!

발걸음 소리가 점점 더 가까워지더니 마침내 문 앞에서 멈췄다. 비연은 긴장한 채 문 두드리는 소리가 들려오기를 기다렸다. 그러나 문밖의 사람은 문을 두드리지 않고 직접 문을 열고 들어왔다.

매 공공이다! 이 방에 들어오면서 문을 두드리지 않을 수 있는 사람은 매 공공뿐이었다!

발걸음 소리가 다시 들렸다. 찰나의 순간, 온 세상이 고요한 가운데 저 발걸음 소리와 이미 제어를 잃은 비연의 심장 소리만이 남은 것 같았다.

그녀는 심지어 그 발걸음 소리가 문을 넘어 방 안으로 한 걸음 한 걸음 다가오는 것을 똑똑히 느낄 수 있었다. 그리고 그녀의 심장도 한 번 또 한 번 점점 빠르게 뛰고 있었다.

비연은 죽어라고 병풍을 노려보았다. 방 안으로 들어온 사람은 병풍 건너편에서 걸어오고 있었고, 다급하게 뛰던 그녀의 심장은 이제 멈춘 것만 같았다. 그녀는 눈을 감았다. 머릿속이 텅 비어 버린 것만 같았다. 끝장이다! 정말로 끝장이야!

발걸음 소리가 갑자기 멈추더니 갑자기 '쿵' 소리가 들렸다. 커다란 보따리가 바닥에 떨어지더니 그 안에 있던 약재가 사방으로 흩어졌다. 매 공공은 침상 위에서 벌어지고 있는 일을 보며 입을 벌린 채 눈을 휘둥그렇게 떴다.

그들을 둘러싼 세상은 완벽하게 고요했다. 한참이 지나도 계속 고요하기만 했다. 그저 매 공공이 떨어뜨린 알약 몇 알이 바닥에서 소리 없이 구르고 있을 뿐이었다.

비연은 두 눈을 꽉 감은 채 기다리고 또 기다렸지만 매 공공은 아무 반응도 보이지 않았다. 그러나 그녀는 감히 눈을 뜰 수도 없었다. 머릿속은 그야말로 공백 그 자체였고, 아무 생각도 할 수 없었다. 그저 잠든 척 시간을 보내는 수밖에 없었다.

멍해져 있던 매 공공이 한참 만에야 겨우 정신을 차렸다! 그가 즉시 소리를 질렀다.

"고 대약사! 이, 이게…… 어찌 된 일입니까!"

그가 빠른 걸음으로 다가왔다. 그러나 침상 앞까지 다가와서는 어쩔 줄 몰라 하고만 있었다. 그는 대체 무슨 일이 발생한 것인지도 알 수 없었고, 순간적으로 어떻게 해야 할지도 알 수 없었다.

이, 이건 너무 놀랍지 않은가! 그가 떠나 있었던 시간은 겨우 한 시진 남짓이었다. 고 약사는 그에게 정왕 전하를 잘 돌보겠다고 약속하지 않았던가. 그런데 어떻게…… 어떻게 침상에서 잠들어 있는 걸까? 정왕 전하는…… 아무 일 없으신 걸까?

생각이 여기에 이르자 매 공공은 더 이상 많은 것을 생각할 수 없었다. 그는 재빨리 군구신의 이마며 손목을 만져 보았다. 그리고 더 이상 몸이 얼음장처럼 차갑지 않다는 사실을 확인한 후 안도의 한숨을 내쉬었다.

곧 그는 군구신을 비연에게서 떼어 내기 시작했다. 그러나 누가 알았을까. 그가 군구신의 몸을 밀어 비연의 몸에서 떼어 내자마자 군구신이 바로 비연을 제 품으로 끌어당기더니 더 단단히 끌어안았다!

그는 자고 있다기보다는 혼수상태라고 보는 편이 맞았다. 그리고 그가 현재 지닌 유일한 집념은 반드시 이 따뜻한 무엇인가를 끌어안고 있어야 한다는 것이었다. 반드시!

군구신에게 꼭 끌어안긴 비연은 하마터면 눈을 뜰 뻔했지만, 다행히도 참아 냈다. 그녀는 여전히 아무 생각도 할 수 없었다. 그저 계속 상황에 맞춰 행동하는 수밖에 없었다.

매 공공이 더욱 경악한 듯했다.

"이, 이건……! 전하, 고 대약사, 대체 어찌 된 일입니까?"

매 공공이 다급하게 군구신의 손을 잡아끌며 비연과 떼어 놓으려 했지만, 아무리 힘을 써도 움직일 수 없었다.

그는 결국 포기하고, 이번에는 비연을 밀기 시작했다.

"고 대약사! 일어나 보십시오! 어서 일어나십시오! 고 대약사, 대……, 대체 무엇을 하고 있는 겁니까!"

무엇을 하고 있냐고?

말할 수 없다!

비연은 단단히 결심했다.

일어나지 않을 거야!

정왕 전하도 깨지 않을 것이고, 그녀도 절대로 일어나지 않을 것이다!

후회해도 소용없어

　불러도 일어나지 않고, 밀어도 일어나지 않았다. 비연도 정왕 전하처럼 혼수상태에 빠진 것 같았다.

　매 공공은 원래 비연이 전하의 위기를 틈타 봉황이 되고 싶은 마음에 전하의 침상으로 파고든 것은 아닐까 의심하고 있었다. 그러나 비연이 깨지 않으니 이 의혹을 포기했다.

　그는 정신이 아득하기도 하고 초조하기도 해서 몇 번이나 소리를 질렀다. 심지어 비연의 코를 세게 비틀기도 했다.

　비연이 화를 참을 수 없어 일부러 옹얼거리는 소리를 냈다. 그러고는 군구신의 품으로 파고들었다. 깨지 않으면 깨지 않는 거지, 뭐.

　"일어나라고요! 고 대약사, 깨어나란 말입니다!"

　매 공공이 계속 그녀의 코를 비틀려 했다. 비연은 아예 군구신 품에 달라붙었다. 매 공공이 코를 비틀 수 없게, 아니 그녀의 얼굴조차 볼 수 없게.

　"이, 이걸…… 어쩌지!"

　매 공공은 다급해 죽을 지경이었다. 마음을 단단히 먹고, 이제 비연의 팔을 꼬집기 시작했다.

　처음에는 그도 힘을 세게 주지는 않았다. 그러나 비연이 여전히 움직이지 않는 것을 보자 그도 어쩔 수 없이 힘주어 꼬집기 시작했다!

아프잖아!

비연은 재빨리 팔을 움츠리고 온몸을 둥글게 말았다. 그리고 군구신의 품으로 파고들며 속으로 욕했다.

'이 늙은이야, 두고 보자!'

매 공공은 그녀가 깨어났다 싶어 기뻐하며 계속 힘주어 그녀의 팔을 꼬집었다. 비연은 아파서 눈물을 흘릴 지경이었지만 군구신의 품으로 숨는 것 외에는 아무 방법이 없었다.

그녀는 침상 안쪽에서 자고 있었고 군구신이 바깥쪽이었다. 매 공공은 그녀를 꼬집기 위해 점점 더 침상 안쪽으로 몸을 들이밀었다. 매 공공이 몸 절반쯤을 침상 위에 올려놓은 채 그녀의 팔을 다시 한번 꼬집었다.

그러나 어찌 짐작할 수 있었겠는가. 군구신이 방해받았다 느낀 듯 불시에 매 공공의 손목을 잡았다. 매 공공은 바로 손에서 힘을 풀었고, 깜짝 놀란 나머지 식은땀마저 흘리고 있었다.

매 공공은 정신을 차리고 재빨리 벗어나려 했다. 그러나 그가 벗어나려 할수록 군구신은 더욱 꽉 잡을 뿐이었다. 마치 매 공공이 자신이 탐하는 온기를 빼앗아 간다고 여기는 것처럼. 이러다 손목뼈까지 부러뜨릴 기세였다.

"전하!"

매 공공은 감히 움직일 수도 없었다. 고통에 눈까지 벌게진 상태로, 대체 어찌 된 상황인지도 모르는 채 다급하게 간청했다.

"전하, 노비가 감히…… 다시는 이러지 않겠습니다. 노비의 손목이 부러지겠습니다! 살려 주십시오!"

비연이 마침내 안도의 한숨을 내쉬며 속으로 사납게 중얼거렸다.

'전하, 예의를 갖추실 필요 없어요. 저자의 손을 못 쓰게 해 버리세요!'

그러나 매 공공이 한동안 움직이지 않자 군구신은 손을 놓아 주었다. 그의 손이 비연의 허리로 돌아와 다시 꽉 끌어안았다. 마치 자신의 소유물을 끌어안듯이.

매 공공이 멀리 물러났다. 당황스러운 감정을 금할 수가 없었다. 팔을 문지르며 숨을 토해 냈다. 오싹한 기분이 몰려왔다. 다시 비연을 꼬집는 것은 물론이고 가까이 갈 수조차 없었다.

그는 침상에서 서로 끌어안고 잠든 두 사람을 바라보며 정말 이지 아득한 기분에 사로잡히고 있었다.

대체 어찌 된 일이지? 지금 어떻게 해야 할까?

매 공공이 한참 동안 머뭇거렸다. 감히 의원을 찾으러 갈 엄두도 나지 않았다. 정왕 전하와 고 약사는 취해서 인사불성인 듯하니 아마 큰일은 없을 것이다.

그리고 이곳은 승 회장의 별원이니 움직이기 편하지 않았다. 승 회장이나 상관 부인을 놀라게 하거나 해서 무슨 일이라도 생기면 그 혼자서는 감당할 자신이 없었다. 망중은 정보를 찾기 위해 성을 떠난 상태라 금방 돌아오지 않을 것이다.

결국 매 공공은 한숨을 토해 내며 침상 옆 의자에 앉았다. 그들이 깨어날 때까지 기다리는 수밖에 없었다.

매 공공이 다시 다가오지 않는 것을 확인한 다음에야 비연의 심장이 안정되었다. 그리고 이 순간, 자신이 얼마나 아둔하게 굴었는지 갑자기 깨달았다!

방금 제정신이 아니었던 걸까? 정왕 전하가 취하신 것일 뿐 자신은 아무 뜻 없었다고 말하면 되었을 것을. 일부러 자는 척했으니 이건 스스로를 구덩이로 밀어 넣은 꼴 아닌가?

어찌 이런 바보 같은 짓을 저질렀을까? 어째서 정왕 전하의 얼굴을 보고 있을 때면 이렇게 바보 같은 짓을 저지르게 되는 걸까!

방금까지 굳은 의지로 끝까지 자는 척하려던 비연은 이제 후회하기 시작했다. 그러나 일이 이렇게 된 이상 연극을 계속하는 것 외에는 아무 방법이 없었다. 만회할 여지 따위는 없어 보였다.

이때였다. 군구신의 커다란 손이 그녀의 허리춤을 더듬더니 자세를 바꾸고 계속 꽉 끌어안았다. 이제 비연은 도저히 그 감촉을 무시할 수 없었다.

옷이 너무 얇기 때문일까, 아니면 전하에게 끌어안긴 상태이기 때문일까. 비연은 그의 손을 느낄 수 있었다. 아주 따뜻한, 따뜻한 나머지 불안해지는, 불안하게 이런저런 생각을 하게 만드는 손을.

그녀는 더 이상 쓸데없는 생각을 할 수 없었다. 몸을 굳힌 채 허리에서 느껴지는 따뜻함을 무시하려고 노력했다. 그러나 그녀는 곧 다시 다른 곳을 신경 쓰게 되었다. 예를 들면 그녀의 몸을 휘감고 있는 전하의 긴 다리라든가. 그녀의 이마에 쏟아지는 정왕 전하의 숨결이라든가. 아니면 정왕 전하의 저 힘찬 심장 소리라든가…….

정왕 전하처럼 신과도 같은 인물을 앞에 두고 있는데, 마음이 어찌 흩어지지 않을 수 있단 말인가. 비연은 어쩔 수 없이 다른 생각을 하며 자신의 생각을 돌리려고 노력했다. 아주 많은 일들을, 아주 많은 사람들을 생각했다. 그리고 마지막 순간, 저도 모르게 다시 망할 얼음을 떠올렸다.

그녀는 어째서 계속 그를 생각하는 걸까? 그를 떠올릴 때면 생각이 조금이나마 분산되는 것 같았다…….

이렇게 고요한 방 안에서 군구신은 정말로 잠들어 있었고 비연은 자는 척하고 있었으며 매 공공은 곁에 앉아 있었다. 피곤해 죽을 것 같았지만 잠을 잘 수 없는, 잠을 자서는 안 되는 밤이었다.

매 공공은 눈 한 번 돌리지 않고 그들을 바라보고 있었다. 이외로운 남자와 외로운 여자 사이에 무슨 일이라도 벌어질까 두려운 듯, 술을 마신 후 자제력을 잃는 일이 발생할까 무서운 듯 말이다.

그들이 이렇게 한 침상에서 잠이 든 것만으로도 그는 이미 황상에게 설명할 방법이 없었다. 만약 저들이 저기서 한 걸음 더 나아간다면…… 그의 목숨은 거기서 끝날 것이다!

방 안이 고요한 가운데 시간은 빠르게 흘러갔다.

하늘이 밝아 왔다. 매 공공은 여전히 눈 한번 돌리지 않고 지켜보고 있었다. 침상에서는 군구신이 여전히 비연을 끌어안은 채 잠들어 있었고, 비연은 피곤에 지쳐 더 이상 버티지 못하고 계속 졸고 있었지만 제대로 잠이 들지는 못하는 상태였다.

다시 한참이 지나 날이 훤하게 밝았다. 매 공공이 생각했다.

이 두 사람이 곧 깨겠지?

어젯밤 고 대약사는 술을 그렇게 많이 마시지 않았다. 그리고 정왕 전하도 약을 복용했으니…… 그 약을 먹으면 날이 밝을 때쯤에는 술을 깰 수 있다고 고 대약사가 말하지 않았던가.

매 공공은 조심스럽게 침상으로 다가갔다. 그러나 너무 가까이 가지는 못하고, 또 손을 대지도 못한 채 가볍게 부르기만 했다.

"전하, 정왕 전하……, 일어나실 시간입니다. 고 대약사, 일어나십시오. 날이 밝았습니다."

매 공공이 이렇게 부르자 졸고 있던 비연은 즉시 정신을 차렸다. 그러나 그녀는 마음을 단단히 먹고 정왕 전하를 기다리기로 했다.

그녀는 자신이 쓴 약의 효과를 아주 잘 알고 있었다. 어젯밤 의외의 일이 발생하기는 했지만 정왕 전하의 술기운은 거의 떨어졌을 것이다. 곧 깨어나실 게 틀림없었다.

비연은 정왕 전하가 어떤 반응을 보이실지 알 수 없었다. 그녀는 그저 우물쭈물하며, 지난번 정왕부에서처럼 아무것도 모르는 척하기로 마음먹었다!

비연은 생각하고 또 생각하다가 곧 생각을 고쳐먹었다. 그녀는 아무것도 모르는 척하는 것이 아니라 정말로 아무것도 모르는 것이다!

매 공공이 계속 부르고 있었다. 마침내 군구신이 움직이기 시작했다.

그는 아직 몸이 불편한 듯, 속눈썹을 가볍게 떨면서 오래도록 눈을 뜨지 않았다. 그가 비연의 허리를 놓아주고 눈가를 비볐다. 그러더니 곧 무엇인가 이상하다는 것을 눈치챈 듯, 다시 비연의 허리로 손을 가져와 잠시 더듬었다. 그리고 무엇인가 잘못되었음을 확신했다.

그가 재빨리 눈을 떴을 때 그의 시야에 들어온 것은 비연이 몸을 웅크린 채 자신의 품 안에서 조용히 잠들어 있는 모습이었다. 그리고 자신은 다리 하나를 그녀의 두 다리 위에 올려놓고 있었다.

이게 어찌 된 일이지?

결과, 정왕이 잘못을 인정하다

품 안에서 조용히 잠든 사람을 보며 군구신은 당황하고 있었다.

어젯밤의 기억이 조각조각 머릿속으로 밀려왔다. 세세한 것은 기억나지 않았지만 대강의 일은 떠올랐다. 그러나 아주 확실하지는 않았다. 그는 정말 너무 많이 마셨던 것이다.

그는 희미하게나마 자신이 취한 후 한독이 발작했음을 기억해 냈다. 그리고 아주 따뜻한 무언가를 끌어안았는데……, 그 무언가가 그를 구했다.

그런데 그 따뜻한 무언가가 물건이 아니라…… 그녀였다. 또다시 그녀라니!

그녀를 끌어안고 하룻밤을 보냈다는 말인가? 그녀는……, 그녀는 어떻게 이렇게 평온하게, 그에게 안긴 채로 잠을 잘 수 있는 거지?

군구신이 고민하고 있노라니 매 공공이 기뻐하며 소리쳤다.

"정왕 전하, 마침내 일어나셨군요! 마침내!"

매 공공의 목소리를 듣고 군구신은 재빨리 고개를 돌렸다. 천성적으로 차가운, 잘생긴 그 얼굴이 그 자리에서 굳어 버렸다. 그의 눈동자에 비친 것은 평소에는 결코 떠오르지 않는 경악의 빛이었다.

매 공공이 방에 있다고? 어젯밤 대체 무슨 일이 있었던 거지? 매 공공은 얼마나 알고 있는 것일까?

비록 매우 놀랐고, 심지어 어찌할 바를 몰랐지만 군구신은 곧 정신을 다잡았다. 그는 과감하게 비연을 밀어내고 일어나 앉아, 선수를 쳐서 기선을 제압했다.

"매 공공, 어제 밤을 새운 모양이지? 본 왕이 술에 취한 틈을 타서 무슨 좋은 일을 한 건가?"

매 공공은 초조하던 차에 이 말을 들으니 혼비백산하여 재빨리 외쳤다.

"전하, 노비는 억울하옵니다! 노비는 어젯밤 계속 이곳을 지키며, 잠시도 눈을 감지 않았습니다!"

군구신은 마음속에 의혹이 일었지만 여전히 차가운 얼굴로 그를 바라보았다. 그러자 매 공공이 재빨리 변명했다.

"전하, 어젯밤 술에 취하신 후 갑자기 온몸이 차가워지셨습니다. 고 대약사가 술이 너무 차가워 한기가 든 것이라 하였습니다. 고 대약사가 약방문을 하나 적어 주며 노비에게 약을 구해 오라 하였기에, 노비가 약을 구해 돌아왔는데, 돌아와 보니……."

매 공공은 잠시 머뭇거리다가 감히 구체적으로 말하지는 못하고 이렇게만 이야기했다.

"노비는 전하께서 고 대약사와 한 침상에서 주무시고 계신 것을 보았습니다. 노비는 어찌 된 일인지 알 수 없었고…… 노비가 아무리 깨워도 전하께서도, 고 대약사도 깨지 않았습니다."

군구신은 곁에서 잠들어 있는 비연을 흘깃 바라보았다. 어젯밤 비연이 일부러 매 공공에게 심부름을 시킨 후에 그를 구한 것이 분명했다. 그런데 약욕도 약광석도 없이 어떻게 그를 구한 것일까? 그녀가 그를 구한 후에 어떻게 한 침상에서 잠들어 깨어나지 않은 것일까?

상황을 알 수 없었기에 군구신은 여전히 어떤 태도도 표명하지 않고 그저 침묵을 지켰다.

매 공공은 그가 아무 말도 하지 않는 것을 보고 더욱 조급해졌다. 그는 우물쭈물하며 계속 변명했다.

"전하, 노비는 어젯밤 최선을 다했습니다. 전하, 전하께서 고대약사를 너무 강하게 끌어안고 계셔서, 노비가 잡아끌어도 움직일 수 없었고⋯⋯."

여기까지 들은 군구신은 바로 매 공공의 시선을 피하며 눈가를 비볐다. 부끄러움을 감추고 싶어서 그러는 건지, 아니면 무슨 생각에 빠져서 그러는 건지는 알 수 없는 일이었다.

매 공공이 계속 이야기했다.

"노비가 고 대약사를 몇 번이나 꼬집었지만 고 대약사도 깨지 않았습니다!"

꼬집었다고?

군구신이 바로 미간을 찌푸렸다.

돌아보는 그의 눈에 어린 불쾌한 기색에 매 공공은 깜짝 놀랐다. 그는 정왕 전하가 무엇 때문에 불쾌한지 알지 못했다. 단지 그가 자신을 믿지 않는다 생각하고, 깜짝 놀라 재빨리 무릎을 꿇었다.

매 공공은 비록 군구신을 지켜보라는 황명을 받들고 있었지만 결국은 노비였고, 시중을 들어야 하는 책임을 지고 있었다. 이런 일이 발생한 것만으로도 황상은 그에게 무거운 벌을 내릴 수 있었다. 그런데 정왕 전하가 다시 추궁한다면 그는 죽은 목숨이었다!

"전하, 용서하십시오! 노비는 절대로 전하를 속이지 않습니다. 노비의 말은 한 치의 오차도 없는 진실입니다! 전하, 고 대약사를 깨워 주십시오. 고 대약사는 분명 어찌 된 일인지 알 것입니다! 분명히 알 것입니다!"

이때, 비연이 갑자기 몸을 돌리더니 베개로 머리를 내리눌렀다. 마치 방해받았다는 듯한 몸짓이었다.

군구신은 마음속에 의혹이 가득했다. 과연 비연이 정말로 잠든 것인지, 아니면 잠든 척하는 것인지 확신할 수 없었다. 그는 잠시 망설이다가, 일부러 침상에서 내려와 신발을 신고 옷을 갖춰 입은 후 매우 불쾌한 듯 소리쳤다.

"고 대약사, 일어나라!"

그 날카로운 목소리에 비연은 깜짝 놀랐다. 매 공공은 차라리 다루기 쉽지만 정왕 전하와 같은 이는 오히려 상대하기 어려웠다. 그녀는 베개 아래에 숨은 채 이를 악물고 움직이지 않았다.

어젯밤 당황한 가운데 생각을 잘못한 나머지 정왕 전하마저 속일 수밖에 없게 되었다. 그렇지 않으면 그녀는 그에게 왜 자신이 그런 행동을 했는지, 또 약광석이 없이 그를 어떻게 치료했는지 설명할 방법이 없었다.

비연이 계속 게으르게 잠에 빠져 있는 것을 보고 매 공공이 다 마음이 급해졌다. 그가 가까이 다가가 비연을 깨우려 하자 군구신이 한 걸음 먼저 다가갔다.

군구신이 베개를 잡았을 때, 비연이 다시 이불을 머리까지 뒤집어쓰고 웅얼거렸다.

"전 어멈, 시끄러워……. 나 더 잘 거란 말이야!"

전 어멈? 이 여자가 정말로 잠에 빠져 있는 건가?

군구신과 매 공공이 서로의 눈을 바라본 후 계속 이불을 당겼다. 비연이 이불을 꽉 쥔 채 외쳤다.

"더 잘 거라고! 전 어멈, 나가! 나가라고!"

군구신이 사납게 힘을 주어 이불 전체를 당기자 비연은 마침내 튕겨 오르듯 일어나 앉았다. 그녀는 눈을 비비며 군구신을 보고, 다시 매 공공을 보더니 갑자기 소리를 질렀다.

"악! 여기, 여기는……!"

이 순간, 군구신은 그녀가 정말로 잠들어 있었다고 믿게 되었다. 그가 차갑게 그녀의 말을 잘랐다.

"고 대약사, 여기는 본 왕의 방이다!"

비연이야 당연히 알고 있는 사실이었다. 그녀는 곧 조용해져 자기 자신의 모습을 내려다보더니 재빨리 침상 아래로 내려왔다.

"제, 제가……, 제가 어떻게, 어찌……."

"그러게! 고 대약사, 대체……."

매 공공이 입을 열려고 했을 때 비연이 먼저 물었다.

"매 공공, 어젯밤에는 대체 어떻게 된 일인가요?"

매 공공은 초조하기도 하고 화도 나서 그녀에게 소리치기 시작했다.

"고 대약사, 그 질문은 바로 제가 묻고 싶습니다만! 저에게 약재를 구해 오라 하더니, 제가 돌아와 보니 전하와 같은 침상에서 잠들어 있지를 않나, 깨워도 깨지를 않지……. 말해 보시지요. 대체 무슨, 입에도 담을 수 없는 짓이라도 한 겁니까?"

"저, 저는 어젯밤에……,"

비연이 군구신을 힐끗 보고는 갑자기 억울한 듯 소리쳤다.

"아무 짓도 안 했어요! 어젯밤에 계속 전하 곁에 있었다고요! 나중에……, 나중에 전하께서 오한을 멈추신 것을 확인했지만 감히 떠날 수가 없었어요. 어젯밤 그 약주의 기운이 너무 강해서 저도 버티지 못하고 잠시 졸았지만, 하지만……."

그녀는 침상 가의 작은 걸상을 가리키며 덧붙였다.

"저는 계속 저기 앉아 졸았다고요! 저는, 전……. 대체 어째서 이렇게 된 거죠?"

이 말이 끝나자 방 안 전체가 조용해졌다. 군구신과 매 공공이 함께, 의혹이 가득 서린 눈길로 비연을 보고 있었다.

비연은 마음을 사납게 먹고, 어쩔 수 없이 여인만의 필살기를 쓰기로 마음먹었다. 그녀는 얼굴을 가리고 울음소리를 내기 시작했다.

"어째서 이렇게 되었담! 흑흑……, 앞으로 어떻게 하지! 이제 나는 살 수가 없어⋯⋯."

이 말에 군구신과 매 공공이 다시 서로의 얼굴을 바라보았다. 두 사람 모두 당황하여 어쩔 줄 몰라 하고 있었다.

비연은 몇 번 울음소리를 낸 다음, 기왕 시작한 일 끝까지 하자는 마음으로 바로 방 밖으로 달려 나갔다. 매 공공이 감히 그녀에게 더 이상 의혹을 품지 못하고 다급하게 말했다.

"전하, 이, 이걸 어쩌면 좋지요? 고 대약사에게 무슨 일이라도 생기면 노비는 황상께 드릴 말씀이 없습니다!"

군구신의 마음속에는 아직 의혹이 있었다. 그는 비연을 쫓아 나가려다가 매 공공의 말을 듣고 발걸음을 멈췄다.

"어젯밤⋯⋯, 아무래도 본 왕이 취중에 실수한 것 같군."

말을 마친 그가 가볍게 탄식하고는 성큼성큼 걸어 밖으로 나갔다.

매 공공은 한참 동안 멍한 표정을 짓고 있다가 겨우 밖으로 나갔지만, 이미 두 사람의 그림자조차 찾아볼 수 없었다. 정왕 전하가 직접 비연을 쫓아갔으니 걱정할 필요는 없을 듯했다. 그가 지금 가장 근심하고 있는 것은 바로 자신에 대한 문제였다.

최근 그는 계속 황상에게 고 대약사를 칭찬해 왔고, 황상도 조금씩 마음이 동하던 차였다.

심지어 고 대약사가 과거 기욱의 약혼녀였다는 것도 돌아보지 않고, 귀비로 세워 진정한 가족으로 맞아들일까 고민하고 있었다.

약녀의 신분이었기에 신농곡 영예 이사는 어울리지 않지만,

네 귀비의 우두머리가 되어 육궁을 통솔하는 지위에 오른다면
어울리게 된다.

　그러나 지금…….

거절, 깜짝 놀라다

매 공공은 근심에 잠겨 있었다.

황상도 아직은 비연을 비로 세우려는 마음까지는 먹지 않은 상황이었다. 그런데 고 대약사가 정왕 전하와 자고 말았다!

이 '자고 말았다'는 그 '자고 말았다'와 다르긴 하지만, 어쨌든 황상이 정왕과 '자고 만' 여자를 비로 세울 수는 결코 없었다! 이런 상황이라면 떳떳하게 비로 세우는 것은 둘째 치고 남몰래 들이는 것조차 안 될 말이었다!

매 공공은 어떻게 하면 황상의 분노를 삭일 수 있을지 고민하기 시작했다. 그럴듯한 변명을 생각해 내지 못한다면 그는 그야말로 끝이다.

이때, 군구신은 정원의 가산假山 동굴에서 비연을 따라잡았다. 그녀는 쪼그리고 앉아 무릎에 얼굴을 묻고 있었다. 그 앞에 선 군구신의 눈에 복잡한 빛이 스쳐 갔다. 그가 단도직입적으로 물었다.

"어젯밤, 어떻게 본 왕을 구했느냐?"

이 질문은 비연에게 전혀 놀라운 일이 아니었다. 그녀가 진정으로 숨기고 싶어 하는 것도 바로 이것이었으니까.

비연이 억울한 듯 그를 바라보고는 코를 훌쩍이며 대답했다.

"어젯밤 전하께서는 추위를 두려워하셨어요. 저는 전하께서 술로 인한 한기로 오장을 상하신 것인지, 아니면 한독이 발작한 것인지 판단할 방법이 없었고요. 고민하다가 일단 매 공공을 따돌리고, 전하께 한기를 몰아내는 단약 몇 알을 드렸어요. 다행히도 전하께서는 한독이 발작하신 것이 아니어서 증상이 곧 호전되었고요. 그렇지 않았다면 저도 어찌해야 할지 몰랐을 거예요. 제 능력이 아무리 좋다 해도, 바로 약광석을 구해 올 수는 없으니까요!"

군구신이 아무 말 없이 비연을 응시했다. 놀랍기도 하고 의심스럽기도 했다. 어젯밤은…… 아마도 그렇지 않았던 것 같았는데.

"매 공공은 늦도록 돌아오지 않았고, 저는 전하께서 다시 편찮으실까 봐 곁에 있었어요. 그런데……."

여기까지 말한 비연이 다시 얼굴을 가렸다. 겉으로 보기에는 수치스러워하는 것 같았지만 실제로는 켕겨 하는 중이었다.

군구신이 비연을 응시했다. 설마 어젯밤 자신이 한독이 발작한 것이 아니라 단지 한기가 들었던 것뿐이었을까? 처음에는 회복되는 것 같다가 나중에 다시 발작해서, 비연을 끌어안고 온기를 취하려 한 것일까?

어젯밤에는 취한 나머지 인사불성이었다. 그는 자신이 온몸을 떨고 있었던 것과 후에 따뜻한 무언가를 죽어라고 잡고 매달린 기억밖에는 없었다. 그러나 세세히 생각할수록, 자신이 보통의 한증이었는지 아니면 한독이 발작한 것이었는지는 판단할 방법이 없었다.

군구신은 한참 동안 생각한 끝에 결국 비연을 믿기로 했다. 비연의 약왕정이 약을 저장할 수 있는 것 외에 불을 지필 수도 있다는 사실을, 그가 어찌 알겠는가. 군구신은 어젯밤 자신이 정말로 한독이 발작했다면, 약광석도 약욕도 없는 상황에서 지금처럼 멀쩡하기는 어려울 것이라 생각했다.

비연의 억울한 모습을 보는 군구신의 눈가에 어쩔 수 없다는 듯한 빛이 스쳤다. 잠시 망설이다가 그는 결국 그녀 곁에 앉았다.

정왕부는 부황에게 통제당하고 있다기보다는 대황숙에게 지배받고 있다는 편이 옳았다. 그는 비연이 정왕부와 너무 많은 인연을 맺지 않기를 바라고 있었다. 그러나 지금 벌어진 일은 그의 예상을 훨씬 뛰어넘었다. 피할 수 없는 일이라면 차라리 피하지 않는 편이 옳았다.

그가 잠시 침묵하다가 냉랭하게 말했다.

"고비연."

비연이 무의식적으로 고개를 들었다. 그녀의 기억에 정왕 전하가 이렇게 그녀의 이름을 부른 적은 많지 않았다.

군구신이 그녀의 눈을 보며 매우 명쾌하게 말했다.

"힘들어할 것 없다. 본 왕이 너를 끝까지 책임질 테니."

비연이 멍한 표정을 지었다가, 곧 경악했다.

"전하……."

군구신이 진지하게 물었다.

"무슨 문제라도?"

있지요! 문제가 있다고요! 어떻게 책임지실 건데요? 비로 맞아 주시기라고 할 건가요?

비연은 더 이상 생각할 겨를도 없이, 입에서 나오는 대로 외쳤다.

"전하께서 책임지실 필요 없습니다!"

이제 군구신이 놀랄 차례였다. 저도 모르게 미간을 찌푸리며 냉랭하게 물었다.

"무엇 때문이지?"

비연이 여전히 생각할 겨를도 없이 대답했다.

"어젯밤은 순전히 우연이었고, 전하께서 일부러 그러셨던 것도 아니고……. 전하께서 말씀하지 않으신다면 저도 말하지 않을 테고, 또 매 공공도 말하지 않을 테고……. 아무 일도 없었던 것으로 하면 되니까요! 게다가 전하께서는 저에게……, 아무것도, 그러니까 정말 아무 일도 없었으니까요!"

비연이 쇠라도 끊을 듯이 단호하게, 그리고 엄숙하게 선언했다.

"전하께서는 저를 책임지실 필요가 없어요!"

그 순간, 군구신은 미간을 더욱 찌푸리고 있었다. 지금까지 어떤 여자에게도 책임지겠다는 말을 해 본 적이 없었다. 이번이 처음인데 이렇게 거절당한다고? 대체 비연이 예전에 이야기한 '좋아한다'는 것은, 그리고 비연의 눈에 종종 나타나는 그 홀린 듯한 눈빛은 대체 무슨 의미지?

비연은 군구신이 미간을 찌푸리는 진정한 이유를 알지 못한 채, 그저 그녀가 정조에 신경 쓰지 않는 그렇고 그런 여자처럼 오해했다고 여겼다. 그래서 재빨리 설명을 덧붙이기 시작했다.

"지난번에 정왕부의 온천에서, 제가 물에 빠져 전하를 구한 것도 우연이었잖아요. 저는 그 일도 마음에 두고 있지 않고, 억울하다고 생각하지도 않아요. 전하를 구할 수 있었으니 저의 영광이지요! 이번에는 매 공공만 제 동기가 불순하다고 경멸하지만 않는다면 저는……."

여기까지 말하고는 자신의 말에 조리가 없다는 것을 깨달았다. 그러나 그녀는 여전히 다급했다. 너무나 다급했다.

자리에서 일어나 몸을 굽혀 절한 비연은 비할 데 없이 진지하게 입을 열었다.

"저는 전하를 존경하고 또 공경합니다. 전하를 좋아하고요. 하지만 맹세할 수 있습니다. 저는 전하께 분수에 맞지 않거나, 법도에 어긋나는 마음을 먹은 적이 없습니다. 절대로 해서는 안 될 생각은 아예 엄두도 내지 못하고 있고요. 그러니 전하께서 살펴 주셨으면 좋겠어요! 어젯밤의 일은 전하께서 바라신 바도 아니고, 제가 바랐던 바도 아니었습니다. 저는 절대로 전하를 책망할 마음이 없으니 전하께서는 결코 고민하실 필요가 없답니다. 전하께서 책임지겠다고 하신다면 전하 스스로에게도 일종의 강요가 될 것이고, 저에게도 마찬가지일 겁니다!"

비연의 말이 끝나자 두 사람은 침묵 속에 빠져들었다. 가산 안 동굴, 이 작은 공간이 고요해졌다.

비연은 생각할 수 있는 이유는 전부 말했다. 책임을 지겠다는 정왕 전하의 이런 태도에 그녀는 감탄하고 있었다. 그러나 이 '책임'이라는 단어는 정말로 너무나 급작스러웠고 동시에 그녀를 어쩔 줄 모르게 했다.

그녀가 망할 얼음을 만난 적 없었다면, 그리고 그 입맞춤이 없었다면…… 어쩌면 지금의 그녀도 이렇게까지 초조하고 당황하지 않을 수 있었을지도 모른다.

그녀가 아는 것은 지금 이 순간, 자신의 머릿속을 채우고 있는 것은 바로 그 은빛 가면을 쓴 망할 얼음의 얼굴이라는 사실이었다.

비연은 망할 얼음을 정왕 전하보다 훨씬 더 경계하고 있었다. 매번 만날 때마다 그에게 좋은 안색으로 대한 적이 없었다. 그러나 그녀는 이상하게도, 저도 모르게 그를 떠올리고 있었다.

그리고 이 순간, 군구신의 잘생긴 미간은 더할 수 없이 일그러지고 있었다.

한참 후, 그의 입가에 잔잔한 미소가 떠올랐다. 자조하듯, 혹은 어쩔 수 없다는 듯.

그를 존경하고 공경한다고? 존경? 원래 비연이 이야기한 '좋아한다'는 그런 의미였던 것이다!

군구신이 계속 침묵하자 비연은 더 이상 그 자리에 있을 수 없었다.

"전하께서는 정말 고민하실 필요가 없고……, 저는, 저는 매 공공에게 가서 상황을 제대로 설명하겠습니다!"

말을 마친 그녀가 몸을 돌려 뛰기 시작했다!

군구신은 말없이 생각에 빠져 있다가 아주 한참 후에야 정신이 돌아온 듯 몸을 일으켜 쫓기 시작했다.

비연이 정원에 도착했을 때, 매 공공이 고민스러운 얼굴로 방문 앞 돌계단에 앉아 있는 것이 보였다. 그녀가 성큼성큼 걸어가 그를 불렀다.

"매 공공!"

재빨리 몸을 일으킨 매 공공이 복잡한 표정으로 입을 열려고 했다. 그러나 비연이 잽싸게 그에게 금표를 한 뭉치 쥐여 주었다. 매 공공은 이유를 알지 못해 깜짝 놀랐다.

비연이 속삭였다.

"어젯밤의 일은, 크다면 크지만 작다면 작은 일이잖아요. 매 공공께서 편의를 봐 주셔서 세상에 알리지 말아 주세요. 어젯밤의 일은 매 공공과 저, 그리고 전하만 알고 지나가면 족한 일입니다."

매 공공이 매우 놀라며 물었다.

"고 약사, 그……, 전하는 뵈었는지요?"

"뵈었고말고요! 전하께서는 인자하셔서, 제 명예가 더럽혀질까 걱정하시며 책임을 지겠다고 하셨어요. 하지만 제 출신이 한 삼소저에 미치지 못하고, 그저 신하에 불과할 뿐이니……. 저도 제가 전하께 어울리지 않는 것은 알아요. 요행히 신농곡 영예 이사의 이름을 얻었으니, 전하께서 책임지신다면……. 어쨌든 저를 측비로 맞이하실 수밖에 없겠지요?"

황상의 정치 술수에 들어맞다

비연이 이야기한 '측비'라는 단어에 매 공공의 근심이 더욱 짙어졌다. 그는 비연이 기회만 있으면 제 욕심을 채우기 위해, 계속 정왕 전하라는 커다란 나무에 붙으려 할 거라 여기고 있었다. 그러나 뜻밖에도 비연이 일부러 웃으며 말끝을 돌렸다.

"매 공공, 전하의 혼사는…… 황상께서 이미 준비하셨잖아요. 이런 중요한 시기에 제가 전하께 책임을 지시라고 계속 집착한다면 황상께서도 곤란해지시지 않겠어요? 다행히도 어젯밤엔 정말……, 정말 아무 일도 없었으니까요. 어젯밤에 전하께서 술에 취해 잠시 이성을 잃으셔서…… 아마 저를 마음에 두신 분과 착각하신 것 같아요. 이런 일로, 공적으로는 황상께 귀찮은 일을 안겨 드릴 수도 없고, 또 사적으로는…… 저도 마음에 둔 사람에게 시집가고 싶어요……."

여기까지 들은 매 공공이 깜짝 놀라 눈을 휘둥그렇게 떴다.

비연이 계속 말했다.

"그러니까 공공께서도 아무 일도 없었다고 생각해 주세요. 서로 편하도록 말이지요. 모두가 편하도록."

매 공공이 정말로 깜짝 놀랐다. 그는 비연이 지금 한 말을 철회할까 두려운 듯 연신 고개를 끄덕였다.

"편리하게! 아주 편리하게! 고 대약사께서 그리 말씀하신다면야, 어젯밤의 일은 모두 잊겠습니다! 전부 잊을 겁니다!"

매 공공은 기쁜 와중에도 마음속에 계책이 하나 떠올랐다. 그는 황상에게 이 일을 숨길 만한 담력은 없었다. 황상이 상황을 모르는 상태에서 정말로 비연을 비로 세우려 한다면 그건 정말 난처한 일이니까!

그러나 비연의 이런 태도를 보니 황상께 설명할 방법이 떠올랐을 뿐 아니라 황상을 기쁘게 할 방법도 떠올랐다.

한 삼소저는 정왕비로서는 아주 훌륭한 조건으로, 천염국과 한가보의 교류에도 도움을 줄 것이다. 그러나 궁극적으로 다루기 쉬운 인물은 아니다! 오히려 이 고 대약사는 전하에게 여자로서는 마음이 없으니 더욱 신뢰할 만하고, 이용하기도 쉬울 것이다.

정왕 전하에게 정비를 두 사람 맞아들이게 한다면……. 고 대약사로 하여금 전하를 감시하게 하고 동시에 한 삼소저와 서로 맞서게 한다면……. 그리고 정왕 전하로 하여금 다시 고 대약사를 견제하게 한다면 그야말로 완벽하지 않은가. 또한 황상의 일관적인 정치 술수에도 들어맞았다.

고 대약사에게는 신농곡 영예 이사라는 지위도 있으니, 한 삼소저와 함께 정비로 맞아들여도 한가보에서는 감히 반대하지 못할 것이다. 이 일은 정말로 새옹지마였다!

"고 대약사, 안심하십시오! 노비가 대약사의 뜻을 잘 알았으니까!"

매 공공이 금표를 챙겨 들고 맹세했다. 그러나 마음속으로는 당장이라도 천무제에게 서신을 보내 이 일을 고해바치고 싶어 죽을 지경이었다! 황상에게는 이 일 말고도 사혼을 명할 이유가 넘치리라 생각했다!

비연은 매 공공이 그런 생각을 하는 줄 모르고, 그저 자신이 이렇게 하면 천무제가 그녀와 정왕 전하에 대해 품고 있는 의심을 해소할 수 있으리라 생각했다.

그녀가 찬란하게 웃으며 말했다.

"고마워요, 매 공공!"

매 공공이 막 무슨 말인가 하려 했을 때였다. 갑자기 정왕 전하가 언제부터인지 모르게 근처에 서 있는 것을 발견했다. 아마 고 대약사가 방금까지 했던 말을 정왕 전하도 분명 들었을 것 같았다.

매 공공이 재빨리 다가가 웃으며 말했다.

"전하, 어젯밤 일은 말입니다, 노비는 모두 잊었습니다. 고 대약사도 잊었습니다."

군구신이 차가운 얼굴로 비연을 슬쩍 보고 아무 말도 하지 않았다. 매 공공이 다시 웃으며 속삭였다.

"전하, 고 대약사는 대국을 볼 줄 아는 사람입니다!"

"좋아! 아주 잘됐군!"

군구신은 무표정한 얼굴로 이 말만을 남기고, 몸을 돌려 자리를 떠났다. 매 공공은 기쁘기 그지없었던 데다 군구신의 냉담함에도 익숙했기 때문에 전하도 이 결과에 만족하고 있다고 여겼다.

비연 역시 같은 방식으로 이해했다. 그녀는 마침내 안도의 한숨을 내쉬고, 약재를 정리한다는 핑계로 방 안으로 들어갔다. 약왕정이 아직 침상 가에 떨어져 있었다. 그녀는 계속 그것을 마음에 담아 두고 있었다.

비연은 약왕정을 주워 허리에 매단 다음 가볍게 쓸어 주었다. 잠시 생각하다가 결국 안심이 되지 않아, 문밖으로 달려 나가 군구신을 쫓아갔다.

"전하, 잠시만요!"

군구신이 돌아보았다. 본래도 차갑던 얼굴이 평소보다 더 차갑게 보였다. 그렇게 냉랭하게 그녀를 바라보며 아무 말도 하지 않았다.

비연은 그에게 다가가 진지하게 말하기 시작했다.

"전하, 전하께는 한독이 있으니 빙로백장 같은 술을 마시는 것은 좋지 않습니다. 앞으로는 신중하셔야 합니다. 어젯밤은 비록 위험하지는 않았지만 다음에도 한기 때문에 한증이 발작하지 않으리라고는 보증할 수 없으니까요. 그리고 약광석을 많이 찾으시면 좋겠습니다. 제가 약욕의 처방에 따라, 휴대하고 다니실 수 있는 알약을 만들어 드리겠습니다. 외출 시에도 만약 발작이 일어나면, 뜨거운 물을 찾아 언제라도 약욕을 하시면 됩니다!"

비연의 진지하고 간절한 눈빛에 군구신의 마음이 살짝 조여 왔다. 심정이 매우 복잡했다.

그는 분노하고 있었지만, 분노가 점차 삭아 들면서 어쩔 수 없다는 생각을 하고 있었다. 자신은 그녀를 통제할 수 없고, 또한 그녀에 대해 어떤 계획도 세울 수 없다는 것을 알게 되었다. 오히려 언제나 단단한 철과도 같았던 마음이 그녀로 인해 이리도 쉽게 변했다.

군구신은 이런 느낌을 혐오했다. 설사 자신이 비연을 좋아한다는 것을 인정하더라도, 자제력을 잃는 것은 허락할 수 없었다!

군구신이 아무 반응도 보이지 않자 비연이 고개를 들고, 비위라도 맞추려는 듯 찬란하게 웃으며 물었다.

"전하 생각에는 어떠세요?"

군구신은 더욱 화가 났고, 더욱 어찌할 도리가 없었다. 그리고 이 찰나의 순간, 갑자기 그의 마음속에 익숙한 느낌이 떠올랐다.

마치 아주 오래전에 비연이 이렇게 고개를 들고 그를 바라보며 웃었던 것 같은 느낌. 그리고 '네 생각에는 어때?'라고 물었던 것 같은 느낌. 그 오래전의 언젠가, 그는 이미 비연에게 화를 내면서 또 어쩔 수 없어 한 적이 있는 것 같았다.

어째서 이런 것일까! 마치 지난번 대자사에서처럼 그는 도무지 구분할 수 없었다. 자신이 눈앞의 이 장면에 익숙한 느낌을 받는 것인지, 아니면 눈앞의 사람에게 익숙한 느낌을 받는 것인지!

군구신이 세세하게 살펴보려 했을 때 매 공공이 쫓아왔다. 그가 안으로 들어오더니 나지막하게 말했다.

"전하, 고 대약사, 승 회장이 초청했습니다. 상관 부인이 직접 아침을 준비할 테니, 두 분도 오셔서 함께 드시자고 합니다."

비연은 이미 웃음기를 거두고 고개를 돌리고 있었다. 군구신도 바로 정신을 차렸다. 두 사람은 말없이 스스로의 감정을 정리하고는 매 공공을 따라 걷기 시작했다.

가는 내내 비연은 웃는 얼굴로 아무 말도 하지 않았다. 대신 매 공공이 전날 밤 비연과 상관 부인의 도박에 대해 이야기하기 시작했다.

군구신은 승 회장과 무승부라고 생각했기에, 오늘 술의 종류를 바꾸어서 다시 한번 겨뤄야 하나 생각하던 차였다. 그런데 비연의 내기 이야기를 듣고 그는 놀라면서도 기뻤다.

기분이 아주 좋지는 않았지만 그는 비연에게 인정하는 듯한 눈빛을 보냈다. 비연이 웃는 얼굴로 대답했다. 다시 한번 그녀의 웃는 얼굴을 보았지만, 방금까지의 익숙한 느낌은 이미 사라진 다음이었다.

그러나 군구신도 깊이 생각할 겨를은 없었다. 비연을 따라가며 계속 시위인 척해야 했다.

정원에 도착하니 하인들은 물론이고 상관 부인이 직접 맞이하러 나와 있었다. 하룻밤이 지났을 뿐인데 상관 부인의 태도는 완전히 달라져 있었다. 그녀는 비연을 보자마자 달려 나와 손을 잡아끌었다.

"얘야, 배고프지? 가자, 어서. 본 부인이 직접 음식을 했는데, 분명 입에 맞을 거야!"

상관 부인이 이렇게 말하면서 군구신에게도 따라오라고 손짓했다. 매 공공은 마치 공기가 된 것 같은 취급을 받았다.

군구신은 아무 말도 하지 않았고, 비연은 손을 빼며 매우 버릇없이 말했다.

"상관 부인, 아침부터 이렇게 친하게 대해 주시니 도저히 감당할 수가 없네요."

상관 부인은 뜻밖에도 화를 내지 않고 말했다.

"식사를 하면서 거래 이야기를 하지, 어때?"

비연은 당연히 찬성이었다. 그러나 그녀는 일부러 한 걸음 물러서서 상관 부인과 거리를 유지한 후 말했다.

"안내해 주세요!"

이 거래는 확실하게 마무리해야 하니, 상관 부인이 일을 그르치게 두고 싶지 않았다.

상관 부인은 무리하게 굴지 않았다. 그러나 그들이 정원에서 나갈 무렵 상관 부인이 다시 다가오더니 속삭였다.

"얘야, 어젯밤의 그 약……."

비연은 바로 몸을 피해 그녀에게 기회를 주지 않았다. 상관 부인은 결국 더 이상 억지로 다가오지 못했다.

그들은 곧 식당에 도착해 승 회장을 만나게 되었다.

우정, 술친구가 되다

응접실 안, 탁자 위에 산해진미가 가득했다. 간단하게 볶은 채소만 해도 네다섯 가지나 있었는데 아주 맛있어 보였다. 냉채는 일고여덟 종류로, 역시 아주 보기 좋았다. 이렇게 풍성한 아침 식사였지만 전혀 기름진 느낌 없이 사람들을 유혹해 식욕을 돋웠다.

식탁 위의 이 차림만 보아도 주인이 그들을 얼마나 융숭히 대접하고 있는지 알 수 있었다.

승 회장은 기분이 좋은 듯 계속 웃는 얼굴이었다. 그가 웃기 시작하자 말로는 표현하기 어려운 매력이 풍겼다. 그가 비연에게 자리를 권한 후 군구신에게 눈썹을 치켜세우며 손짓했다.

"진신? 하하, 젊은이, 앉게나."

군구신이 침착하게 대답했다.

"승 회장님, 감사합니다. 그러나 저는 규칙을 어길 수 없습니다."

"본 회장과 술을 마셨으니, 본 회장이 있는 곳에서는 규칙을 지킬 필요가 없네. 이 아가씨 때문에 그러는 거라면, 우리 따로 한 상 차리게 하지."

승 회장은 비연보다 군구신을 높게 평가하고 있었다. 정말로 비연을 이곳에 내버려 두고 군구신과 다른 곳으로 가서 식사를 할 태세였다.

상관 부인이 뜻밖에도 그 의견을 받아들여, 승 회장과 군구신에게 따로 식탁을 차려 주고 자신이 비연과 식사하겠다고 했다.

비연이 재빨리 말했다.

"진신, 승 회장님께서 말씀하신 이상 너도 그렇게 고지식하게 굴 것 없다. 앉도록 해!"

비연은 어떤 연극도 하고 싶지 않았다. 군구신의 주인 역할을 하는 것만으로도 그녀는 너무나 켕기는 기분이 들어 자연스럽지가 않았다.

군구신은 절대로 시위처럼 보이지 않았지만 비연 곁에 앉으며 그녀를 지키는 듯한 태도를 보였다.

승 회장은 영리한 사람이니 군구신의 내력이 만만치 않다는 것을 이미 예전에 알아차렸다. 그러나 어떻게 해도 비연의 신분을 알아낼 수 없었고, 군구신과 비연의 진짜 관계도 알아낼 수 없었다.

하지만 승 회장은 이런 것들에 관심을 두지 않았다. 군구신이 자리에 앉자 그가 만족하며 비연과 이야기를 나누기 시작했다.

"아가씨, 어젯밤에 아주 완벽하게 이겼던데……."

여기까지 이야기했을 때 곁에 앉아 있던 상관 부인이 입술을 비죽였지만 끼어들지는 않았다. 비연은 계속 경계하고 있었다.

승 회장이 다시 말했다.

"패배는 인정해야 하는 법, 오늘부터 이 거래에 필요한 모든 원료는 현공상회 각 부의 이사들이 조건 없이 모두 내어 줄 것이다."

비연은 승 회장이 직접 이 거래를 처리하려는 것으로 여기고 있었지만, 정작 이 말을 들으니 더욱 기뻤다. 직접 각 부의 이사들에게 원료를 요구할 수 있다는 것은 최대한 그녀의 편리를 봐주고 있다는 이야기였다!

승 회장이 계약서를 하나 건네자 비연이 깜짝 놀라면서 마침내 경계를 풀었다. 그리고 승 회장에 대해 감탄하게 되었다. 이 계약서는 바로 어젯밤 상관 부인과 벌인 내기의 조항을 적은 것으로, 현공상회의 인장이 큼지막하게 찍혀 있었다.

승 회장은 또 옹비라는 이름의 집사를 불러 소개했다. 옹비는 유능한 자로, 앞으로 상관 대이사에 대한 조사를 맡을 것이라 했다.

비연이 계약서를 받아 들고, 특별히 몸을 일으켜 읍하며 말했다.

"감사합니다, 승 회장님! 감사합니다, 부인!"

이제 의논은 끝났다. 승 회장은 비연과 군구신에게 아침을 들라고 청했다. 그는 더 이상 비연에게는 신경 쓰지 않고, 심지어 말 한마디 건네지 않고 군구신과만 이야기를 나누며 세 마디에 한 번씩 술을 따랐다.

술은 지기를 만나면 천 잔도 적은 법이라더니! 비연이 보기에 승 회장은 분명 술의 호적수를 제 지기로 여기는 모양이었다!

승 회장은 군구신의 가명이 싫은 듯 계속 웃으며 젊은이라고 불렀다.

"젊은이, 올해 스물도 넘지 않은 것 같은데 주량이 대단하더군. 하하, 본 회장이 자네 나이일 때는 주량이 자네만 못했어."

군구신도 적수를 만난 것이 즐거웠다. 그러나 오늘 기분이 좋지 않았기에 함부로 웃지 않고 말을 아꼈다.

"승 회장님께서 겸손하십니다."

"빙로백장은 본 회장이 직접 배합한 술이지. 그러니 본 회장이 자네보다 이 술에 익숙할 수밖에 없는데, 하하, 무승부라니. 진지하게 셈해 보면 본 회장이 자네에게 진 것이나 마찬가지야."

"비록 회장님께서 빙로백장에 익숙하셨다지만, 어젯밤에는 제가 조금 꾀를 부려서 오래 드셨던 것뿐입니다. 회장님께서 꼼꼼히 따져 보신다면, 저와 회장님은 무승부가 맞지요."

승 회장이 기뻐했다. 그는 군구신의 공평하고 명쾌한 기질이 마음에 드는 것 같았다.

"젊은이, 우리 시간을 잡아 다시 한번 술을 겨뤄 보는 것은 어떤가? 이번에는 술은 자네가 정하게! 규칙은 본 회장이 정할 테니!"

군구신이 머뭇거리자 승 회장이 다시 말했다.

"날을 잡아 본 회장이 직접 화월산장으로 가서 함께 마시지. 어떤가?"

군구신이 재빨리 답했다.

"감히 그럴 수는 없습니다. 최근 여유가 없으니, 한가해지면 반드시 다시 방문드리고 가르침을 청하겠습니다. 그때 회장님께서 저를 기억하고 계시기만을 바랄 뿐입니다."

승 회장이 큰 소리로 웃었다.

"자네 이름을 댔을 때, 현공상회에서는 자네를 막아서는 자는 용서받지 못할 거야!"

군구신의 입가에 마침내 웃음기가 걸렸다. 그는 긴말하지 않고 승 회장에게 공손하게 읍했다.

곁에 있던 비연은 깜짝 놀라며 한마디도 끼어들지 못하고 있었다. 남자와 남자의 우정은 이렇게 간단하고도 직접적인 걸까? 비연은 그렇게 공을 들여 거래 하나를 성사시켰는데, 정왕 전하는 술 한번 마시는 것으로 승 회장과 술친구가 되었다. 앞으로 정왕 전하가 승 회장을 만나고자 한다면 언제라도 가능할 것이다!

이번 출행에서 거래를 성공시키고 우정도 쌓았으니 제법 원만하게 끝난 셈이었다. 아침 식사를 끝낸 후 비연 일행은 작별을 고했다. 승 회장이 직접 그들을 문밖으로 배웅했고, 상관 부인은 기회를 틈타 비연을 한옆으로 잡아끌었다.

거래가 끝났으니 비연도 이제 상관 부인이 무서울 것이 없었다. 그녀는 성격을 죽이고 부인의 말을 들어 보기로 했다.

놀랍게도 상관 부인이 관심 있는 것은 대이사와 관련한 문제도, 이 거래와 관련한 문제도 아니었다. 그녀의 관심사는 오로지 비연의 약이었다! 비연이 어젯밤 건넸던 약의 효능이 그녀를 상당히 놀라게 한 듯했다.

비연은 상관 부인이 친정과 결탁하여 개인적인 주머니를 채우고, 승 회장을 속이고 있다고 의심했다. 그런데 상관 부인이 이렇게 남편의 건강에 관심을 두고 있다니……. 비연은 마침내 마지막까지 품고 있던 의심과 경계를 풀었다.

그녀가 술 깨는 약을 큰 병으로 하나 건네며 말했다.

"싱관 부인, 이 약은 제가 사죄의 뜻으로 드리는 것입니다. 기루에서의 그 일은 확실히 제가 무도했으니까요."

상관 부인이 웃으며 말했다.

"얘야, 사업을 하다 보면 서로 속고 속이는 건 어쩔 수 없는 거야. 내가 젊었을 땐 너보다 더 나빴는걸!"

비연도 즐거워하며 말했다.

"부인은 지금도 아주 나쁘신걸요."

상관 부인이 잠시 멍해 있더니 곧 즐겁게 웃음을 터뜨렸다.

"이 약은 네 사죄의 의미로 받아 두마. 앞으로 본 부인이 약이 필요하면 너를 찾아야겠구나!"

이것은 비연이 매우 열망하던 기회였다.

"그럼요! 무슨 약이건 필요하시면 언제든지 말씀만 하세요!"

그러나 어찌 알았을까, 상관 부인이 그 자리에서 바로 다른 약을 부탁할 줄은.

상관 부인이 그녀의 귀에 대고 속삭였다.

"얘야, 그런 약도 있니?"

비연은 이해할 수 없었다.

"그런 약이라니요?"

상관 부인이 말했다.

"그런 약 말이다, 그……, 춘약 말이다."

비연은 깜짝 놀라 저도 모르게 마차 옆에 서 있는 군구신과 승 회장을 바라보았다. 상관 부인은 남편의 의심을 살까 두려운지 재빨리 비연의 머리를 자신 쪽으로 돌리고 속삭였다.

"바로 저이에게 쓸 거니까 안심해도 괜찮아. 무슨 일이 생겨도 절대로 네 이야기는 하지 않을 테니!"

비연은 더욱 답답했다. 승 회장과 상관 부인은 물론 신혼부부처럼 사람들 앞에서도 친밀하게 은애하는 모습을 보이지는 않았지만, 아무리 보아도 사이가 상당히 좋아 보였던 것이다! 게다가 승 회장은 남성미가 넘치는 사람인데……. 그에게 그런 숨은 비밀이 있을 것 같지는 않았다!

상관 부인의 간청을 들은 비연은 잠시 머뭇거리다가 속삭였다.

"저에게 그런 약은 없고 그런 독만 있어요. 독약인데……, 아주 강해요!"

상관 부인이 기뻐하며 말했다.

"독이라면 그가 발견하지도 못하겠네! 얼마나 갖고 있지? 본 부인이 전부 사겠다!"

비연이 깜짝 놀라 속삭였다.

"부인, 설마 부군을 모해하시려는 것은 아니겠지요?"

내 주인님을 닮았어

부군을 모해한다고?

상관 부인이 비연을 노려보더니 귓가에 대고 속삭이기 시작했다. 그제야 비연은 어찌 된 사연인지 알 수 있었다.

승 회장은 성정이 냉담하고, 여자에 대해, 특히 그런 문제에 대해서는 큰 흥미를 느끼지 않았다. 상관 부인은 무척이나 딸이 낳고 싶었지만, 항상 시기가 맞지 않아 임신을 하지 못했다.

그녀는 결국 하책이라는 것을 알면서도 약을 써서 승 회장에게 응하게 하려 했지만, 그녀가 어떤 약을 쓰건 승 회장에게 간파당하고 말았다.

"얘야, 네 약이면 내가 믿을 수 있다. 무색 무미한 약이 있을까?"

비연이 또다시 저도 모르게 승 회장을 바라보자 상관 부인이 그녀 앞으로 걸어와 재빨리 시선을 차단했다.

"얘야, 저이는 무서워할 것 없어. 본 부인은 절대로 네 이야기를 하지 않을 테니까!"

비연이 진지하게 물었다.

"부인, 회장님이 화를 내시면 어떡하죠?"

상관 부인이 웃으며 말했다.

"본 부인은 그와 거의 20년을 살았어. 하루라도 그를 괴롭히지 않으면 온몸이 불편할 지경이야!"

비연은 속으로 생각했다. 이게 무슨 부부야? 분명…… 애증 서린 연인이지.

그러나 그녀를 더욱 답답하게 한 것은 바로 승 회장의 내력이었다. 상관보의 대소저가 이렇게 기쁜 마음으로 함께하는 남자라니, 대체 어디 출신일까!

비연이 생각에 빠져 있는 동안, 상관 부인은 그녀가 승낙하지 않는다 생각했는지 다시 말했다.

"얘야, 본 부인이 너에게 빚을 하나 진 걸로 하자. 앞으로 그게 뭐든 네가 어려운 일을 당하면 본 부인과 현공상회의 힘을 써도 된다. 말만 하면 되지!"

이 말에 비연의 눈빛이 바로 반짝이기 시작했다.

"약 한 알에 빚 하나라고요?"

상관 부인이 의아해하며 물었다.

"약이 몇 알이나 있는데?"

비연이 즉시 소매에서 약병을 하나 꺼냈다.

"이 독은 무색 무미하고 물에 넣으면 바로 녹아요. 독성은 보통이고, 약을 먹은 후 한 시진 있으면 발작이 일어나죠. 이 병에 모두 스무 알이 들어 있어요."

비연이 다시 병을 하나 꺼냈다.

"이 독도 무색 무미하지만 독성이 아주 강해요. 신중하게 써야 하죠! 이 병에는 모두 열 알."

그녀가 또 다른 병을 하나 꺼냈다.

"이 독이 가장 강해요. 조심하지 않으면 목숨을 잃을 수도 있죠. 이것을 쓸지 말지는 스스로 고민해 보셔야 할 거예요. 이 병에도 열 알 들어 있어요."

상관 부인은 멍해졌다. 비연에게 그런 약이 기껏해야 두세 알 있겠거니 생각했는데…… 이렇게 많을 줄 어찌 알았겠는가! 세상 물정 모르는 것처럼 보이는 젊은 여자가 이런 독약을 갖고 있다는 것만으로도 이미 야단이 날 만할 일인데, 이렇게 많이 갖고 있다니! 대체 이런 약으로 뭘 하려 했던 거지?

상관 부인은 다시 한번 비연을 괄목상대했다. 그녀는 자신이 비연을 너무 저평가했다는 사실을 깨달았다. 비연은 그녀가 젊었을 때보다 몇 배는 더 사악해질 수 있는 존재였다!

그러나 그녀는 그런 비연이 좋았다! 너무나 좋았다!

상관 부인이 애매한 웃음을 흘리며 말했다.

"계집애, 이렇게 많은 약을 가지고 다닐 줄이야. 대단해, 정말! 하하, 나중에 누가 너를 데려갈지. 정말 복 받은 사내겠구나!"

비연은 물론 상관 부인의 말에 숨은 뜻을 알아차렸고, 귀뿌리까지 붉어졌다. 사실 그녀는 다른 독약도 꽤 많이 가지고 다니는 편이었다. 상관 부인이 이런 것을 원했기에 그런 종류만 꺼냈을 뿐.

상관 부인이 약병 세 개를 전부 챙기고는 웃으며 말했다.

"애야, 약 한 알 한 알 세어 가며 빚을 청산하려면 절대로 못 끝내겠구나! 괜찮다면 앞으로 정리(靜璃) 이모라고 부르렴. 그리고 무슨 일이건 언제든 말만 하고!"

비연이 하얀 이를 내보이며 즐겁게 답했다.

"좋아요, 그럼 예의를 차리지 않겠어요, 정 이모!"

비연은 이 출행에 상당히 만족하고 있었지만 이렇게 사적인 교류까지 맺게 되니……, 비록 다른 이에게 말하기 어려운 교류였지만, 매우 만족스러웠다.

승 회장과 상관 부인에게 작별을 고한 후 모두 마차에 올랐다. 비연은 아주 즐거운 기분으로, 승 회장처럼 침착하고 냉정한 사람이 부인에게 괴롭힘을 당하게 되는 모습을 상상하다가 결국 참지 못하고 피식 웃고 말았다.

군구신과 매 공공이 의아한 눈빛으로 그녀를 바라보았다. 특히 기분이 좋지 않은 군구신 입장에서는 그녀가 이리도 즐거워하는 것을 보자 기분이 더욱 나빠졌다.

마차가 멀어질 때까지 승 회장과 상관 부인은 문가에 서서 바라보았다.

상관 부인이 진지한 목소리로 말했다.

"그 시위는 분명 그 아가씨보다 신분이 높을 거야. 화월산장……, 아마도 천염 황족 쪽 사람이겠지. 그리고 그 아가씨는…… 대체 어떤 사람인 걸까? 절대로 하인 같지는 않은데."

승 회장은 대답하지 않았다. 상관 부인이 그런 그의 팔을 잡아끌며 웃기 시작했다.

"저들이 누구건 무슨 상관이겠어. 이 거래는 분명 우리에게도 이익이고, 게다가 젊은이들과 친구가 되다니, 재미있잖아!

그 아가씨가 아주 마음에 들어! 돌아가면 웅비를 불러서 최선을 다하라고 해 줘. 대이사 문제를 해결할 때, 우리 상관가의 체면을 생각하지 않아도 괜찮다고!"

승 회장이 고개를 끄덕이다가 말했다.

"그 아가씨의 성격은…… 누군가를 닮은 것 같아."

기분이 좋았던 상관 부인은 웃으며, 가벼운 마음으로 물었다.

"누구?"

승 회장은 바로 대답하지 않고 한참 깊은 생각에 빠져 있다가, 겨우 중얼거렸다.

"우리 주인님……."

상관 부인이 깜짝 놀라 다급하게 물었다.

"설마 운한각에서 찾고 있다는 그 사람은 아니겠지……?"

승 회장이 대답하지 않고 덧붙였다.

"성격이 아주 닮았고, 또 미간이나 그런 곳도…… 상당히 비슷해."

상관 부인이 진지해졌다.

"사람을 보내 저들을 조사하게 하겠어!"

승 회장이 그런 부인을 저지했다.

"괜히 풀을 때려 뱀을 놀라게 할 필요 없지. 저들이 화월산장 사람들인 이상, 진양성에 심어 둔 이들에게 조사를 시키면 그만이야. 내가 찾는 사람이 아니라 해도, 저들이 적이 아니면 좋겠군."

상관 부인이 그제야 냉정을 되찾고 물었다.

"당정이 고씨 가문 대소저를 조사하고 있다던데, 새로이 발견한 거라도 있어?"

승 회장이 가볍게 탄식했다.

"모반이 없었다더군. 이미 배제하기로 했어."

승 회장은 당정과 마찬가지로 신비스러운 조직 운한각 소속이었다. 현공상회는 자연스럽게 운한각에 충성을 바치고 있었다. 그들에게 사업은 두 번째였고, 사람을 찾는 것과 복수가 가장 큰 목표였다. 그리고 이 모든 것이 빙해의 이변과 관계되어 있었다.

다만 그들이 찾는 사람이 대체 누구인지, 대체 어떤 원한을 복수하려는 것인지는 그들 내부의 사람들만이 정확히 알 뿐이었다. 설사 상관 부인의 부친인 상관보의 보주라 해도 운한각의 존재를 알지 못했다.

상관 부인은 아주 명백하게 알고 있었다. 이 일에 대해서만은, 자신의 남편은 운한각 사람들만을 믿을 뿐 다른 이들은 믿지 않을 것이다. 그녀의 마음은 남편에게로 기울어져 있어, 감히 친정에 이런 이야기를 흘리거나 할 생각은 추호도 없었다.

빙해는 이 대륙 모든 이들에게 있어서 두려움의 대상이었다. 또한 그들 모두 빙해의 비밀을 풀고 싶어 했다!

마차가 멀리 사라진 다음, 승 회장은 몸을 돌려 안으로 들어갔다. 상관 부인이 소매 속에 숨겨 둔 독약을 쓰다듬으며 중얼거렸다.

"애야, 네가 누구건 운한각의 원수만은 아니면 좋겠구나. 아니면 정 이모가 이 약들을 너에게 되돌려 주어야 할 테니까!"

비연 일행이 객잔에 도착했을 때 상관 대이사가 문 앞에서 기다리고 있었다. 그는 자신이 조사받는 중이라는 걸 아직 모르고 있는 것이 분명했다.

대이사는 그 약주 거래를 재촉하러 온 참이었다. 비연은 굳이 그를 놀라게 할 필요가 없었기에 계속 시간을 끌었다. 그런데 매우 공교롭게도, 대이사가 떠나자마자 조사를 맡은 웅비가 왔다.

웅비는 상황을 자세히 물은 다음 진지하게 말했다.

"고 사장님, 여유가 되시면 낙하성에 며칠 더 머물러 주시지요. 대이사에 대한 조사를 끝낸 다음 30만 금을 돌려 드릴 테니, 그때 떠나셔도 괜찮을 것 같습니다. 방금 승 회장님의 분부를 받았습니다. 원하시는 원료를, 어느 정도의 양이 되었건, 양항과 약재항의 두 이사가 최선을 다해 협조해 드릴 겁니다!"

비연은 당연히 기다릴 수 있었다.

그녀는 바로 주문서를 작성했다. 양항의 이사에게는 고량을, 그리고 약재항의 온자걸에게는 약재를 요구했다. 그리고 그 주문서를 웅비에게 건넸다. 웅비가 그녀 대신 두 이사에게 전달하기로 했다.

웅비가 떠난 후 비연과 매 공공은 즐거운 기분이었다. 비연이 무의식적으로 군구신을 바라보며 생긋 웃었다. 그러나 그는 전혀 기쁘지 않은 듯 차가운 표정으로 말했다.

"고 대약사, 매 공공, 이어지는 일은 너희들에게 맡기기로 하겠다. 본 왕은 사적인 일이 있어 먼저 떠나야 할 것 같군."

비연은 깜짝 놀랐다. 매 공공은 속으로 짚이는 것이 있었다. 군구신이 출행 전, 빙해에 한번 다녀오겠다고 황상에게 말한 바 있었던 것이다.

아주 즐거워

정왕 전하에게 사적인 일이 있다고? 무슨 일일까?

비연이 매 공공을 흘깃 바라보았다. 반응을 보니 매 공공은 뭔가 알고 있는 것 같았다. 매 공공이 다 아는 일인데, 사적인 일이라고?

매 공공이 진지하게 말했다.

"전하, 안심하십시오. 이곳은 고 대약사와 노비에게 맡겨 두셔도 좋습니다."

군구신은 그제야 비연을 바라보았다. 비연은 그가 무슨 설명이라도 해 줄 거라 생각했지만, 그는 그저 한번 바라보기만 했을 뿐 아무 말도 없이 몸을 돌렸다.

비연이 다급하게 두어 걸음 따라가 물어보려 했지만 곧 매 공공이 그 자리에 있음을 떠올리고는 말없이 그를 문가까지 배웅했다. 전하의 기분이 좋지 않다는 것을 느낄 수 있었다. 그러나 그녀로서는 그가 무엇 때문에 이리 기분이 좋지 않은 것인지 이해할 수 없었다.

삼칠과 관련한 일도 끝났고, 승 회장과 친교도 맺었다. 게다가 어젯밤의 일에 대해 그녀가 뻔뻔스럽게 책임을 지라고 하지도 않았다! 설마, 그녀가 모르는 일이 더 있는 걸까?

망중이 말을 준비했다. 군구신은 객잔을 나서자마자 말에 올랐다. 그리고 비연을 내려다보며, 결국은 안심이 안 되는지 한 마디 덧붙였다.

"남부는 오래 머물 곳이 못 된다. 일을 끝내면 바로 돌아가도록."

비연이 아쉬운 눈빛을 보내며 조심스럽게 물었다.

"아직 며칠 더 있어야 할 것 같으니, 전하……, 혹시 저와 매 공공과 함께 돌아가실 수 있을는지요."

군구신이 명쾌하게 대답했다.

"그럴 필요 없다!"

말을 마친 그는 뒤도 돌아보지 않고 떠났다.

비연이 그의 뒷모습을 보며 마음속 가득 실망감을 맛보고 있었다. 그녀는 계속 그와 그의 생일을 함께 보낼 것을 기대하고 있었던 것이다!

비록 그의 생일이 어느 날인지 모르고, 또 묻기도 불편하지만, 그래도 매 공공은 알 테니까. 매 공공은 분명 시중을 들려고 할 터였다. 그러나 지금 정왕 전하가 이렇게 가 버린 이상 모든 것은 물거품이 되었다.

그러나 실망감 외에도 비연은 곧 다행이라는 생각이 들었다. 여기까지 온 이상 그녀는 빙해를 한번 보러 갈 생각이었다. 정왕 전하가 안 계시니, 매 공공을 따돌리는 것쯤은 식은 죽 먹기였다.

그녀는 정신을 집중해 삼칠 거래를 마치고, 재빨리 꼬리를 숨긴 채 온씨와 상관 대이사에게 '놀람과 기쁨'을 안겨 준 후 즐겁게 빙해에 한번 다녀오면 되는 것이다!

군구신의 뒷모습이 멀어져 가는 것을 보면서, 비연은 아쉬운 가운데에서도 입가가 살며시 올라가고 있었다. 즐겁고 또 기대되기도 했다!

그녀가 이렇게 웃는 모습을 군구신이 보았더라면, 그 얼굴이 얼마나 더 차가워졌을지는 하늘만이 아실 것이다.

비연은 기쁘게 방 안으로 들어갔다.

매 공공의 동작은 그녀보다 빨랐다. 객잔에 돌아온 후 대이사를 만나고, 또 웅비를 만나느라 매 공공은 천무제에게 서신을 쓸 틈이 없었다. 매 공공은 자신이 천무제를 위해 생각해 낸 일석삼조의 그 아름다운 묘계를 어서 천무제에게 전하고 싶어 안절부절못하고 있었다!

이틀 후, 웅비가 와서 비연에게 양항과 약재항의 명세서를 건네주었다.

"고 사장님. 원하시던 모든 원료를, 주셨던 물품표에 따라 준비하도록 분부했고, 이미 이동 중이니 곧 화월산장에 도착할 것입니다. 다만 약재 한 종류가 재고가 없습니다. 온 이사가 고 사장님을 위해 최대한 노력하겠다고 했습니다."

비연의 눈가에 날카로운 빛이 스쳐 갔다. 그녀는 무슨 약재인지 묻기 전에 일단 바로잡으려는 듯 물었다.

"웅 집사님, 그 말이 뭔가 이상하네요!"

웅비가 의아해하며 물었다.

"무엇이 이상합니까?"

비연이 웃으며 말했다.

"이 거래는, 우리 화월산장은 순수하게 공임비를 얻는 것이고, 또 현공상회와 협력할 기회를 얻는 것이죠. 하하! 가장 큰 이익은 역시 현공상회의 승 회장님 몫이란 말이에요. 온 이사가 어째서 저를 위해 최대한 노력한다고 하는 걸까요? 분명 승 회장님을 위해 최대한 노력한다고 하는 것이 옳죠!"

웅비는 잠시 생각하다가 웃기 시작했다.

"맞습니다! 맞아요!"

비연이 그제야 물었다.

"이 약주를 빚는 데 가장 중요한 원료는 약재랍니다. 다른 건 바꿔도 괜찮지만, 약재 한 종류만은 절대 바꿀 수 없어요. 온 이사에게 없다는 약재는 무엇인가요? 찾기 쉬운 약재인가요?"

웅비가 난처한 표정으로 말했다.

"재고가 없는 약재는 바로 삼칠입니다."

"삼칠!"

비연이 조급한 듯 자리에서 벌떡 일어났다.

"다른 건 다 없어도 되지만 삼칠만은 없어선 안 됩니다! 어째서 이리 된 것일까요?"

웅비가 설명했다.

"고 사장님, 저도 물었습니다. 최근 몇 년 동안 삼칠의 생산량이 극히 적고, 특히 올해는 약초밭에서 삼칠을 수확하지 못했다고 하더군요."

비연이 끈질기게 물었다.

"그럼 일단 절반만이라도 보내 주시는 것은……?"

웅비가 고개를 저었다.

"저도 그렇게 물었습니다. 온 이사 말에 따르면, 남은 분량이 겨우 두 주머니라고 하더군요. 바로 얼마 전 높은 가격에 판매를 끝냈다고 말입니다. 그리고 지금은 정말로 한 근도 남아 있지 않다고 합니다. 두 달 후면 대량으로 수확이 가능하니, 그때 전부 다 고 사장님을 위해 남겨 두겠다고 했습니다!"

비연이 냉소하기 시작했다.

"웅 집사님, 현공상회의 약재항이 어찌 신농곡에 도전할 능력이 되는지 모르겠네요. 이런 큰 거래에서 삼칠 한 뿌리도 없다니요? 믿을 수 없네요! 제가 보기에 온 이사는, 분명 비축해 두었다가 나중에 더 높은 가격에 팔고자 하는 것 같은데요?"

웅비가 설명하려 했지만 비연이 다시 말했다.

"승 회장님과 부인께서 저에게 약속하셨고, 저에게는 우선권이 있어요. 온 이사가 만약 우리에게 명백하게 설명해 주지 못한다면, 이 일에 대해 제가 승 회장님께 직접 말씀드린다 해도 저를 탓하지 마세요!"

웅비가 어쩔 수 없다는 듯 웃으며 말했다.

"고 사장님, 온 이사를 믿을 수 없으시다면 설마 저도 믿을 수 없으십니까? 좋습니다, 잠시만 기다려 주십시오. 제가 가서 그 삼칠의 행방을 조사하고, 다시 와서 말씀드리겠습니다!"

비연이 기다리고 있었던 것은 바로 이 말이었다! 그녀는 생긋 웃으며 대답했다.

"그럼 웅 집사님을 기다릴게요."

하루가 지났다. 웅비가 다시 왔을 때 비연을 매우 놀라게 할 물건을 가져왔는데, 바로 매매 계약서였다. 이 계약서는 온자걸과 천염국 어약방의 남궁 대약사가 맺은 삼칠 매매 계약으로, 위에는 어약방의 인장이 찍혀 있었다.

웅비가 웃으며 말했다.

"고 사장님, 규칙에 따르면 이 계약서는 절대로 보여 드릴 수 없는 물건입니다. 저는 최대한 성의를 표시하기 위해 규칙을 깬 것입니다. 계약서의 일자를 자세히 보시지요. 바로 지난달에 계약했고, 약재항 이사의 인장은 물론이고 천염국 어약방의 인장까지 있습니다."

웅비가 알려 줄 필요는 없었다. 비연은 이미 그 두 가지를 살피고 있었으니까. 천염국 어약방의 인장은 남궁 대인이 찍은 것이 분명했다! 이게 바로 증거다!

계약서에는 최고가가 적혀 있었다. 그녀는 어약방이 이렇게 거액을 지불했다고는 결코 믿을 수 없었다.

이 계약서는 가짜가 아니고, 거래도 거짓이 아니다. 그러나 적혀 있는 가격은 가짜다!

적막 속에서 비연이 갑자기 계약서를 탁자 위에 내던지고 탁자를 내려쳤다.

"흥, 성의라고요? 웅 집사님, 보아하니 저도 어쩔 수 없이 다시 승 회장님을 뵈어야겠어요! 당신들의 이 성의는……, 하하! 아무리 봐도 이 계약서는 가짜인 것이 분명하잖아요!"

웅비는 영문을 모르겠다는 표정이었다. 그는 이제 화난 목소리로 말했다.

"고 사장님, 그건 대체…… 무슨 뜻이십니까! 저는 최선을 다하고 있습니다. 기밀에 속하는 계약서까지 온 이사에게서 받아 와 보여 드리고 있잖습니까. 그런데도 성의가 부족하다 하시면, 좋습니다. 승 회장님을 뵈러 가십시오! 하하, 제가 한마디만 해 드리자면, 너무 욕심을 부리지 마십시오!"

비연은 한 걸음도 물러서지 않았다.

"그렇다면 웅 집사님께서 만남을 안배해 주시지요. 온 이사까지 불러온다면 가장 좋을 것 같습니다!"

웅비는 화가 났지만, 승 회장과 부인이 비연을 우대하던 것을 생각하면 참을 수밖에 없었다.

그는 곧바로 비연을 데리고 현공상회의 만상당으로 향하며, 동시에 승 회장과 온 이사를 부르기 위해 사람을 보냈다.

진짜 신분을 드러내다

비연이 만상당에서 기다리고 있노라니, 온자걸이 승 회장보다 한 걸음 먼저 도착했다.

온자걸은 30대로, 동안이라 매우 젊어 보였다. 특히 웃기 시작하면 무척 상냥해 보이는 인상이었다. 그는 비연이 무엇 때문에 자신을 불렀는지 몰라 웃으며 말했다.

"고 사장님, 우리 약재항에서는 전례를 깨고 계약서까지 보여 드렸습니다. 어약방의 인장과 현공상회의 인장은 거짓이 아닙니다. 저를 믿지 않으신다면 그건 너무…….."

그는 더 이상 말하지 않고 고개를 저었다. 아주 무고해 보이는 동작이었지만 눈가에는 희미하게 경멸이 스쳐 가고 있었다.

비연은 말없이 온자걸을 한번 살펴보고는, 온우유와 생김새가 닮은 부분이 꽤 있다는 것을 발견했다.

얼마 지나지 않아 승 회장이 도착해 성큼성큼 안으로 들어왔다. 온자걸이 멈칫했다. 그는 웅비가 자신을 찾아왔을 때, 상관 대이사에게 이 일에 협조해 달라고 청하면 될 거라 여겼다. 그런데 승 회장이 직접 오다니!

승 회장은 현공상회를 직접 관리하지 않은 지 이미 꽤 되었고, 반년 동안 현공상회에 얼굴 한번 드러낸 적이 없지 않은가?

상관 대이사는? 승 회장이 직접 온다면 상관 대이사도 여기

와야 옳았다!

온자걸은 의심을 품은 채, 서둘러 몸을 일으켜 공손하게 읍했다.

"약재항 이사 온자걸이 승 회장님을 배알합니다!"

웅비와는 달리, 승 회장은 비연이 무엇 때문에 굳이 자신을 보고자 하는지 암암리에 짐작하고 있었다. 아마 이 일은 그렇게 간단하지 않을 것이다.

그는 온자걸을 흘깃 본 다음, 다시 비연과 웅비를 보고 안색 하나 바꾸지 않은 채 자리에 앉았다.

삼칠과 관련한 일이라면 온자걸은 결국 켕기는 구석이 있었다. 그는 감히 승 회장의 얼굴을 쳐다보지 못하고 그저 마음속으로 스스로에게 이야기했다. 일단 사태가 어찌 되어 가는지 보고, 너무 허둥거리다가 마각을 드러내는 일은 없도록 하자. 어쨌든 이번에 어약방과 거래한 내용은 예전과는 다르지 않은가!

예전에 거래할 때는 그는 높은 가격의 약재를 어약방에 싼값으로 넘겼다. 상관영홍은 이 약재를 다시 제 가격에 약재 시장에 내놓아 암거래를 했다. 이런 과정을 통해 그들은 어약방의 명의를 빌려, 상관 대이사가 현공상회의 약재로 이익을 취할 수 있도록 도왔던 것이다.

당귀라는 약재로 예를 들자면, 시장가는 한 근에 금화 세 닢이었다. 온자걸 그는 한 근에 금화 한 닢 가격으로 어약방에 팔았고, 상관영홍이 다시 한 근에 세 닢 가격으로 시장에 내다 팔았다. 이렇게 금화 두 닢에 해당하는 차액이 상관 대이사의 주머니로 떨어졌던 것이다.

승 회장이 이 일을 추궁하지 않는다면 모두 크게 기뻐할 것이다. 승 회장이 언젠가 이 일을 조사한다면, 모든 죄를 온자결 그와 온우유가 덮어쓸 작정이었다.

그는 자신이 온우유를 승진시키기 위해 어약방에 이익을 안겨 주었다고 자백할 생각이었다. 그럼 승 회장이 아무리 능력이 좋아도 어약방 내부 장부에까지는 손이 닿지 않을 테니 상관영홍까지 찾아낼 수는 없을 것이다. 물론 상관 대이사에게는 절대로 손이 닿을 수 없을 테고.

다시 말하자면 최근 3년 동안, 어약방의 약재가 암거래되는 일은 더 이상 예사로울 수 없을 정도로 평범한 일이 되어 가고 있었다.

표면적으로 보면, 온자결 그가 어약방에 이익을 안겨 주어 온우유를 승진시킨 것과 어약방 내의 약재들이 암거래되는 것은 별개의 일로 보였다. 그 누구도 이 두 가지 일을 하나로 묶을 수는 없을 테고, 상관영홍과 상관 대이사의 관계를 추적해 낼 수도 없을 것이다.

남궁청운은 말할 것도 없고, 새로 부임해 왔다는 그 고 대약사도 결코 대이사의 이 체계를 알아차리지 못할 것이다! 이 체계 속에서 그와 온우유가 희생양이 되면 어약방은 그야말로 봉이 되는 것이다.

더욱이 이번의 이 삼칠은, 그 체계와 관련된 물건도 아니었다.

이번 삼칠은 군수 물품이었고, 어약방과 거래를 체결한 후 약재항은 바로 천염국 동쪽 변경으로 삼칠을 배송했다. 이 약은 암거래로 팔려 나가지 않았고, 중간에서 이익을 취한 사람도 없었다. 상관영홍이 어약방에서 쫓겨났고, 상관 대이사가 명을 내려 그에게 이 일에 끼어들지 말라고 한 바 있었다.

그러나 온자걸은 달갑지 않았다. 그는 이 기회를 틈타 온우유를 약감의 자리에 올려놓고 싶었다. 그러면 온우유가 상관영홍을 대신해 계속 약재를 암거래할 수 있을 테고, 자신은 대이사가 구축한 체계를 차지할 수 있을 것이다.

온자걸은 조만간 자신이 대이사의 죄를 뒤집어쓰게 될 거라는 사실을 알고 있었다. 그러기 전에 자신과 온우유를 위해 한몫 챙겨 두고 싶었다. 이 삼칠은 그것을 위한 초석이었다. 그래서 그는 이익을 어약방에게 양보했다. 계약을 맺을 때 비록 높은 가격을 적었지만 실제로 어약방이 지불한 금액은 훨씬 적었다.

어제, 웅비가 갑자기 그에게 계약서를 요구했다. 온자걸은 바로 눈치를 채고 장부를 위조하고는, 일단 자신의 사재를 털어 차액을 보충해 두었다.

그는 이 고 사장이 무엇 때문에 직접 그를 보려 하는지 알지 못했다. 또한 반년이 넘도록 얼굴을 드러낸 적 없던 승 회장이 무엇 때문에 이 자리에 직접 왔는지도 알지 못했다. 어쨌든 자신이 사재를 털어 거래의 차액을 메워 두었으니 분명 안전할 거라 생각할 뿐이었다.

웅비가 곧 매매 계약서를 승 회장에게 건넸다.

"승 회장님, 보십시오."

승 회장이 삼칠의 가격을 보더니 물었다.

"지난달에 판 것이라고? 지금 가격은 어느 정도지?"

웅비가 대답하려 했을 때, 비연이 먼저 말했다.

"승 회장님, 제가 묻고 싶은 것은 이 계약서의 진실성이 아닙니다. 저는 이 가격이 허위로 적혔다고 의심하고 있습니다. 실제로는 이렇게 높은 가격으로 판매하지 않았을 테니까요!"

이 말에 온자걸이 불안한 마음에 말했다.

"고 사장님, 음식이야 마음대로 먹어도 된다지만 말은 함부로 하면 안 됩니다."

그는 즉시 하인에게 장부를 가져오라고 명한 후, 그것을 승 회장에게 건네며 말했다.

"승 회장님, 천염국 동쪽 변경군에 약이 부족하다고 합니다. 이 약재는 확실히 높은 가격에 팔았습니다. 천염국 어약방은 전액 지불하였고, 장부에도 모두 기재되어 있습니다. 이 금액은 제가 어제 총재방[5]에 전부 납부하였습니다!"

승 회장이 장부를 훑어보았다. 이 거래만 보면 이상한 점이 없었다. 승 회장이 비연을 바라보며 무어라 말하려 했을 때, 비연이 갑자기 영패 하나를 탁자 위에 내려놓았다.

그 순간, 모든 이가 깜짝 놀랐다. 그중에서도 온자걸이 눈을 휘둥그렇게 뜨고 안색이 변했다. 이 영패는 바로 천염국 어약방의 약사령으로, 어약방에서 관품이 가장 높은 약사만이 쓸

---

5 기업·지주 집안에서 회계를 맡아보던 곳.

수 있는 것이었다.

온자걸이 이해할 수 없다는 듯 비연을 바라보며 외쳤다.

"다, 당신은······."

비연의 눈가에 교활한 빛이 스쳐 가더니, 단정한 태도로 엄숙하게 말했다.

"천염국 어약방 1품 대약사, 고비연입니다."

온자걸은 제정신이 아니었다. 승 회장과 웅비도 놀라지 않을 수 없었다. 특히 승 회장이 더욱 그랬다. 그는 비연을 조사하고 싶다고는 생각하고 있었지만, 비연이 바로 당정이 조사를 끝낸 고씨 가문의 대소저일 거라고는 생각지 못했던 것이다!

비연은 그의 주인과 너무나 닮았다. 그러나 그녀의 등에는 그들이 찾고자 하던 모반이 없다고 했다.

설마 그가 잘못 보았던 걸까? 비연은 그들이 찾던 사람이 아닌 걸까?

승 회장이 비연의 미간을 응시하며 제 미간을 찌푸렸다. 비연의 눈이 반짝이고 있었다. 그녀의 미간은 아름답고도 고아한 느낌을 풍기고, 그녀의 웃음은 찬란하니 무척이나 보기 좋았다. 그녀가 말했다.

"승 회장님, 저는 본래 신분을 숨길 생각이 없었고, 사적으로 현공상회와 거래하고 싶었을 뿐입니다. 그러나 지금 보아하니 이 거래가 그렇게 쉽지만은 않을 것 같습니다! 천염국 어약방의 약재 구매가 모두 제 동의를 거쳐야 하는 것은 아닙니다만, 이렇게 높은 금액의 거래라면 제 동의 없이는 현공상회는 결코 대금을 받을 수 없을 겁니다! 아무래도 이 장부에는 큰 문제가 있는 것 같습니다!"

승 회장은 그제야 정신을 차리고 차갑게 온자걸을 바라보았다.

온자걸은 자신의 죄가 이렇게 드러나리라고는 생각지 못하고 있다가, 놀란 나머지 다리에서 힘이 풀렸다. 그는 재빨리 무릎을 꿇고 말하기 시작했다.

"승 회장님, 살려 주십시오. 제가 잘못했습니다! 제가……, 제가 사촌 동생인 온우유를 약감으로 승진시키기 위해 저 삼칠을 어약방 남궁 대약사에게 뇌물로 건넸습니다. 대금은 제 자신의 돈으로 메운 것입니다! 이 삼칠은……, 그러니까, 제가 개인적으로 상회의 물건을 산 것이나 마찬가지입니다! 저는 절대로 상회의 이익을 빼앗으려 한 적이 없고, 감히 상회에 미안할 행동을 한 적도 없습니다!"

비연은 온자걸이 상관 대이사를 비호하려 한다는 것을 알고 다시 입을 열었다.

"온우유라, 인상이 아주 깊게 남아 있는 사람이군요……."

대체 뭘 한 것이냐

비연이 온우유에 대한 인상이 깊다고 말하자, 승 회장과 웅비 모두 관심을 보였다.

비연이 처음 진상을 알았다는 듯, 마치 감탄한 것처럼 말했다.

"온우유가 심사 없이 어약방에 들어왔고, 약노를 거치지 않고 약녀가 되더니, 약사藥士를 넘어 바로 약관이 되었지요. 아아, 그런 특권이 사촌 오라비의 도움을 받은 것이었군요!"

비연과 온우유 사이에 어떤 일이 있었는지 온자걸도 알고 있었다. 이제 자신도 온우유도 도망칠 수 없음을 깨닫고 겁먹은 듯 승 회장을 바라보기만 할 뿐 아무 말도 하지 않았다. 그렇게 묵인한 것이다.

그러나 그때 비연이 다시 말했다.

"그 상관 약감이 왜 그리 온우유를 아꼈는지도 알겠어요. 저는 처음부터 상관 약감이 온씨 가문의 친척이 아닐까 생각했거든요. 그 상관 약감도 당신들 패거리인 것은 아니겠죠? 상관 약감은 어약방에서 꽤 많은 약재들을 빼돌려 암거래를 했죠. 아직 그녀를 제대로 조사하지 못했는데, 도망쳐 버렸지 뭐예요."

온자걸이 불안한 마음에 바로 부정했다.

"아닙니다! 저는 그녀를 모릅니다!"

그러면서 비연의 반짝이는 두 눈을 바라보았다. 그녀는 그를 꿰뚫어 보는 것처럼, 완전히 꿰뚫어 보는 것처럼 느껴졌다.

온자걸은 재빨리 비연의 시선을 피하며 스스로를 위로했다. 이건 불가능하다! 그와 온우유, 그리고 상관영홍과 상관 대이사는 완전히 분리되어 있는 상태다. 비연이 상관영홍을 의심한다 해도, 절대로 대이사까지 의심하지는 못할 것이다!

"모른다고요?"

비연이 더욱 감탄한 듯한 목소리로 말했다.

"그거 참 공교롭네요. 저는 상관 약감이 대이사와 관계있지 않나 생각하고 있었거든요."

이 말에 온자걸이 경악했다. 그러나 그는 여전히 스스로에게 중얼거렸다. 비연이 상관 대이사를 의심한다 해도 증거가 없다! 상관 대이사의 체계는 절대로 직접적인 증거를 남기지 않으니까!

그러나 비연이 승 회장을 바라보며 계속 말했다.

"승 회장님, 지금도 저는 상관 대이사가 무엇 때문에 회장님께서 삼칠의 맛을 좋아하지 않는다고 했는지 이해할 수 없답니다. 회장님 보시기엔 이 두 일이 그저 우연의 일치인지, 아니면……."

삼칠의 맛? 어찌 된 일이지?

온자걸은 영문을 알 수 없었다. 순간 승 회장과 웅비가 서로 경악의 눈길을 주고받았다. 그들이 눈치챈 것이다!

지금 상황으로 보건대 대이사는 이미 삼칠이 부족하다는 것을 알고 있었고, 비연에게 술의 배합을 바꾸라고 했던 것이다! 대이사와 이 온자걸은 분명 관계가 있을 터였다!

승 회장이 눈을 가늘게 뜨더니 명령을 내렸다.

"웅비, 저자를 데려가 심문하도록! 시간을 끌 필요 없이 상관도도 함께 심문하면 되겠군. 본 회장이 너에게 하루의 시간을 줄 테니 제대로 조사를 마치도록! 그리고 총재방에 명을 내려, 하루 안에 약재항의 장부를 명확하게 정리하지 않은 자를 색출해 내도록. 그렇지 않으면 저들과 공모한 것으로 처리하겠다!"

하루라고? 어떻게 하루 만에 두 사람을 심문하고 또 장부를 조사할 수 있겠는가. 이것은 분명 가혹한 고문을 가하라는 의미였다. 총재방에도 분명 대이사의 사람이 있을 것이다.

온자걸이 눈을 휘둥그렇게 떴다. 그는 아무리 생각해도 일이 왜 이렇게 돌아가는지 이해할 수 없었다.

문가까지 끌려 나갔을 때 그는 겨우 정신을 차리고 소리쳤다.

"고비연! 너, 대, 대체 무슨 짓을 한 거야?"

무슨 짓을 했느냐고? 비연이 이번 출행에서 한 일은 아주 많았다!

비연은 온자걸에게 진상을 알려 주는 것을 전혀 개의치 않았다. 자신이 어떻게 죽는지 모른다면 분명 그렇게 고통스럽지 않을 것이다. 자신이 어떻게 죽는지 알면서, 후회의 여지도 없는 게 진정으로 고통스럽겠지.

그리고 비연은 온자걸 같은 무리들은 반드시 후회하되, 더 이상 되돌릴 수 없는 상황에 처해야 한다고 생각했다! 그래야만 교훈을 깊이 새길 수 있을 테니까.

그녀가 소리 내어 웃었다.

"내가 대이사에게 약주의 비방을 거래하자고 했더니 그가 말하더군. 승 회장님께서는 삼칠의 맛을 좋아하지 않으신다고. 온 이사, 이 일이 너무 공교롭게 느껴지지 않아? 맞아, 대이사를 만나면 한마디만 전해 줘. 그 30만 금을 돌려주는 걸 잊지 말라고!"

온자걸이 놀라서 입을 벌렸지만 입 밖으로는 아무 말도 나오지 않았다.

그가 끌려 나가는 것을 보고, 비연이 몸을 돌려 승 회장에게 진지하게 말했다.

"승 회장님, 보아하니 제가 우연히도 현공상회 안의 커다란 쥐를 잡은 모양입니다. 저는 돌아가 결과를 기다리며 온우유를 처벌하도록 하겠습니다."

그러나 승 회장은 그렇게 쉽게 비연을 놓아줄 사람이 아니었다. 그가 말했다.

"우연히라……. 하하, 정말 공교롭군! 고 약사, 설마 본 회장에게 설명하지 않을 생각은 아니겠지? 무엇 때문에 신분을 숨긴 건가? 무엇 때문에 그렇게 다급하게 칠월 전에 약주를 제조해야 한다고 주장한 건가? 그리고 진신, 그자는 대체 누구인가?"

비연은 승 회장이 호락호락한 인물이 아님을 알고 있었다. 그래서 그의 곁에 가 앉으며 말했다.

"승 회장님, 온자걸이 어약방을 언급하지 않았다면 저도 결코 신분을 폭로하지 않았을 겁니다. 지금 이미 신분이 드러났으니……."

그녀는 곁에 있는 시위며 시녀들을 바라보았다. 승 회장은 즉시 모두 물러가게 했다. 비연이 그제야 계속 말했다.

"승 회장님께서 비밀을 지켜 주시기 바랍니다. 진신은 바로 우리 천염국의 정왕 전하이십니다."

승 회장은 매우 놀랐다.

"뜻밖에도!"

비연이 다시 말했다.

"정왕 전하께서도 술을 좋아하십니다. 술을 빚는 데도 매우 흥미를 느끼고 계시고요. 그런 까닭에 저와 함께 계속 술의 배합을 연구하고 계셨습니다. 그리고 이 술의 배합으로 일단 양조업의 깊이를 알아보려 하셨지요. 며칠 전에 제가 말씀드렸듯이, 칠월의 우물물이 원료로서 가장 좋기에 저희는 1년을 기다리고 싶지 않았습니다. 아! 다만 안타깝게도, 정왕 전하께서는 소득 없이 한바탕 취하셨군요. 이렇게 되었으니 결국은 기다려야겠지요."

승 회장은 매처럼 날카로운 눈으로 비연을 바라보았지만 그녀는 여전히 담담했다. 비록 연극을 하고 있었으나 그녀는 마음속에 켕기는 구석이 없었다. 그녀에게 있어 연기를 한다는 것은 결코 죄를 짓는 일이 아니었고, 단지 스스로를 지키기 위함일 뿐이었다. 그런데 무엇 때문에 미안해하겠는가?

그녀가 연극을 한다는 것은 역시 떳떳한 일이다. 기씨 가문과 병부의 핍박이 아니었다면, 천무제가 그녀를 괴롭히지 않았다면, 온우유가 시위하지 않았다면, 그녀도 이렇게 대단한 연극을 공연할 이유가 없었을 것이다. 돈을 내어 약을 살 수 있었더라면, 예전에 이미 사 버렸을 것이다!

비연은 담담할 뿐 아니라 해맑게 웃기까지 하며 말했다.

"하하! 승 회장님, 싸우지 않으면 서로를 이해하지 못한다고 하고, 마시지 않으면 서로를 알 수 없다고 하지요. 제가 보기에 이건 우연이었을 뿐 아니라 인연이었습니다. 승 회장님께서 계속 의심하신다면…… 제 생각에 정왕 전하께서는 매우 유감스러워하실 것 같습니다."

어젯밤의 그 통쾌한 술자리를 떠올리자 승 회장의 기분이 꽤 좋아졌다. 게다가 그는 궁 안에서 비연이 겪는 어려움을 이해하지 못했다. 그래서 비연이 진상을 모두 알면서 연극을 한 것은 아니리라 생각했다. 이 일은 정말로 우연에 우연이 겹친 것이다.

그 삼칠은 이미 군대로 보냈고, 이미 다 쓰였을 것이다. 그로서도 돌려받기 쉽지 않을 것이다.

물론 그는 비연이라는 이 신임 대약사의 책임을 추궁하지 않더라도, 어약방 전임 대약사의 책임은 추궁할 생각이었다.

그가 물었다.

"누가 온우유를 약감으로 승진시키겠다고 승낙했다고? 이 일에 대해서 고 대약사는 모르시는가?"

비연은 승 회장의 눈을 바라보며 침착하게 대답했다.

"저는 허락한 적 없습니다. 그러므로 상회에서 진상 조사가 끝나는 대로 저에게도 알려 주시기 바랍니다. 어약방 쪽도, 제가 철저히 조사한 후에 결과를 알려 드리겠습니다!"

승 회장이 비연의 미간을 바라보았다. 마음속에 다시 한번 익숙한 느낌이 올라왔다. 너무나도 닮았다. 이 침착한 모습, 조리 있게 말하는 모습은 그의 주인과 정말 닮아 있었다.

승 회장은 잠시 넋이 나간 것만 같았다. 마치 시간이 거꾸로 흘러 오래전으로 돌아간 것만 같았다. 모든 것은 본래 세월을 따라 조용히 흘렀어야 했고, 그도 근심 없이 자유로워야 했다. 멀리, 높이, 타향을 정처 없이 떠돌아다니면서.

그러나…… 빙해에서의 그 밤은 하늘도 땅도 놀라게 하고, 사람의 마음마저 뒤흔들었다. 그렇게 모든 이들의 평온을 깨트려 버리고 말았다.

비연의 모습은 주인과 너무나 닮아 있었다. 그러나 그녀의 등에는 모반이 없다고 했다. 당정이 대충 보느라 실수한 걸까? 아니면…… 그저 이 모든 것이 우연일 뿐인 걸까.

비연은 10년 전 빙해의 이변 이후 실종되었던 그 아이가 아닌 걸까.

정말로 주인의 딸, 헌원연軒轅燕이 아닌 걸까?

군씨 가문의 커다란 비밀

승 회장이 지극히 신중한 표정으로 비연을 쳐다보고 있었다.

실수하고 싶지 않았고, 기회를 놓치고 싶지도 않았다. 아무래도 스스로 시간을 내어 운한각에 다녀와야겠다고 생각했다.

비연은 승 회장이 자신을 믿지 않는다고 생각하고 진지하게 물었다.

"승 회장님, 어떠세요? 이제 가도 될까요?"

승 회장이 정신을 차리고 놀리듯 물었다.

"정왕 전하는 어디 계신지? 전하께서는 본 회장과 양조업을 두고 다툴 생각이신가? 하하, 본 회장이 일단 벌주로 세 항아리 권해 드려야겠군!"

승 회장이 농담하는 것을 보고 비연은 몰래 한숨을 토해 냈다. 이제 그녀, 어약방의 신임 대약사는 마침내 전임자가 망쳐놓은 일을 수습한 것이다. 이제 더 이상 누군가의 봉이 되는 일은 없을 것이다.

비연이 눈을 반짝이며 웃기 시작했다.

"승 회장님, 정왕 전하께서는 급한 일이 있으셔서 며칠 전에 낙하성을 떠나셨어요. 그 술 석 잔은 제가 대신 마시지요!"

승 회장이 눈썹을 치켜세우더니 그녀에게 꾸짖듯이 말했다.

"아가씨가 외지에서 혼자 몸으로, 술은 무슨 술?"

비연은 갑자기 말문이 막히고 말았다. 승 회장의 불쾌한 듯한 시선을 보니 마음속에 저도 모르게 따뜻한 기분이 들었다. 백의 사부를 제외하면, 세상에서 아버지 연배의 사람이 이렇게 그녀를 꾸짖은 것은 처음이었다. 이 꾸짖음은 사실 관심의 표현이었다!

승 회장의 그 침착하고 엄숙한 모습을 보자 비연은 잠시 눈을 뗄 수 없었다. 그녀는 남몰래 상상하기 시작했다. 만약……, 만약 그녀에게도 아버지가 있다면, 만약 아버지가 아직 살아 계신다면 승 회장과 같은 모습은 아닐까?

부모님은 어디 계신 걸까? 그녀의 집은 어디일까? 또 사부는 어디에……?

갑자기 그들이 몹시 그리웠다. 비연은 마침내 마음에 떠오르는 씁쓸한 기분을 무시하기로 하고, 생긋 웃으며 몸을 일으켰다. 그리고 어린아이처럼 말했다.

"그럼 제가 정왕 전하 대신 마시는 일은 그만두고, 기록해 두었다가 나중에 말씀드릴게요!"

승 회장이 그제야 만족하고 비연을 놓아주었다.

비연이 떠나자, 계속 어두운 곳에 숨어 있던 상관 부인이 나왔다. 그녀가 분노하여 외쳤다.

"상관도, 감히! 보아하니 이번 한 번뿐만이 아닌 것 같네요! 직접 가서 심문하겠어요. 다른 이사들도 모두 내 앞에 불러와 주세요!"

승 회장이 그녀를 흘긋 보더니 차가운 목소리로 물었다.

"언제 일어났지? 피곤하지 않나?"

상관 부인은 이 며칠 동안 비연의 약을 꽤 많이 사용했다. 하룻밤에도 그를 몇 번이나 괴롭혔다. 처음에는 그녀가 그를 괴롭혔지만 마지막에는 그가 그녀를 괴롭힌 것이나 마찬가지였다.

그녀가 뻔뻔스럽게 다가오더니 애매한 미소를 흘리며 말했다.

"당신이 피곤하지 않으면 나도 피곤하지 않아."

이런 애매한 말을 듣고도 승 회장의 표정은 여전히 고상하고 냉정했다. 그가 불쾌한 듯 물었다.

"어디서 난 거지?"

승 회장이 묻는 것은 바로 비연의 약이었다. 그는 매번 걸려들었다. 계속 경계하고 있었지만 전혀 소용없었다.

상관 부인이 짐짓 모르는 척 물었다.

"뭐가?"

승 회장의 눈빛이 차가워졌다. 그가 한 걸음 한 걸음 다가왔지만 상관 부인은 피하지 않았다. 아니, 오히려 그의 허리를 끌어안고 고개를 들어 도전하듯 그를 바라보았다. 이미 나이가 꽤 들었건만 그 모습이 마치 고집부리는 어린 요정 같았다.

비연이 잘못 본 것이 아니었다. 두 사람은 부부라기보다는 애증 섞인 연인이라는 말이 더 잘 어울렸다.

승 회장이 미간을 찡그린 채 제 부인을 바라보았다. 정말 어찌할 도리가 없었다. 그는 그녀의 이마에 내려온 머리카락을 쓸어 올려 주며 담담하게 말했다.

"자식 문제는, 자연을 따라야 하는 거야."

상관 부인이 고집을 부렸다.

"난 어떻게든 갖고 말 거야! 꼭 비연 같은 딸을 낳아서, 같이 술을 마실 거라고!"

승 회장의 얼굴이 무거워졌다. 그는 방금 쓸어 올렸던 그녀의 머리카락을 다시 그녀의 얼굴 앞으로 내리고, 성큼성큼 걸어 밖으로 나갔다. 상관 부인이 재빨리 쫓아가 그를 잡았다.

"잠시만! 할 말이 있어!"

그러고는 진지하게 속삭였다.

"비연이 방금 정왕이라고 했지? 그럼 천염국의 구황자이자 군씨 황족의 적장자인 군구신이라는 거야?"

승 회장도 진지해졌다.

"바로 그자지."

상관 부인의 눈가에 복잡한 빛이 스쳐 갔다. 그리고 그녀가 중얼거리듯 말했다.

"그 아이는 10여 년 동안 실종되었어. 군씨 황족이 어떻게 그를 찾은 걸까? 진양성의 형세를 보면, 천무제는 그에게 제위를 물려줄 생각이 없고, 그도 별 야심은 없어 보여. 그는 설마……, 혹시 누군가의 대리인일 뿐인 건 아닐까요? 진짜 구황자가 아니라?"

현공대륙에서 천무제와 대황숙을 제외하면, 아마도 이 비밀을 알고 있는 이는 승 회장 부부뿐일 것이다.

군구신은 태어나자마자 군씨 가문을 떠났다. 표면적으로는 대황숙을 따라 은거하며 기를 수련하고 있다고 했지만 사실은 누군가에게 유괴되어 노비로 팔린 것이었다.

승 회장과 상관 부인은 과거 현공대륙 최대의 노예 상인인 낙정 밑에서 일한 적이 있었다. 그런데 그들이 우연히 훔쳐본 비밀 문건에 4대 가문 아이들의 신상이 기록되어 있었다. 그중 하나가 바로 군씨 가문의 적장자 군구신이었던 것이다.

그들은 비밀 문건의 기록에 의거해 정보를 수집했으나, 그 아이는 무수하게 주인이 바뀌었고, 결국은 실마리마저 끊기고 말았다. 그들은 더 이상 찾는 것을 포기했다. 그리고 감히 군씨 황족에게 이 일을 알릴 엄두도 내지 못했다. 그들이 명확하게 말할 수 있는 일도 아니었고, 괜한 일을 끌어들일 이유도 없었던 것이다.

3년 전, 진양성에서 들려온 소식에 의하면 군구신이 돌아왔다고 했다. 그들은 그제야 다시 그 일에 관심을 두기 시작했다. 그들은 지금도 군구신이 천무제가 남몰래 찾아낸 아들이 맞는지, 아니면 천무제가 제 아들을 대신하도록 찾아낸 사람인지 확신할 수 없었다.

그들의 의견은 후자 쪽으로 기울고 있었다. 가장 직접적인 실마리를 가지고 있던 그들도 찾아내지 못했던 아이였다. 그러니 천무제는 아마 더더욱 찾을 수 없었을 것이다.

태자가 어리니 천무제는 확실히 그를 대신할 누군가가 필요했을 것이다. 적장자의 이름으로 태자를 보좌하게 하고, 그 욕심 많은 서자들이며 기씨 가문 같은 야심에 찬 신하들을 겁에 질리게 할 누군가가.

승 회장이 가볍게 탄식했다.

"진짜건 가짜건, 그는 군씨 가문 사람이니 경계할 수밖에 없어!"

이 대륙 거의 모든 세력이 암암리에 빙해를 주시하고 있었다. 누구나 빙해 이변의 원인을 탐구하고 싶어 했으며, 누구나 진기가 소실된 원인을 찾고 싶어 했다. 또한 누구나 영생의 기회를 찾는 데 한 걸음 먼저 나서고 싶어 하고 있었다.

그중에서도 특히 과거 현공대륙 은거 가문의 우두머리며, 과거 대륙 전체를 제어할 만한 실력이 있었던 군씨 가문이 더욱 그러했다.

무수한 비밀을 장악하고 있는 운한각은 빙해를 주시하고 있다기보다는 빙해를 수호하고 있다는 편이 맞았다. 그러나 그들이 수많은 비밀을 알고 있다 해도 빙해에 대해, 그리고 10년 전의 그 재난에 대해 그들은 여전히 풀리지 않는 수많은 의문을 품고 있었다.

10년 전 실종된 헌원연을 찾는 것이 이 모든 것의 열쇠였다!

승 회장이 탄식했다. 가까스로 통쾌하게 술을 겨룰 수 있는 친우를 만났다 싶었더니, 힘써 경계해야 할 적수였다. 그에게 있어서는 정말로 실망스러운 일이었다.

"영승……."

상관 부인이 더욱 진지해졌다. 승 회장의 성은 영, 이름은 승이었다. 상관 부인은 진지한 이야기를 할 때만 그를 이렇게 부르곤 했다.

"고씨 저택 상공에도 빙해와 동시에 봉황허영이 나타났었지. 군씨는…… 뭔가 찾아내서 비연을 주시하고 있는 건 아닐까?"

승 회장도 진지하게 대답했다.

"그건 아닌 것 같더군. 당정이 조사한 바에 따르면, 천무제는 기씨 가문을 포함해 비연을 꽤 못살게 굴었던 모양이야. 하지만 장래에는…… 어찌 될지 확언할 수 없겠군."

상관 부인이 다급하게 말했다.

"우리 차라리 비연을 여기에 남겨 두자. 비연이 누구건, 일단 우리 손아귀에 두는 것이 가장 안전해!"

승 회장도 그런 생각을 하지 않은 것은 아니었다. 그러나 비연은 천염국 어약방의 우두머리일 뿐 아니라 신농곡의 영예 이사이기도 했다. 충분한 이유가 없다면 사람을 붙들어 놓을 수 없을 뿐 아니라, 괜히 풀을 쳐서 뱀을 놀라게 하는 결과가 될 수도 있다.

게다가 그날 밤 군구신의 행동으로 미루어 볼 때, 비연은 군구신에게 있어 일개 신하가 결코 아니었다. 그들 두 사람 사이에 어떤 관계가 있는지 확실하게 조사하지 않은 상황에서는 모험을 할 수 없었다.

승 회장이 나지막하게 말했다.

"상관도와 관련한 일은 당신에게 맡기지. 나는 운한각에 한번 다녀올 생각이야. 오후에 출발하겠어. 그리고 당신……, 기억해 둬. 경거망동해서는 안 돼."

상관 부인이 고개를 끄덕였다. 그리고 그녀가 직접 상관도를 심문했다. 어떤 수단을 썼는지는 알 수 없었지만 반나절 만에 상관도에게서 모든 자백을 받아 냈다.

그녀는 자신이 참지 못하고 비연을 붙잡게 될까 봐 직접 만나러 가지는 못하고, 대신 사람을 보내 비연에게 결과를 알려 주었다.

마치 세계의 끝과 같은

상관 부인의 심문 결과는 비연을 놀라게 했다.

상관 부인은 반나절 만에 상관도에게 모든 일을 자백하게 했을 뿐 아니라, 심지어 상관영홍의 행방까지 털어놓게 만들었다.

상관영홍은 상관도의 먼 친척으로, 어약방을 떠난 이후 계속 진양성 교외에 숨어 지내며 그의 후속 명령을 기다리고 있었다.

하인이 금표 한 뭉치를 건네며 공손하게 말했다.

"고 대약사, 부인께서 이 금표를 돌려 드리라 하셨습니다. 부인께서 말씀하시기를, 각자의 사람을 처리하자고 하셨습니다. 부인께서는 대약사께서 온우유와 상관영홍을 어떻게 처리하건 상관하지 않겠다고 하셨습니다."

비연이 즐겁게 30만 금표를 받고 웃으며 말했다.

"안심하셔도 좋아요. 반드시 제대로 처리할 테니까!"

하인을 보내고 비연은 바로 매 공공을 찾아갔다. 그리고 사건의 결과를 비둘기를 통해 천무제에게 보고하라며, 이 사건을 대리시에 맡겨 처리하는 것이 좋겠다고도 건의했다.

이런 일은 그녀가 직접 처리하기보다는 천무제가 대리시에 명을 내려 처리하는 것이 좋았다. 첫째로는 어약방에 남아 있는 사람들에게 경종을 울릴 수 있고, 둘째로는 기씨 가문과 병부상서에게 그녀의 흠집을 잡으려 한들 방법이 없다는 것을 깨닫게 할 수 있었다.

급한 일을 끝낸 후 비연은 생각했다. 며칠 후면 온우유는 울게 될 것이다. 그러나 비연은 온우유와 같은 무리에 대해 신경 써서 관심을 보이고 싶지 않았다. 그녀가 더욱 관심을 두고 있는 것은…… 빙해였다!

비연은 그 30만 금표를 손에 쥔 채 객잔 복도를 천천히 왕복하며 방법을 고민했다. 왜인지 모르게 마치 고향에 돌아가고 싶은 것처럼 애가 탔다. 당장이라도 뛰쳐나가 말에 올라탄 뒤 빙해로 내달리고 싶었다.

그녀는 이미 객잔 점원들에게 이것저것 정보를 들어 두었다. 그들 말로는, 낙하성 남문으로 나가 계속 남쪽으로 가서 고원을 넘으면 바로 빙해가 있다고 했다! 고원에 서면 빙해 전체를 조망할 수 있고, 낙하성에서 빙해까지, 빨리 말을 달리면 하룻밤이면 도착할 수 있다고도 했다.

비연은 고심 끝에 오늘 밤 출발하기로 결정하고는 매 공공의 방문을 두드렸다. 안 그래도 진양성으로 돌아가는 일을 의논하려던 매 공공은 비연에게 어서 방 안으로 들어오라고 청했다.

"고 약사, 이번에 큰 공을 세우셨습니다! 서신에 전부 다 적어서 보고드렸습니다."

비연은 그의 말에서 공을 가로챘다는 숨은 뜻을 알아듣고 웃으며 말했다.

"본래 어약방의 일이니 제가 마땅히 해야 할 일인걸요. 다만…… 황상께서 30만 금을 잃었다는 것을 아시게 되면, 아, 황상께서 화를 내실까요?"

이 말에 매 공공의 혼탁한 늙은 눈이 즉시 빛나기 시작했다. 비연의 이 말은 의심할 바 없이 그가 중간에서 돈을 가로채도록 돕겠다는 의미였다!

비연이 이런 말을 한 것은, 천무제에게 현공상회가 돌려준 30만 금에 대해 이야기하지 않겠다는 의미가 분명했다.

바꿔 말하면, 비연은 30만 금을 정왕 전하에게 돌려주고, 돌아가서는 여전히 황상에게 이 비용을 청구할 수 있었다!

또 한 번 바꿔 말하면, 비연이 그에게 뇌물을 주려고 하고 있었다!

30만 금은 결코 적은 금액이 아니었다!

매 공공은 기뻤지만 여전히 신중하게 대답했다.

"고 대약사, 그건……."

비연이 웃으며 말했다.

"우리 모두 황상을 위해 일하는 이들이지요. 앞으로 서로 도울 일이 많을 거예요. 황상께서는 항상 저를 경계하고 계시지요. 그것도 인지상정이지만…… 매 공공께서 앞으로 저를 위해 좋은 말씀을 많이 올려 주시기를 기대하고 있어요."

매 공공은 비연이 다른 이야기를 할까 봐 매우 걱정하고 있었는데, 그녀가 이렇게 말하는 것을 들으니 그야말로 기뻐서 미쳐 버릴 지경이었다!

비연은 그의 눈이 반짝이는 것을 보았고, 그 순간 매 공공은 비연의 온몸에서 빛이 난다고 생각했다!

그가 재빨리 고개를 끄덕였다.

"그야 당연하지요, 당연하고말고요! 고 대약사, 안심하십시오. 비록 30만 금이 적은 금액은 아니지만, 노비가 방법을 찾아 황상을 달래 보겠습니다. 황상께서도 화내지 않으실 겁니다."

정왕 전하의 성격으로 보건대 분명 황상에게 이런 세세한 일까지는 이야기하지 않을 것이다. 그리고 비연이 아주 완벽하게 임무를 완수한 이상 황상의 마음도 기쁠 것이니, 이 정도 비용에는 크게 개의치 않을 것이다. 그가 몇 마디 권한다면 이 일은 분명 그대로 해결될 것이다.

비연의 눈에 계산하는 듯한 빛이 스쳐 가는가 싶더니 그녀가 다시 웃으며 말했다.

"매 공공, 이번에 우리 모두 고생했지요. 우리 한잔하며 축하하는 것이 어떨까요?"

매 공공은 기분이 너무나 좋아 별생각 없이 승낙했다. 비연은 안주며 좋은 술 몇 항아리를 방 안으로 가져오게 시키고는, 매 공공이 부주의한 틈을 타서 술에 미약을 넣었다.

얼마 지나지 않아 매 공공은 인사불성이 되었다. 비연이 그를 편안히 눕히고 재빨리 문밖으로 나왔다. 그리고 말을 한 필 사서 빙해를 향해 달리기 시작했다!

이 미약으로는 매 공공을 사흘 동안 잠재울 수 있을 뿐이니, 그녀는 사흘 내로 돌아와야 했다. 이미 계산을 끝낸 상태였다. 오늘 밤을 새워 길을 가면 내일 날이 밝을 무렵에는 빙해에 도착할 수 있을 것이다. 그럼 아무리 늦어도 모레 저녁 무렵까지는 돌아올 수 있다.

말은 빠르게 달렸다. 낙하성 남문으로 나온 비연은 더욱 힘차게 말을 채찍질했다. 말에게 날개라도 달아 줄 수 없어 안타까울 지경이었다. 그녀는 망중이 계속 자신을 따라오고 있다는 사실을 미처 알지 못했다.

망중은 비연을 미행하며 계속 의혹을 품고 있었다. 정왕 전하가 그를 남겨 두었던 것은 비연 혼자 낙하성에 두는 것이 안심되지 않았을 뿐 아니라, 비연이 빙해를 향해 달려갈까 의심해서기도 했다. 그런데 지금 보니 정왕 전하의 의심이 옳았다.

망중이 이해할 수 없는 것은, 젊은 아가씨인 비연이 무엇 때문에 빙해에 흥미를 갖는가 하는 것이었다. 이것은 대담한 것만으로는 설명할 수 있는 문제가 아니었다. 이것은…… 하늘만한 야심이라고 이야기할 수밖에 없었다!

망중이 계속 따라오는 줄도 모르고, 비연은 밤새도록 쉬지 않고 달렸다. 단 한순간도 멈추지 않고 빠르게 달리니, 쫓아가던 망중조차 지칠 지경이었다. 그러나 비연은 피로를 느끼지 못하는 것 같았다. 아니, 빙해에 가까워질수록 정신이 맑아지는 것 같았다.

마침내 동이 틀 무렵 비연은 현공대륙 최남단의 고지에 올랐다. 그녀는 산꼭대기에서 말을 멈추고 단단하게 고삐를 쥔 채 눈을 감았다. 심장이 미친 듯이 뛰고 있었다.

그녀는 긴장하고 있었고, 심지어 조금 무서워하고 있었다.

그러나 무엇이 무서운지도 알 수 없었다. 어쩌면…… 오랜만에 돌아온 고향 앞에서 겁에 질리는 것 같은, 그런 마음인 것 같기도 했다.

비연이 조용히 고개를 들었다. 빙해에서 불어오는 차가운 바람이 그녀의 얼굴을 스쳐 갔다. 이 바람은 빙해의 차가운 기운만이 아니라, 빙해를 물들이고 있는 독의 숨결까지도 품고 있었다. 그녀는 완벽하게 낯선, 어떤 실마리도 잡히지 않는 이 독을 진지하게 느껴 보았다.

"빙해……, 빙해……."

그녀는 중얼거리고 또 중얼거렸다. 그리고 마침내 용기를 내어 눈을 뜨고 저 멀리 바라보았다. 아침노을이 찬란하게 불타오르는 가운데, 하늘은 짙은 남색이었다.

떠오르는 해와 아침노을, 쪽빛 하늘과 흰 구름. 너무나 아름다웠다. 너무나! 그러나 이 아름다움 아래로는 끝없는 검은빛뿐이었다.

빙해의 해면을 덮고 있는 얼음은 온통 검은빛이었다. 마치 어둠의 저주를 받은 것처럼. 그곳은 햇빛조차 들어갈 수 없는 것 같은 세계였다. 보기만 해도 무섭고 두려워, 결코 가까이 갈 수 없는.

저 끝없는 바다가 바로 빙해일까? 그러나 그녀의 악몽 속 빙해는 이런 모습이 아니었다!

악몽 속에서 빙해는 천 리를 가도 맑고 투명한 얼음으로 덮여 있었다. 마치 거울처럼, 저 파란 하늘과 흰 구름을 비추고 있었다!

아아, 현실이 악몽보다 더 무서운 것이었구나.

비연은 힘차게 남쪽을 향해 달리기 시작했다. 당장이라도 빙해의 남쪽을 바라보고 싶었다.

그러나 안타깝게도 그녀는 볼 수 없었다. 저 멀리 바다와 하늘이 만나는 곳, 흑과 백이 분명하게 나뉘는 그곳은 마치 모든 것의 종점, 이 세계의 끝과 같아 보였다.

비연은 멍하니 바라보았다. 무엇과도 비교할 수 없을 만큼 익숙한 감정이 들다가, 다시 또 그 무엇보다도 낯선 느낌이 들었다.

머리가 아파 왔다. 그 익숙하고도 낯선 악몽을 꿀 때마다 겪어 왔던, 그 욱신거리는 통증이었다.

그녀는 머리를 흔들며 어떻게든 맑은 정신을 유지하려고 노력했다. 그리고 재빨리 말을 채찍질하여 아래로 달려가기 시작했다.

꿈에서 보았어, 나를

비연이 말을 부려 빙해로 달려가기 시작했다. 아침 햇빛 아래 광활한 천지에, 여린 그녀의 그림자가 몹시도 외로워 보였다.

얼굴 가득 불어오는 차가운 바람이 점점 더 커지고 있었다. 독약의 기운도 점점 더 짙어져 갔다. 저 앞의 검은 빛깔이 점점 더 가까워지고 있었다. 마치 온 세상을 뒤덮듯이, 곧 비연을 제 안에 함몰시킬 듯이.

점차, 비연도 자신이 빙해를 향해 가는 것인지, 아니면 세계의 끝을 향해 가는 것인지, 그도 아니면 운명의 끝을 향해 달리는 것인지 구분할 수 없었다.

갑자기 차가운 바람 소리 속에서, 그녀의 머릿속에 익숙한 목소리가 울려 퍼졌다. 꿈속에서 들었던 바로 그 목소리였다.

"어서 가거라!"

어서 가거라?

비연이 갑자기 말을 멈췄다. 깜짝 놀라 눈을 휘둥그렇게 뜨고 있었다. 그러나 그녀가 생각을 정리하기도 전에 머릿속에서는 다른 목소리들이 메아리쳤다.

"부황의 명령이다. 어서 떠나거라! 어서!"

"예아, 어서 동생을 데리고 떠나거라!"

"태자 전하, 헛되이 목숨을 버리셔서는 안 됩니다!"

"나 헌원예는 절대로 도망병이 될 수 없다. 내 동생을 데리고 가거라! 어서!"

"이건 음모야! 어서! 어서 가야 해!"

어째서일까.

악몽 속에서 들었던 목소리들이었다. 지금은 맑은 정신인데 어째서……, 어째서 이 목소리들이 갑자기 머릿속에 울려 퍼지는 것일까?

이것이 대체 꿈일까, 아니면 기억일까?

기억 속의 꿈일까, 아니면 꿈속의 기억일까?

거짓된 무엇일까, 아니면…… 사실일까?

목소리들이 많아질수록 비연의 머리가 점점 더 욱신거리며 아파 왔다. 점점 더 빠르게, 마치 멈추지 않을 것처럼.

그녀는 다급하게 귀를 막았다. 그러나 아무 소용이 없었다! 그 목소리들이, 그 익숙한 말들이 그녀의 머릿속에서 끊임없이 떠오르고 되풀이되었다. 그렇게 끊임없이 그녀의 영혼을 공격하고 있었다.

"연아, 깨어나거라! 어서 오라비를 봐야지, 깨어나거라!"

"연아, 자면 안 된다. 부황과 모후가 우리를 기다리고 계실 거야. 어서 깨어나, 응?"

"연아, 오라버니가 맹세할게……. 다시는 너를 귀찮아하지 않을 거야. 깨어나, 응? 말을 해 봐, 연아. 괜찮은 거지?"

"연아, 영자가 왔어. 어서 일어나, 네 영 오라버니가 너를 찾아왔다고!"

비연은 자신의 감정을 통제할 수 없었다. 심지어 저도 모르게 귀에서 손을 떼고 그대로 손을 늘어뜨렸다.

그녀는 멍하니 눈앞의 빙해를 바라보았다.

황홀했다. 이제는 그 목소리가 그녀의 머릿속에서 나오는 것이 아닌 것 같았다.

대신……, 대신…… 눈앞의, 저 얼음으로 뒤덮인 독의 바다에서 들려오는 것 같았다.

그녀는 보고 또 보았다. 이제 눈앞마저 흐릿했다. 현실과 꿈의 경계가 모호해지면서 마치…… 악몽 속 모든 것이 눈앞 빙해 위로 전부 쏟아져 나온 것 같았다.

잠시, 병사와 군마가 어지러이 날뛰고 빙해 전체가 먼지 자욱한 전쟁터로 변했다.

잠시, 격렬한 결전이 있었다. 빙해 전체가 광활한 전장이 되었다.

잠시, 거칠고 사나운 파도가 밀려와 천지가 뒤집혔다. 빙해 전체가 순식간에 지리멸렬 조각나고, 모든 얼음 조각이 휘말려 하늘로 날아오르더니 거대한 용오름으로 변했다. 그와 동시에 하늘에 거대한 봉황이 날개를 펼치고 있는 그림자가 나타났다.

잠시, 모든 것이 평온을 회복했다. 세상 전체가 고요해진 것만 같았다. 빙해는 여전히 빙해였고, 하늘은 여전히 하늘이었다.

그 소녀가 다시 빙해 위에 나타났다. 소녀는 남자아이의 그림자를 살랑거리며 쫓아가고 있었다. 그리고 그의 등 뒤로 뛰어오르더니, 남자아이의 목을 끌어안고 맑은 웃음소리를 냈다.

천진난만하고, 즐겁고 행복한……

천진난만한 웃음소리 속에서 빙해 전체가 봄의 빛깔로 물들고 있었다. 얼음으로 덮인 모든 것은 푸릇한 기운을 내뿜고, 얼마 지나지 않아 얼음과 눈으로 가득 찬 세계가 변화했다. 높은 산, 초원, 시내, 그리고 꽃들……

"영 오라버니, 연아는 무슨 공주 같은 건 되고 싶지 않아. 연아는 오라버니의 색시가 될래."

"바보."

비연이 눈을 감고 있었다. 얼굴 가득 눈물이 흘러내리는 가운데 그녀는 웃고 있었다. 그녀는 이미 꿈과 현실의 경계를 구분할 수 없게 되어 버렸다. 기억과 꿈이 뒤섞이고 있었다. 무엇이 기억이고 무엇이 꿈인지, 그리고 무엇이 진실이고 무엇이 거짓인지 그녀는 알 수 없었다.

그녀는 심지어 꿈속의 연아라는 소녀와 그녀 자신도 구분할 수 없었다.

과거 악몽을 꿀 때면 그녀는 침입자나 방관자였다. 그녀는 그저 그 소녀를, 꿈속의 모든 것을 바라보기만 할 뿐이었다. 그러나 지금은 달랐다. 그녀는 이제 방관자도 침입자도 아니었다. 그녀는 그 소녀 자신이 되어 있었다!

그녀가 계속 꿈속에서 자신을 보았던 걸까? 자신의 어린 시절을? 이 꿈속에 그녀의 잃어버린 기억이 있는 걸까? 여덟 살 이전의 그 기억들이?

그녀는 기억을 잃었고, 가족과 헤어졌다. 그리고 백의 사부가 그녀를 구해 주었다. 그 모든 것들이 빙해와 관련이 있는 걸까? 그녀가 꿈꾸었던 것들이 바로 10년 전 빙해의 이변과 관계 있는 걸까?

비연이 눈을 질끈 감았다. 그 소녀의 얼굴을 똑똑히 보고 싶었다. 그 소녀의 얼굴을 제대로 보기만 하면 알 수 있을 것 같았다. 그 소녀가 정말로 그녀 자신인지!

그러나 아무리 노력해도 볼 수 없었다. 노력할수록 머리만 아파 오고, 머릿속 장면들이 희미해졌다. 그렇게 오랜 세월 동안 그녀는 단 한 번도 제대로 본 적이 없었다. 그 소녀건, 아니면 소녀가 영 오라버니라 부르던 남자아이건. 혹은 다른 사람이건.

갑자기!

격렬한 통증이 밀려왔다. 마치 매번 꿈에서 깨어날 때처럼, 그 통증은 그녀가 버틸 수 있는 범위를 넘어섰다. 그리고 그녀의 모든 생각을 부수고 있었다.

비연은 머리를 끌어안은 채 고통으로 비명을 질렀다.

"나는 누구야! 나는 대체 누구냐고! 당신들은 또 누구야……."

그녀의 비명에 깜짝 놀란 말이 길게 울면서 앞다리를 들어 올렸다. 찰나의 순간, 비연은 말 등에서 떨어져 산비탈까지 그대로 굴러갔다.

계속 숨어서 지켜보던 망중이 당황했다. 멀쩡해 보이던 비연이 갑자기 귀를 막더니 다시 머리를 감쌌다. 그리고 울고, 웃고, 비명을 질렀다. 그가 보기에 비연은…… 미친 것만 같아 보였다.

놀란 말이 달려 나가는 순간에야 망중은 겨우 정신을 차렸다. 그는 비연이 산 아래로 구르는 것을 보고 깜짝 놀라 식은땀을 흘렸다. 그리고 그가 비연을 구하러 가려 했을 때, 갑자기 멀지 않은 곳에서 자줏빛 그림자가 나는 듯이 나타나 비연을 쫓아갔다.

백리명천!

망중은 감히 움직일 수 없었다. 그의 무공으로는 절대로 백리명천을 당해 낼 수 없으니까. 그는 심지어, 자신이 한 걸음 늦어 발견되지 않아 다행이라고 생각했다. 그렇지 않다면 그는 지금 죽은 목숨일 것이다.

그러나 그도 이렇게 숨어 있을 수만은 없었다! 어떻게 하지? 비연이 백리명천의 손에 떨어진다면 그 결과는 감히 상상도 할 수 없을 것이다!

정왕 전하는 분명 며칠 전 빙해에 도착하셨을 것이다. 그러나 이 끝없는 숲과 저 기나긴 해안선 어디에서 전하를 찾을 수 있다는 말인가?

망중이 망설이고 있을 때 백리명천이 비연을 구했다. 그녀는 혼수상태였다. 백리명천이 그녀를 안아 올려 산기슭 평지로 나는 듯이 뛰어내렸다.

망중이 재빨리 쫓아갔지만 감히 너무 가까이 가지는 못하고, 풀숲에서 잠복한 상태로 지켜보았다. 일단 지켜보는 것 외에는 다른 방법이 떠오르지 않았다.

백리명천이 평지에 착지해 비연을 땅 위에 눕혔다.

그는 멀지 않은 곳에서 산책하다가, 말발굽 소리를 듣고 다가와 본 참이었다. 그런데 생각지도 못하게 비연이 말에서 떨어지는 모습을 보게 된 것이었다. 그녀는 대체 무엇 때문에 여기에 온 걸까? 혼자 온 걸까? 담력이 지나치게 큰 것 아닌가?

"하하, 망할 계집. 이렇게 만난 이상 우리 빚을 청산해야겠지! 말해 봐라, 우리 어떻게 청산할까?"

백리명천이 그 매력적인 눈을 가늘게 떴다. 그의 입 끝이 보기 좋은 각도로 올라갔다. 그는 만족스러운 듯 의미심장하게 미소 지었다.

그리고 이 순간, 비연이 몸을 떨기 시작했다.

그녀를 놓아줘

이 산의 남쪽에는 평지가 있었다. 그곳에는 추위를 버틸 수 있는 빙설초 외 다른 식물은 자라지 않았다.

이곳에서 빙해까지의 거리는 3리 정도밖에는 되지 않았다. 때문에 차가운 바람 속에는 천 년이 흘러도 흩어지지 않을 한기가 어려 있었는데, 산이 병풍 역할을 하니 그 한기가 전부 산기슭에 모여 있었다. 즉, 이곳은 뼈를 엘 듯 추운 곳이었다! 비연이 입은 것은 얇은 여름옷뿐이니, 추위에 떨지 않는다면 그것이 이상한 일일 것이다.

그녀가 떨고 있는 것을 보고, 또 그녀의 몸 여러 곳에 상처가 난 것을 보고 백리명천의 웃음기가 그대로 멈춰 버렸다. 그는 초조한 눈빛으로 비연을 열심히 살펴보더니, 곧 비할 데 없이 사치스러운 피풍의를 벗어 그녀를 꽁꽁 감싸 주었다. 그리고 다시 제 품에 안았다.

백리명천이 비연을 데리고 산의 다른 방향으로 가려고 했을 때였다. 등 뒤에서 갑자기 얼음처럼 차가운 목소리가 들렸다.

"그녀를 놓아줘!"

백리명천이 사납게 고개를 돌렸다. 검은 옷에 은빛 가면을 쓴 남자가 날카로운 눈빛으로, 전신에서 살기를 내뿜고 있었다.

"너로군!"

백리명천이 깜짝 놀랐다. 지난번 비연을 납치할 때 이 녀석과 무승부를 이뤘다. 그 후로 백리명천은 계속 이 그림자와 같은 몸에 전광석화처럼 빠른 이 녀석에 대해 조사해 보았으나 실마리 하나 얻지 못했다.

진지하게 계산해 본다면, 그가 진양성에 펼쳤던 그물은 비연이 아니라 바로 이 녀석 때문에 망친 것이나 다름이 없었다!

부황이 신농곡에게 설명하기 위해, 그리고 천염국에게 반박하기 위해 모든 죄를 그에게 덮어씌우고 그를 서민으로 폄적한 것도, 그리고 지금 그가 이렇게 악명이 높아지고 돌아갈 곳도 없게 된 것도, 모두 진지하게 셈해 보면 이 녀석에게 패했기 때문에 벌어진 일이었던 것이다.

백리명천은 비연을 내려놓지 않았다. 오히려 싱긋 웃으며 물었다.

"하하, 동행이었나? 아니면 우연히 만난 건가? 너는 대체 누구지? 우리 연아와는 대체 무슨 관계고?"

군구신은 대답하지 않고 바로 검을 찔러 갔다.

그는 다른 한편에 있다가, 놀라서 미친 듯이 날뛰는 말을 발견하고 바로 이쪽으로 달려온 참이었다. 그리고 그도 이곳에서 비연과 백리명천을 발견할 줄은 상상도 못 하던 차였다.

날카로운 칼날이 들어오는데도 백리명천은 피하지 않고, 오히려 비연을 안은 채 앞으로 걸어 나갔다. 지난번 정역비의 화살에 맞설 때 썼던 방법이었다!

그러나 군구신의 반응은 정역비와 달랐다. 그는 조금도 멈칫하지 않고 강하게 칼을 찔러 갔다.

날카로운 칼날이 비연의 얼굴 앞까지 다가왔다. 그리고 위기 일발의 순간, 검날이 갑자기 옆으로 비틀리더니, 비연의 볼을 스치다시피 하며 백리명천에게로 향했다. 이 모든 동작은 막으려야 막을 수 없을 만큼 빠르게 이루어졌다.

백리명천이 옆으로 몸을 피하다가 하마터면 비연을 놓칠 뻔했다. 군구신은 그 기회를 틈타 비연을 빼앗으려 했다.

그가 비연의 안위를 걱정하지 않는 것이 아니었다. 다만 그에게는 비연을 상처 입히지 않을 거라는 자신이 있었다.

백리명천은 역시 만만하게 볼 상대가 아니었다. 군구신이 막 다가갔을 때, 백리명천이 금침 세 개를 던졌다. 거리가 가까운 만큼 군구신은 움직여 피할 수밖에 없었다. 백리명천이 그 기회를 틈타 다시 비연을 단단히 끌어안고 멀리 피했다.

두 사람이 겨뤄 보니 역시 무승부였다. 백리명천은 여전히 싱글거리고 있었지만 속으로는 암울하게 탄식하고 있었다. 자신이 독을 쓸 수 있는 것이 아니라면, 또 인질을 잡고 있는 것이 아니라면, 아마 자신은 열 초식 만에 패할 것이다.

저 녀석은 대체 뭐 하는 녀석일까? 연아는 알고 있을까?

군구신은 냉랭한 눈으로 그를 바라보며 재빨리 장검을 거둬들었다.

대체 무엇을 하려는 것일까?

백리명천이 속으로 놀랐다. 도무지 종잡을 수 없었다. 그러나 그는 절대 상대에게 선수를 빼앗기지 않을 생각이었다. 천하의 무공은 오로지 빠름이 모든 것을 결정한다는 말이 있다. 이 녀석의 속도는 이미 겪어 본 바 있었다.

군구신이 움직이기 전에 백리명천이 갑자기 손을 놓았고, 비연이 바닥으로 굴러떨어졌다. 그녀는 아직 깨어나지 못한 상태였다.

군구신의 눈에서 살의가 쏟아져 나왔다. 마치 백리명천을 난도질이라도 하고 싶은 모양이었다.

백리명천이 큰 소리로 웃기 시작했다.

"뭘 그렇게 보는 거지? 나에게 손을 놓으라 하지 않았던가? 왜, 손을 놓았는데 별로 즐겁지 않아 보이네?"

군구신은 분노한 것은 분노한 것이고, 여전히 경계하고 있었다. 그도 백리명천이 무슨 생각인지 도무지 알 수 없었다. 그러나 백리명천이 얼마나 교활한지는 이미 경험한 바였다.

백리명천이 그의 심사를 다 안다는 듯 웃으며 뒤로 물러났다.

"사람을 데리러 오지 않는 거야? 내가 후회하면 어쩌려고?"

정말 도망칠 생각인 걸까, 아니면 이것도 함정인 걸까?

군구신은 본래 영술을 이용해 위치를 바꿀 생각이었지만, 결국은 백리명천처럼 한 걸음 한 걸음 천천히 다가갔다.

백리명천이 뒤로 한 걸음 움직이면 군구신이 앞으로 한 걸음 움직였다. 이렇게 그들 간의 거리는 계속 유지되는 동시에 군구신과 비연 사이의 거리는 한 걸음 한 걸음 가까워졌다. 그리고 비연에게 가까워질수록 그의 승산도 커지고 있었다.

백리명천이 열 걸음 뒤로 물러나더니 갑자기 멈춰 섰다. 그의 눈에 음험하고 악랄한 빛이 희미하게 스쳐 갔다.

그가 막 손을 쓰려고 했을 때, 갑자기 주변에 빙해오견冰海獒犬이 나타났다. 한 마리, 또 한 마리 빙설초 덤불 사이에서 나오더니, 산허리 덤불 속을 나는 듯이 뛰어내렸다. 그리고 곧 군구신과 백리명천을 포위했다.

빙해오견은 체구가 호랑이나 사자보다도 컸다. 온몸이 눈보다 하얀 털로 덮여 있고 두 눈동자는 황금빛이라 금안설오金眼雪獒라고도 불렸다. 예로부터 빙해 남안과 북안에 많이 살고 있었는데, 아주 잔인하고 싸움을 좋아했다. 특히 사람과의 싸움을 즐긴다는 이야기도 있었다.

사람이 그들과의 싸움에서 진다면 분명 저들의 한 끼 식사로 전락하기 마련이었다. 사람이 그들과의 싸움에서 이긴다면 그들은 사람에게 굴복하고 주인으로 인정했다.

고수라면 한두 마리의 금안설오를 굴복시키는 것은 할 만한 일이었다.

그러나 지금 군구신과 백리명천을 둘러싼 금안설오는 한 무리였다! 적게 잡아도 스물은 넘어 보였다!

아무리 군구신과 백리명천이라 해도 저들 모두를 이길 가능성은 없으니, 지금 가장 현명한 방법은 도망치는 것이었다. 이 금안설오 무리의 자세로 보건대 그들을 포위하고 공격할 심산인 듯했다. 그리고 더 많은 금안설오가 나타날지 아닐지도 확신할 수 없는 상태였다. 때문에 군구신과 백리명천은 서로를 경계하면서 주변도 경계해야만 했다.

갑자기!

군구신이 순간적으로 움직여 비연에게로 다가갔다. 백리명천이 바로 부채를 펼치고 수많은 독침을 발사했다. 그리고 그와 거의 동시에 모든 금안설오가 전부 달려들었다.

군구신의 속도는 여전히 빨랐다. 그는 독침을 피하면서 비연을 안더니, 한 발로 땅을 박차고 뛰어올라 금안설오의 공격을 순간적으로 피하고 포위 밖으로 착지했다.

금안설오는 공격이 실패로 돌아가자 군구신과 비연에게는 신경 쓰지 않고 바로, 아직 자신들이 포위하고 있는 백리명천으로 목표를 바꿨다. 그들은 전부 백리명천을 노려보며 앞으로 몸을 굽히고, 언제라도 뛰어오를 준비를 하고 있었다.

백리명천은 도망칠 준비를 하고 있었다. 그러나 바로 이 순간, 군구신이 갑자기 쓰러지며 비연을 땅에 떨어뜨렸다. 중독된 것이다. 두 팔과 두 다리 모두 힘이 들어가지 않고, 칼에 베인 듯 아파 왔다! 분명했다. 백리명천은 비연의 몸에 독을 숨겨두었던 것이다!

제기랄!

백리명천이 군구신을 바라보며 입가에 냉소를 띄웠다.

그런데 이게 웬일일까? 금안설오들이 고개를 돌리더니, 군구신이 비틀거리는 모습이며 비연이 정신을 잃고 있는 것을 발견했다. 금안설오들은 손만 쓰면 얻을 수 있는 사냥감을 발견한 것처럼 백리명천을 포기하고 바로 군구신과 비연을 향해 달려들었다.

계속 잠복하고 있던 망중이 복면을 쓴 채 달려 나와, 죽기를 각오하고 군구신과 비연을 지키기 시작했다.

군구신이 이를 악물어 고통을 참으면서 비연을 안아 들고, 다른 한 손으로는 여전히 검을 휘두르며 싸움을 준비했다.

놀라운 잠꼬대

군구신이 검을 휘두르는 데다, 곁에 사람이 하나 더 늘어난 것을 보고는 금안설오들이 전부 멈췄다.

그들은 군구신 일행을 보다가 다시 고개를 돌려 백리명천을 보았다. 저울질을 하고 있는 것 같았다. 모두 함께 군구신 일행을 공격할 것인가, 아니면 백리명천을 공격할 것인가?

그들이 몹시 신중한 것도 무리는 아니었다. 빙해의 이변부터 지금까지 10년이 흘렀다! 매년 빙해를 찾는 이는 손꼽아 셀 수 있을 만큼 적었고, 그마저도 모두 고수 중의 고수들이었을 테니 상대하기 쉽지 않았을 것이다. 그들은 꽤 오랫동안 고기 맛을 보지 못한 상태였다.

백리명천은 금안설오들이 다시 자신을 바라보자 매우 놀라서, 참지 못하고 욕설을 내뱉었다.

"개새끼들, 영리하게 굴지 못하겠어?"

놀랍게도, 금안설오들은 그가 욕하는 것을 알아들은 듯 몹시 화가 나 보였다. 찰나의 순간, 그들은 몸을 돌려 망설이지 않고 백리명천을 향해 달려들었다.

백리명천이 잠시 당황하더니 곧 정신을 차리고 큰 소리로 욕했다.

"멍청한 개들! 너희들이 돼지인 줄 아나 보지?"

저쪽은 세 사람이지만 한 사람은 중독되었고, 한 사람은 부상을 입었다. 뛰쳐나온 시위는 아무리 봐도 고수로는 보이지 않았다! 그런데 이 금안설오 무리가 대체 어떻게 판단을 하는 걸까?

금안설오 무리들이 백리명천이 다시 욕한 것을 알아들었는지는 알 수 없지만, 철저히 화가 난 것만은 분명했다. 한 마리 한 마리 백리명천 곁으로 오더니 입을 시뻘겋게 벌리고는, 그 안에 빽빽한 이를 드러낸 채 살기등등하게 으르렁거렸다.

백리명천은 즉시 하늘로 뛰어올랐다. 군구신이 있는 곳에 착지할 생각이었다. 그러나 겨우 이 정도의 짧은 시간에 군구신 일행은 마치 하늘로 사라지기라도 한 것처럼 이미 보이지 않았다.

백리명천이 착지하자 금안설오들이 다시 머리를 돌려 따라왔다. 백리명천은 화도 나고 놀랍기도 해서 몇 마리를 독살했다. 그러나 너무 많이 죽이지는 못했다. 다들 알다시피 이 금안설오는 빙해의 원주민이었고, 빙해의 비밀을 탐구하기 위한 실마리였다. 부득이한 경우가 아니라면 누구도 이들을 함부로 도살해서는 안 되었다!

금안설오의 수가 점점 더 많아졌다. 백리명천에게는 도망 외에는 다른 선택의 여지가 없었다.

그가 숲속으로 도망치려 했을 때, 숲에서 다시 금안설오 몇 마리가 뛰쳐나왔다. 백리명천은 부득불 평지로 내달리는 수밖에 없었다. 그는 빙해의 해안선을 따라 달리기 시작했다.

예상과 달리, 그가 뛸수록 등 뒤의 금안설오의 수가 점점 더 많아졌다. 이 지역에 잠복하고 있던 오견 떼가 무엇엔가 놀라기라도 한 것 같았다. 점점 더 많은 설오들이 사방에서 뛰쳐나왔고, 그를 죽이기 위해 쫓아오는 대오에 합류했다.

백리명천은 처음 몇 번은 뒤돌아보았지만 더 이상 돌아볼 엄두조차 낼 수가 없었다. 등 뒤로는 온통 개였다. 머리까지 쭈뼛할 지경이었다!

죽을힘을 다해 달리면서 다짐했다. 다음에 올 때는 반드시 저 오견들을 전문적으로 상대할 독약을 제조해 와야겠다!

이렇게 한 사람과 오견 떼가 달리고 있었다. 한 사람은 도망치고, 오견 떼는 쫓는 모습이, 빙해의 해안선에 길게 늘어서며 굉장한 구경거리가 되었다. 그리고 이 순간, 마침 빙해를 건너던 승 회장이 이 구경거리를 보게 되었다.

승 회장은 눈늑대의 등에 올라타고 있었다. 이 이리는 눈처럼 순백의 모피에, 체구가 다른 눈늑대들보다 배는 컸다. 금안설오처럼 흉포하지 않고, 새까만 진주 같은 눈동자가 평화롭고 깊어 보였다. 동시에 분노하지 않아도 위엄이 넘치는 장엄한 패기가 있어, 마치 이리 중의 왕, 백수의 우두머리처럼 보였다.

빙해 해면의 독을 해독할 수 있는 사람은 현재 없었다. 그래서 감히 가까이 가려는 이가 아무도 없었다. 사람이건 동물이건 일단 그 해면에 닿기만 하면 독이 발작해서, 아주 흉한 모습으로 죽었다.

그러나 이 눈늑대는 빙해 해면의 독소에 전혀 영향을 받지 않는 듯, 직접 해면에 접촉하더라도 중독되는 일이 없었다. 승 회장은 눈늑대의 도움을 받아 빙해로 들어갈 수 있었던 것이 분명했다.

승 회장은 어젯밤 늦게 빙해에 도착했다. 그는 한참 동안 잠복하고 있다가, 주변에 아무도 없다는 것을 확인한 후에야 눈늑대를 소환하여 빙해로 들어갔다.

이 순간, 그는 빙해 북안에서 이미 꽤 멀리 온 상태였다. 그는 금안설오가 떼를 지어 달려가는 것을 볼 수 있을 뿐 무슨 일이 벌어졌는지는 제대로 볼 수 없었다. 다만 그는 오랜 세월 금안설오를 관찰해 왔기에 무슨 상황인지는 이해할 수 있었다. 금안설오는 사냥감을 쫓고 있으며, 저 사냥감이 저들을 화나게 한 것이 분명했다.

이렇게 추운 데다 극독의 기운까지 짙으니 사람을 제외하면 감히 가까이 오려는 동물이 없는 곳이었다. 그런데 저 사람은 대체 누구일까? 빙해에 와서 어쩌다 저렇게 대규모로 쫓기게 된 걸까?

승 회장은 멀리 그 장면을 바라보다 갑자기 그리운 마음이 들었다. 10여 년 전, 누군가가 금안설오에게 저렇게 쫓기다가 빙해 안으로까지 도망친 적이 있었다. 그때 빙해는 아직 독에 물들기 전이었다.

승 회장이 잠시 머뭇거리다가 눈늑대를 두드려 계속 길을 가자고 신호했다.

날이 밝았다. 빙해의 해면은 드넓은 평지라 가릴 곳이라고는 전혀 없었다. 그가 돌아간다면 신분이 드러날 가능성이 높았다.

빙해 북안에 적지 않은 이들을 매복시켜 두었으니, 저렇게 대규모로 움직이고 있다면 그의 수하가 반드시 발견할 것이다. 돌아온 다음에 다시 물어도 늦지 않았다.

현공대륙 어느 세력들이 계속 빙해를 노리고 있는지 그는 기본적으로 계산이 서 있었다.

눈늑대는 먼 곳의 모습을 바라보다가 무시하듯 재빨리 고개를 돌리고 남쪽으로 달리기 시작했다. 빙해의 중심으로 다가갈수록 안개는 더욱 짙어졌다. 그들의 모습이 점차 새하얀 안개 속으로 사라졌다.

그들의 목적지가 빙해 해역의 어떤 곳인지, 아니면 빙해의 남안인지는 그들만이 알고 있었다.

해안가에서 백리명천이 쫓기고 있는 동안 군구신 일행은 산을 넘어, 산 북쪽에 있는 동굴에 숨어 있었다. 이 동굴은 빽빽한 가시덩굴 사이에 있었는데, 동굴 앞은 거대한 바위로 막혀 있고 기관이 설치되어 있었다.

이곳은 군구신이 빙해에 처음 왔을 때 대황숙이 그를 데리고 몸을 피했던 곳이었다. 대황숙은 아주 오래전부터 빙해를 주시해 왔고, 과거 이곳에서 오랫동안 머물렀던 것 같았다.

군구신은 방금 무리하게 영술을 사용했기에 체내의 독소가 발작하는 속도가 빨라진 듯했다. 그는 벽에 기댄 채 두 손을 늘어뜨렸다. 온몸에 힘이 없는 것 같기도 하고, 휴식을 취하는 것처럼도 보였다.

망중이 다급하게, 비연이 말을 탄 채 보였던 이상한 모습에 대해 군구신에게 보고했다.

"전하, 비연을 깨울까요? 독의를 불러오려면 최소한 반나절은 걸립니다!"

군구신이 고개를 끄덕이자 망중이 바로 비연에게 다가갔다. 그가 비연을 살짝 밀자, 아무 말도 하지 않았는데 비연이 갑자기 몸을 둥글게 말고 다시 온몸을 떨기 시작했다.

산의 북쪽은 춥지 않았고, 비연은 백리명천의 모피 피풍의까지 걸치고 있었다. 그런데 왜 이렇게 몸을 떠는 걸까?

망중이 감히 움직이지 못하자 군구신은 힘이 빠진 상태에서도 억지로 이를 악문 채 비연에게 다가갔다. 안색이 창백한 그녀가 미간을 찌푸린 채 계속 떨고 있었다. 그러나 추워서라기보다는 고통스럽고 두려워서인 것 같았다.

망중이 참지 못하고 물었다.

"전하, 악몽이라도 꾸는 걸까요? 비연이 방금······."

그의 말이 끝나기도 전에 비연이 갑자기 울음을 터뜨렸다.

"안 갈래, 안 갈 거야······. 가지 않을 거야! 나도 도망병이 되지 않을 거야. 모후, 오라버니, 나 안 갈 거야, 제발······."

비연의 눈에서는 맑은 눈물이 끊임없이 흘러내리고 있었다.

군구신이 눈을 크게 떴고, 망중 역시 멍한 표정을 지었다.

모후? 오라버니?

그녀가 대체 무슨 꿈을 꾸고 있는 것일까? 그리고 그녀는 대체 누구일까?

부황, 연아가 여기 있어요

그녀는 대체 무슨 꿈을 꾸고 있는 것일까?

비연은 꿈에서 자신을 보고 있었다!

이 순간, 새하얀 빙해 해면이 텅 비어 버리더니 그 소녀와 영 오라버니라 불리던 남자아이가 나타났다. 소녀는 영 오라버니에게 끌려 계속 북쪽을 향해 걷고 있었다. 그러나 지금까지의 꿈에서와는 다르게 걸어가면서 계속 돌아보았다…….

그렇다. 소녀는 그녀를 보았다. 계속 바라보았다.

비연은 마침내 소녀의 얼굴을 똑똑히 볼 수 있었다!

그녀는 자신이 소녀를 보고 있는 것인지 아니면 소녀가 자신을 보고 있는지, 혹은 그녀 자신이 자신을 보고 있는 것인지 알 수 없었다.

왜냐하면, 그 여릿한 얼굴이 그녀의 어린 시절과 완전히 똑같았기 때문이었다.

완전히 똑같다!

그녀는 소녀였고, 소녀는 그녀였다. 그녀는 계속 꿈속에서 자신을 보아 왔던 것이다!

그 악몽을 10년 동안이나 꾸었는데!

10년 동안, 그녀는 왜 그리도 바보 같았을까? 어째서 꿈을 꿀 때마다 두려워하고 울면서도 그녀 자신을 알아보지 못했던 걸까?

무엇 때문에 악몽 속에서 벌어진 모든 일이 잃어버린 그녀의 기억이라고, 숨겨져 있는 진상이라고는 생각하지 못한 걸까?

진상, 그리고 또 무엇이지?

"도망치지 않겠어요, 도망치지 않을 거야……. 아니야……."

소녀가 계속 중얼거렸다.

비연은 더는 스스로를 제어하지 못하고 계속 소녀의 말을 따라 하기 시작했다. 이 중얼거리는 소리가 자신이 내는 것인지, 아니면 소녀가 내는 것인지도 구분할 수 없었다. 두 목소리가 점차 겹쳐지는 것 같기도 했다.

갑자기 소녀가 남자아이의 손을 뿌리치더니 비연을 향해 달려오며 큰 소리로 울기 시작했다.

"부황, 모후, 오라버니……, 어디 있어요? 연아는 도망치지 않을 거야! 연아를 버리지 말아요, 네? 부황, 모후……."

대체 무슨 일이 있었던 걸까?

비연은 진상을 알지 못했다. 그러나 일고여덟 살의 자신이 저렇게 울고 있는 것을 보니 그녀도 참지 못하고 큰 소리로 울기 시작했다.

소녀가 점점 가까워졌다. 점점, 점점. 그리고 갑자기 비연에게로 뛰어들었다.

찰나의 순간, 비연은 지리멸렬 흩어지고 말았다. 그녀는 이제 더 이상 방관자가 아니었다. 그녀는 마침내 소녀로 변해, 여덟 살 되던 그해로 돌아갔다.

그녀는 여전히 큰 소리로 울면서 남쪽을 향해 달리고 있었다. 자신이 무엇 때문에 남쪽을 향해 달리는지도 알지 못했지만, 마음속에는 신념 하나가 메아리치고 있었다. 도망쳐서는 안 돼. 돌아갈 거야. 가서 부황과 모후를 구할 거야.

그러나 비연은 갑자기 발걸음을 멈췄다. 눈앞에 용오름이 시작되고 있었다.

비연이 고개를 들어 바라보았다. 보고 또 보았다. 그 용오름이 갑자기 멈추더니 한 남자가 떨어져 내렸다. 남자의 나이는 서른 남짓, 검은 옷을 입은 몸은 커다랗고 손에는 보검을 들고 있었다. 마치 치열한 전투라도 겪은 듯 온몸이 피투성이였다.

남자가 장검으로 땅을 짚었다. 분명 중상을 입은 듯했지만 그는 곧바로 패기 넘치는 모습으로 일어섰다.

일어선 그의 모습은 더더욱 키가 크고 커다란 느낌이 들었다. 온몸이 피투성이라 해도 낭패한 몰골은 아니었고, 오히려 기세가 넘치는 듯했다.

그는 그녀에게서 등을 돌린 채 서 있었다. 꼿꼿한 뒷모습이 하늘을 떠받치며 땅에 우뚝 선 전사 같기도 했고, 세상 모든 것을 통솔하는 존귀한 왕 같기도 했다.

거리가 꽤 멀었지만, 뒷모습 하나만으로도 무형의 압박감을 주는 남자였다. 비연은 알 수 있었다. 저 남자는 절대로 호락호락하지 않은 사람일 것이다. 그녀가 봤던 그 누구보다도 만만치 않은 인물이다.

저 사람이 누구일까?

갑자기 소녀의 목소리가 다시 들렸다.

"부황!"

부황?

소녀가 공중에서 나타나기라도 한 양, 갑자기 비연의 등 뒤에서 달려 나와 남자를 향해 뛰어갔다. 그리고 거의 동시에 남자가 몸을 돌렸다.

그 순간, 비연은 멍하니 멈춰 서고 말았다. 하늘도 사람도 놀라게 할 만한 신과도 같은 얼굴. 미간에는 무어라 형용할 수 없는 존귀함과 패기가 흐르고 있었다. 누구라도 굴복하고 두려워할 수밖에 없는 얼굴이었다.

그러나 이 순간 그는 소녀를 보며 웃고 있었다. 다정하고 따뜻하게. 그렇다, 빙해의 검은 얼음 전부를 녹일 만큼 따뜻하게.

그가 무릎을 꿇더니 소녀를 안아 올려 이마에 입을 맞추고 단단히 끌어안았다.

"연아, 부황은 네가 보고 싶었단다."

소녀는 아무 말도 하지 않았다. 대신 비연이 울기 시작했다.

"부, 부황, 연아가 여기 있어요."

그는 듣지 못한 듯, 다시 잃어버릴까 두려운 듯 소녀를 끌어안았다. 그의 눈에서는 무한한 애정이 흘러넘치고 있었다.

비연은 다급했다. 그러나 그들 앞으로 가려 하자 갑자기 머리가 격렬하게 아파 왔다. 동시에 낯설고도 익숙한 장면들이 다시 머릿속에서 명멸하기 시작했다. 전부 그 소녀와 관련 있는…… 그녀의 어린 시절의 장면들이었다.

비연은 머리를 감싸고 눈을 감았다. 이처럼 꿈에서부터 아팠던 적은 없었다. 그리고 두통이 올 때 이렇게 많은 것을 기억했던 적도 없었다.

기억을 되찾으려는 것일까?

머릿속에서 하나하나 장면이 흘러갔다. 그녀는 평온하고 고요한 정원을 보았다. 번화한 거리를 보았고, 드높은 기세의 전당도 보았다. 비할 데 없이 웅장하고 아름다운 산하를 보았고, 낯설고도 익숙한 세계를 보았다. 그러나 사람은 보이지 않았다. 단 한 사람도.

다시 눈을 떴을 때 서로 끌어안고 있는 부녀를 볼 수 있었다. 그러나 그 순간, 그들의 모습이 산산이 흩어지고 말았다.

"안 돼!"

비연이 힘차게 외쳤다.

"부황!"

눈물이 끊임없이 흘러나왔다.

"안 돼, 부황······, 부황, 가지 말아요! 연아가 여기 있어요, 가지 말아요!"

꿈이 흩어진 걸까, 아니면 꿈이 끝난 걸까. 동굴 속 비연이 눈을 질끈 감은 채 온몸을 둥글게 말고 큰 소리로 울었다.

"싫어! 부황, 가지 말아요! 가면 안 돼요! 연아가 여기 있는데, 연아는 여기 있어요! 연아가 보이나요? 부황······."

애가 끊기는 듯한 울음이었다. 심장이 찢어지고 폐가 터져나가는 것 같았다. 울다 울다 그녀 전체가 무너져 내릴 것만 같기도 했다. 그러나 비연은 깨어나지 않았다. 마치 악몽 속에 갇혀 버리기라도 한 듯.

군구신은 놀라기도 했지만, 그보다는 마음이 더욱 아팠다. 남은 힘이 거의 없었지만 그는 온 힘을 다해 그녀를 안아 올리고는 가볍게 얼굴을 두드렸다.

"비연, 일어나라! 깨어나! 깨어나면 아무 일 없다!"

비연이 갑자기 눈을 떴다. 그러나 정말로 깨어나지는 않은 듯, 멍한 표정으로 두 눈이 붉어지도록 계속 눈물을 흘렸다. 군구신은 다급했다.

"비연, 왜 그러느냐! 깨어나!"

그는 그녀를 밀고, 때리고, 심지어 사납게 꼬집기도 했다. 그러나 그녀는 여전히 미동도 하지 않았다. 곁에 있던 망중이 깜짝 놀라 외쳤다.

"전하, 이대로 가면 눈물 때문에 비연의 눈이 멀지 않을까요!"

군구신이라고 그런 걱정이 들지 않는 것은 아니었지만 입 밖에 내지는 않았다. 그러자 망중이 다시 다급하게 말했다.

"전하, 비연은……. 방금 말 위에서 했던 행동들을 생각해 보면, 혹시 미친 것은 아니겠지요?"

그때였다. 비연이 갑자기 외치기 시작했다.

"가지 마! 나를 두고 가지 마!"

그녀는 재빨리 군구신의 손을 떨쳐 내고 자리에서 일어났다. 눈빛은 여전히 넋이 나가 있었다. 그녀는 멍하니 군구신을 바라보다가 다시 망중을 바라보더니 중얼거렸다.

"당신들은 누구지? 당신들은 또 누구야?"

그녀는 머리를 감싸 안고 한 걸음 한 걸음 뒷걸음질 쳤다. 마침내 등이 동굴 벽에 닿았을 때, 그녀는 뜻밖에도 머리를 뒤로 젖혀 동굴 벽에 부딪치기 시작했다. 한 번, 또 한 번.

"고비연!"

군구신은 화도 나고 다급하기도 해서, 쫓아가 온 힘을 다해 그녀를 품 안으로 끌어당겼다. 비연이 계속 버티는 것을 보고 망중도 서둘러 군구신을 도왔다.

그러나 비연은 계속 버둥거리며 큰 소리로 울었다. 완전히 제어를 잃은 상태였다.

군구신도 마침내 어찌해야 할지 알 수 없어지고 말았다. 그는 손의 고통을 견디며 있는 힘을 다해 그녀의 뒤통수를 받쳤다. 그리고 고개를 숙여 그녀의 입술을 단단히 막았다. 그녀의 놀란 비명을, 그리고 그녀의 울음소리를 막으며 입을 맞췄다.

영 오라버니 고남신

어쩔 수 없는 입맞춤이었다. 쓰고 떫은, 눈물 맛으로 가득 찬 입맞춤이었다. 그리고 따뜻하게 위로하는 입맞춤이었다.

비연은 이제 눈물만 흘릴 뿐 움직이지 않았다. 군구신은 눈을 감고 조심스럽게, 비할 데 없이 부드럽게 입을 맞췄다.

그의 가벼운 입맞춤에 비연은 움직이지 않았고 더 이상 울지도 않았다. 이제 비명을 지르지도, 벗어나려고 발버둥을 치지도 않았다. 그녀는 냉정을 되찾은 것처럼 보였다.

자신이 그녀를 위로했음을 확인한 군구신은 더 이상 조심스럽게 굴지 않았다. 점차 입맞춤이 깊어져 갔다. 입을 맞출수록 두 사람은 서로에게 사로잡혀, 더더욱 부드러워지는 동시에 깊은 애정을 나누었다.

군구신은 그녀의 뒤통수를 받친 채 천천히 몸을 굽혀 그녀를 바닥에 눕혔다. 비록 조심스럽지는 않았지만, 그는 지금 최선을 다하고 있었다. 마치 온몸과 마음을 그 안에 쏟아붓기라도 하듯이. 입맞춤이 깊어질수록 그 자신도 그것에 사로잡혀 스스로를 이기지 못하게 되었다.

비연의 모든 상처와 불안도 마치 이 깊은 입맞춤에 평온해진 것 같았다. 점차, 아주 천천히, 그녀가 눈을 감았다. 자신을 끌어안은 군구신을 두 손으로 단단히 감싼 채. 마치 심연 속에서 자신을 구원해 줄 밧줄을 잡듯이, 그녀는 점점 더 강하게 그를 끌어안았다. 심지어 군구신에게 어느새 입맞춤을 되돌리고 있었다. 어색하게, 그리고 서툴게.

그런 그녀는 그저 그의 입맞춤에 반응하는 것 같기도 하고, 더 많은 위로를, 더 안전한 느낌을 찾아내려는 것 같기도 했다.

군구신은 그녀의 반응에 놀랐다. 마침내 눈을 뜬 그가 입맞춤을 멈추고 비연의 평온한 작은 얼굴을, 맑은 두 눈에 가득 찬 애정을 바라보았다. 그 역시 이제는 사랑스러운 감정을 통제할 수도 숨길 수도 없었다.

그는 지금까지 무수하게 이 여자에 대해 이런저런 추측을 하고 경계했다. 그러나 이 순간 그의 머릿속은 텅 비어 버리고 말았다. 방금까지 그는 그녀를 위로하고 있었다. 그러나 지금은 그녀를 갖고 싶었다. 가진 모든 것을 내주는 한이 있더라도 그녀가 자신의 것이었으면 했다!

그가 다시 입을 맞췄다. 방금까지의 부드러운 입맞춤과는 달리 격렬한 입맞춤이었다. 대체 비연이 이성을 잃은 것인지 그가 이성을 잃은 것인지도 모를 지경이었다.

그가 비연을 위로하고 있는 것인지, 아니면 비연이 그를 위로하고 있는 것인지도.

그녀가 이성을 잃은 모습을 보는 순간 그도 하마터면 이성을 잃을 뻔했다. 군구신은 속으로 중얼거렸다. 자신은 전생에 이 여자를 사랑했던 게 틀림없다고. 그렇지 않다면 어떻게 이리 쉽게 좋아하게 되었을까? 어째서 이렇게나 쉽게, 그가 쳐 놓은 모든 방어선을 그녀가 부술 수 있는 걸까?

두 사람은 서로를 끌어안고 입을 맞추고 있었다. 마른 장작에 불이 붙은 것처럼, 제 가진 미약한 힘으로나마 서로를 도우려는 듯, 서로 아플 정도로 사랑하는 듯, 그리고 서로를 구원하는 것처럼.

망중이 눈을 휘둥그렇게 떴다. 그는 그렇게 냉정하던 전하가 한 여자 앞에서 늑대로 변하는 순간을 보게 되리라고는 생각한 적 없었다. 이것이…… 이성을 잃은 것이 아니라면 무엇이란 말인가?

하지만…… 비연에게는 워낙 이상한 점이 많았다. 특히 방금 그녀가 했던 잠꼬대는 그녀가 진짜 고씨 가문의 대소저가 아님을 증명했다. 그녀는 분명 다른 황족 출신일 테고, 세작일 가능성이 매우 높았다. 빙해와 관련한 정보를 훔치러 온 세작!

전하, 그녀를 예외로 두어서는 안 됩니다. 그렇게 이성을 잃으셔서는 안 된다고요!

그러나 망중은 그들을 방해할 만큼 대담하지 않았다. 전하가 완전히 이성을 잃으면 이곳에서 여자를 취하려 할지도 모르겠다는 생각이 들었고, 결국 피하는 수밖에 없다는 결론을 내렸다. 그는 기관을 작동시킨 후 밖에 잠복한 채 기다렸다.

군구신과 비연은 마치 하늘이 무너지기라도 할 것처럼 입을 맞추고 있었다. 그들은 숨을 쉴 수 없을 지경이 되어서야 겨우 서로를 놓아주었다. 두 사람은 숨을 몰아쉬었다. 특히 군구신의 호흡은 빠른 것을 넘어서 조금 거칠게 느껴졌다.

그가 비연을 바라보았다. 두 눈이 점점 더 깊어져 가고 있었다. 이 순간 비연은 반쯤은 꿈속에 잠긴 듯 여전히 눈을 감고 있었다.

군구신이 그녀에게 입을 맞추던 순간 그녀의 꿈이 갑자기 변했다. 빙해가 다시 평온해졌고, 소녀는 행복하게 남자아이의 등에 업혀 있었다. 남자아이는 그녀를 업은 채 북쪽이 아니라 남쪽을 향해 가고 있었다. 소녀는 고개를 갸우뚱한 채 그와 이야기하다가 마치 봄이 되어 돌아온 작은 제비처럼 깡충거렸다.

남자아이가 말했다.

"연아, 가만히 있어. 우리 집에 갈 테니까."

소녀가 손가락을 꼽아 가며 말했다.

"부황, 모후, 오라버니, 그리고 의부, 또 태부, 그리고 정 이모, 전부 우리를 기다리고 있을 거야."

"응, 그리고 우리 어머니도."

"영 오라버니, 우리 집에 가면 나를 색시로 맞아 줘. 어때?"

"바보."

"어떠냐니까?"

남자아이는 웃으며 대답하지 않았다. 소녀가 갑자기 그의 오른 볼에 입을 맞췄다. 그러자 남자아이가 멈춰 서더니 매우 엄숙하게 외쳤다.

"연아!"

소녀는 조금도 무섭지 않다는 듯 깔깔거리고 웃기 시작했다. 그리고 부끄럽지도 않은지 다시 그의 왼쪽 볼에 입을 맞췄다.

남자아이가 소녀를 내려놓으려 하자 소녀는 바로 그의 목을 감싸고 죽어라 놔주지 않았다. 소녀는 계속 깔깔 웃으며 애교를 부리기 시작했다.

"괜찮아, 괜찮아. 입을 맞췄으니 오라버니는 나를 책임져야 해. 아니면 내가 부황께 고하러 갈 테니까! 고남신, 말해 봐. 나를 아내로 맞아 줄 거야, 말 거야?"

고남신. 그 남자아이의 이름이 고남신이었던 것이다. 그런데 소녀는 왜 그를 영 오라버니라 부른 걸까?

비연은 방관자가 되어 어린 시절의 자신을 보고 있었다. 끝없이 울려 퍼지는 웃음소리. 그녀는 마치 과거의 악몽은 잊은 듯 이 행복에 감염된 것 같았다.

비연은 저도 모르게 미소 지었다.

"영 오라버니……, 영 오라버니……."

그녀는 중얼거리며 그 남자아이의 얼굴을 똑똑히 보려고 했지만 아무리 해도 제대로 볼 수 없었다.

군구신은 비연이 여전히 꿈을 꾸고 있다는 사실을 모른 채 조용한 그녀의 모습을 바라보았다. 그의 이성도 마침내 점차 회복되었다. 그가 놓아주려 했을 때 비연이 갑자기 웃기 시작했다.

얼굴에 흐른 눈물이 마르기도 전에 그녀가 갑자기 생긋 웃었다. 아무 근심 없는 아이의 그것처럼 순진하고 깨끗한 웃음이었다. 비연은 몹시 행복해 보였다. 꿈속에서 죽마고우와 만난 행복에 빠져 있었으니, 행복하지 않을 수 있겠는가?

그녀는 웃고 또 웃으며 저도 모르게 중얼거리기 시작했다. 군구신은 마침내 그녀가 여전히 꿈을 꾸고 있다는 사실을 깨달았다. 답답했다. 그녀는 대체 누구일까? 방금 꿈을 꾸며 무엇 때문에 그리 울었던 걸까? 지금은 또 무엇을 꿈꾸기에 눈물을 닦고 웃을 수 있는 걸까?

이때였다. 비연의 잠꼬대가 점점 커졌다.

"영 오라버니, 영 오라버니……. 시치미 떼지 마. 책임을 져야지."

군구신은 순간 멈칫했다. 영 오라버니? 책임?

비연이 계속 중얼거렸다.

"영 오라버니, 우리 집에 돌아가면……. 응, 나를 아내로 맞아 줘. 연아는 평생 오라버니가 아니면 시집가지 않을 거야."

그러면서 군구신의 허리를 강하게 끌어안았다.

그녀의 즐거운 웃음소리가 들리는 가운데 군구신은 온몸이 굳어 가고 있었다. 그는 그녀가 무슨 꿈을 꾸고 있는지 알지 못했다. 그러나 그녀의 이런 모습을 보면 더 이상 모를 수 없었다. 그녀는 계속 그를 다른 남자로 착각하고 있었다. 그녀가 혼인하고 싶어 하는 다른 남자로!

그녀의 마음속에는 이미 다른 사람이 있었다. 그 사람이 아니라면 평생 혼인하고 싶지 않을 정도의 사람이!

비연의 행복한 웃음을 바라보며, 그리고 방금의 그 격렬한 뒤엉킴을 떠올리며 군구신의 맑은 눈동자가 갑자기 비할 데 없이 차갑게 변했다. 그가 갑자기 소리 내어 웃기 시작했다. 그의 입가에는 자조와 조소가 묻어 있었다.

그가 잡고 있던 비연의 손을 놓으려 했을 때였다. 그녀가 갑자기 눈을 뜨며 깨어났다.

비연의 기억은 말 위에서 멈춰진 채였다. 꿈속의 모든 것이 그녀의 머릿속을 가득 채우고 있었다. 그녀는 기억을 되살리려고 노력하다가 군구신 얼굴 위의 익숙한 가면을 보자 멍한 표정을 짓고 말았다.

"망할 얼음……."

마침내 이해했다

비연의 머릿속은 꿈속의 모든 것으로 가득 차 있었다. 군구신은 소리 없이 그녀를 바라보고 있었다. 그런 그의 눈동자는 말로 표현할 수 없을 정도로 차갑게 느껴졌다.

비연은 곧 망할 얼음이 자신의 몸을 내리누르고 있다는 사실을 알고 경악했다. 그녀가 사납게 그의 손에서 벗어나려 발버둥 쳤다.

사실 군구신은 독이 발작한 상태라 힘이 거의 남아 있지 않았다. 그는 비연이 한번 미는 것만으로도 무력하게 옆으로 쓰러지고 말았다. 그러나 눈빛만은 여전히 차갑게 그녀를 응시하고 있었다.

망할 얼음이 독에 당하기라도 한 걸까? 그러나 비연에게는 더 이상 생각할 여유가 없었다. 이 순간 아무리 중요한 일이라도 그를 살필 수 없었다.

비연은 재빨리 기어가 군구신에게서 멀리 떨어졌다. 그리고 동굴 벽에 기대앉은 채 조심스럽게 자신의 머리를 감쌌다. 머릿속에 너무 많은 것들이 들어 있어 아직도 어지러웠다.

낙마했던 건 기억났다. 그러나 어떻게 이곳에 있게 되었는지, 망할 얼음이 왜 여기에 있는지는 알 수 없었다.

하지만 모두 신경 쓰지 않기로 했다. 그녀는 그저 가능한 한

빨리 자신이 꿈에서 보았던 모든 것들을 명확하게 기억해 내고 싶었다. 이번 꿈은 과거의 꿈과는 달랐다. 완전히 달랐다!

그녀는 꿈속에서 빙해의 용오름을 보았다는 사실을 기억해 냈다. 망할 얼음이 그녀에게 빙해의 이변이 있던 날 이상 현상이 나타났다고 말한 적이 있었다. 빙해 해면에 거대한 용오름이 있었노라고. 즉, 그녀의 꿈은 진실이었다!

그녀는 어린 시절 분명 빙해에 온 적이 있었고, 빙해의 이변역시 봤던 게 틀림없다. 그렇지 않다면 그녀가 어떻게 아무 연유도 없이 꿈에서 용오름을 보겠는가?

그리고 꿈에서 또 뭘 봤지?

비연은 머리를 안고 계속 기억을 되살리기 위해 노력했다. 무섭고 다급한 동시에 조심스러웠다.

그녀는 빙해에 대한 꿈을 꾸고 나면 일어나서 울곤 했다. 그리고 몇몇 이름과 장면만 기억할 뿐 꿈 전체를 떠올릴 수는 없었다. 기억하려고 하면 머리가 격렬하게 아파 왔다. 그러니 지금, 최대한 빨리 꿈속의 장면을 하나라도 더 기억하고 싶을 뿐이었다.

용오름 외에 또 무슨 꿈을 꾸었지? 꿈에서 뭘 봤지?

이 꿈은 빙해의 수수께끼를 푸는 실마리가 될 가능성이 극히 높은 동시에 자신의 신상을 찾아내는 실마리가 될 가능성도 있었다!

비연은 머리를 끌어안고, 이마가 땅에 닿을 정도로 숙이며 계속 생각했다. 죽을힘을 다해 생각했다. 그리고 마침내 기억해 냈다! 꿈속의 모든 것이 떠올랐다.

지리멸렬 흩어지던 빙해, 하늘을 향해 치솟던 용오름, 거대하고 위엄에 넘치던 봉황허영, 그리고……, 그리고 그 소녀의 얼굴, 그 남자애의 이름, 그리고…… 신과도 같이 존귀한, 하지만 딸에게만은 비할 데 없이 애정이 넘치던…… 아버지!

비연은 저도 모르게 제 얼굴을 문질러 보았다. 얼음처럼 차가웠다. 그녀는 그제야 자신이 울고 있었다는 것을 깨달았다.

어째서 이렇게 잘 우는 걸까? 어째서 이리도 우는 거지? 꿈에서 운 것으로는 충분하지 않은 걸까? 마침내 이 10년 동안 꾸어 온 악몽이 대체 무엇이었는지 깨달은 걸까?

원래 그녀는 그 어린 소녀였다. 그녀는 행복한 아이였던 것이다. 그녀에게는 아버지가 있었다. 그녀의 아버지는 승 회장보다 훨씬 존귀한 느낌을 주는 사람이었다. 그는 친왕이었고, 신과도 같은 존재였다!

그녀에게는 어머니도 오라버니도 있었다. 어린 시절부터 좋아하던 사람도 있었고, 또 주변에 다정한 사람들이 아주 많았다!

그녀는 계속 자신의 과거 꿈을 꿨던 것이다. 그녀는 어린 시절 빙해의 이변을 겪었고, 그 이변 때문에 가족을 잃게 되었던 것이다!

다만…… 그녀는 이렇게 많은 것들을 기억해 냈지만 여전히 기억이 완전하지는 않았다. 어린 시절의 일도 기억나지 않았고, 자신이 어디서 왔는지, 이름이 무엇인지도 기억나지 않았다. 부황은 또 어느 나라의 황제였던 걸까?

천염국은 절대로 아닐 것이다. 그럼 만진국? 백초국?

비연은 두 나라에 대해 이미 조사한 바 있었다. 두 나라는 천
염국과 같이 빙해의 이변 이후에 세워진 나라로 10년의 역사밖
에는 없었다. 그 나라들을 제외하면 현공대륙에는 더 이상 황
족이 존재하지 않았다.

빙해의 남쪽!

"빙해의 남쪽?"

비연이 천천히 중얼거렸다.

틀렸을 리 없다! 그녀는 분명 빙해의 남쪽에 있는 나라 출신
이었다. 바로 그 '운공대륙'이라는 곳!

10년 전, 대체 무슨 일이 발생했던 걸까?

꿈속의 부황은 무엇 때문에 그리 상처를 입었던 걸까? 그녀
와 오라버니에게 무엇 때문에 도망치라는 명을 내렸던 거지?
누가, 대체 누가 그들을 죽이려 한 걸까?

부황은 나중에 어떻게 되었던 걸까. 모후는? 오라버니는? 그
리고…… 그녀가 시집가고 싶다고 졸라 대던 고남신은?

10년이 지났다. 그들은 지금 죽었을까, 아니면 살아 있을까?
죽었다면, 그들의 시신은 저 빙해 아래 묻혀 있는 걸까?

만약 살았다면…… 그들은 어디 있을까? 그녀를 찾고 있지는
않을까?

10년 전, 빙해의 이변은 대체 무엇 때문이었을까?

그녀는 빙해에서 천군만마가 싸우는 전쟁 장면을 보았다. 고

수들이 등장하는 결전 장면도 보았다. 매우 위험한, 하늘과 땅이 뒤집히는 듯한 이상 현상도 있었다. 용오름 외에 그중 무엇이 정말로 일어났던 일인 것일까?

어째서 이 모든 것이 빙해 위, 두 대륙이 접하는 곳에서 일어난 것일까? 빙해에는 대체 어떤 비밀이 숨겨져 있는 거지? 무엇때문에 빙해의 이변 이후 현공대륙에서 무예를 익힌 모든 이들이 진기를 잃은 걸까? 대체 누가 그녀의 가문을 공격했던 걸까?

그렇게 큰 사건이 있었는데, 현공대륙에서 진상을 아는 사람은 왜 그리도 적은 걸까? 백의 사부는? 백의 사부는 또 얼마나 알고 있었던 걸까? 백의 사부가 빙해에서 그녀를 구했던 걸까?

빙해영경은 대체 어떤 지역일까? 빙해의 남쪽에 있을까, 아니면 빙해의 북쪽일까. 백의 사부는 또 어떤 사람일까. 백의 사부는 무엇 때문에 그녀를 구하고도 이 모든 것을 숨겼을까. 기왕 모든 것을 숨겼다면 또 무엇 때문에 그녀를 절벽에서 밀어 고씨 가문에 다시 태어나게 했을까?

백의 사부가 말했다. 그녀는 반드시 현공대륙으로 가야 한다고. 그건 대체 무슨 의미였을까? 그리고, 그리고…… 고씨 가문의 대소저는 무엇 때문에 그녀와 똑같이 생긴 걸까?

의문이 너무나 많았다. 그러나 의문이 아무리 많다 해도 아무것도 모르는 것보다는 행복했다. 최소한 그녀는 아버지의 모습을 보았다. 그녀가 이 생애에 절대로 보지 못했을 거라고 생각했던 아버지의 모습을.

환희, 슬픔, 비통, 의문…… 그리고 원한. 그 모든 감정이 마음에 용솟음쳤다. 비연은 스스로에게 다짐했다. 반드시 빙해의 수수께끼를 풀고야 말겠다. 반드시 잃어버린 기억을 되찾고 복수하겠다. 그리고 반드시…… 집으로 돌아갈 테다!

비연이 천천히 고개를 들었다. 그제야 그녀는 망할 얼음이 자신을 냉랭한 눈빛으로 응시하고 있는 것을 발견했다. 그는 이미 불가능한 상태에서도 억지로 버티고 있는 것 같았다.

망할 얼음이 어떻게 여기에 있는 걸까? 그녀가 정신을 잃은 후 무슨 일이 있었던 거지?

비연의 눈에 복잡한 빛이 스쳐 갔다. 그녀는 더 생각할 겨를도 없이 빠르게 다가가 물었다.

"어찌 된 거야? 당신과 나…… 당신, 나에게 무슨 짓을 했어? 어쩌다 독에 당한 거지? 얼마나 된 거야?"

군구신은 대답하지 않고 그저 그녀를 노려보기만 했다. 차가운 눈빛 속에 고집이 어려 있었다. 마치 아무 원한도 없다는 듯, 그러나 동시에 그녀를 이가 갈릴 정도로 원망한다는 듯한 그런 고집.

그러나 그가 무엇을 원망하고 있는지 비연이 알 리 만무했다. 그녀는 그의 시선에 등줄기가 쭈뼛해 오는 것을 느꼈지만 곧 그 느낌을 무시하고 평소와 똑같이 퉁명스럽게 말했다.

"내 질문에 대답해. 아니면 해독해 주지 않을 테니까!"

군구신은 대답하지 않고 죽어라 그녀를 노려보기만 했다. 금방이라도 그녀의 몸이 그 시선에 뚫리기라도 할 것 같았다.

비연은 점점 답답해졌다. 설마 자신이 정신을 잃었을 때 뭔가를 한 건가? 무슨 말이라도 해서…… 저 녀석이 그녀의 비밀이라도 발견한 걸까? 그들이 혹시…… 원한이 있나?

그러나 그의 원한은 원수에 대한 미움이라기보다 분노에 가깝다는 것을 느낄 수 있었다. 비연은 이미 피곤이 지나쳐 더 이상 생각을 지속할 수 없었다. 그래서 그를 한번 살펴본 다음 냉랭하게 말했다.

"망할 얼음, 이 독이 목숨도 앗아 갈 수 있어. 내게 말하지 않는다면 죽는 수밖에 없을 거야."

그러고는 일부러 떠나는 동작을 해 보였다. 그러나 그는 여전히 아무 말도 하지 않았다.

화가 난 비연이 다시 돌아와 쪼그리고 앉았다. 그리고 불시에 손을 뻗어 그의 가면을 벗기려 했다. 바로 그 순간, 망중이 등 뒤에서 그녀의 목에 검을 겨눴다.

"손을 떼어라!"

네가 가장 잘 알 텐데

망중은 주인 체내의 독이 걱정되어 돌아왔다가 비연이 주인 앞에 쪼그리고 앉아 있는 것을 발견했다. 속으로 다행이라 생각하면서도 그는 냉랭하게 경고했다.

"해독해. 아니면 너를 죽이겠다!"

비연은 전혀 무섭지 않았다. 망할 얼음이 정말 그녀의 생명을 원했다면 지금까지 그녀가 살아 있을 리 없기 때문이었다.

물론 그렇다 해서 고통을 겪을 생각은 없었다. 비연이 약왕정에게 명해 해독약을 배합하게 하면서 소리 내어 웃었다.

"정말 생각도 못 했네. 당신에게 부하도 있을 줄은."

군구신은 미동도 하지 않았다.

비연은 그의 시선을 받으니 차라리 눈을 감기로 했다. 약왕정이 해독약을 배합한 다음에야 겨우 눈을 뜨고 군구신에게 손을 내밀었다.

찰나의 순간, 해독약이 그녀의 손바닥 위에 나타났다. 비연이 소리 내어 웃으며 말했다.

"자, 해독약이야. 먹으면 해독이 될 거라는 걸 보증하지!"

군구신은 여전히 움직이지 않았다.

비연이 더욱더 즐겁게 웃었다. 붉어진 눈가에 웃음기가 가득해, 마치 양심이라고는 없는 교활한 여우가 웃는 것 같았다.

"왜, 먹지 못하겠어?"

그러자 군구신이 마침내 입을 열고는 냉랭하게 물었다.

"방금은 눈이 멀 정도로 울어 대더니, 지금은 웃는 건가?"

이 말에 비연이 멍한 표정을 지었다. 가까스로 슬픔을, 원한을, 고독을 억누르고 있었는데.

그 모든 것이 갑자기 그녀의 눈빛 위로 떠올랐다. 하지만 그녀는 재빨리 모든 것을 덮어 버렸다. 그러고는 여전히 웃었다. 아주 찬란하게, 눈을 별빛처럼 반짝이면서.

비연이 해독약을 거둬들이려 했지만 군구신의 동작이 더 빨랐다. 해독약을 집어 들더니 망설임 없이 삼켰다.

비연이 도전하듯 물었다.

"정말로, 독약일까 봐 무섭지도 않아?"

군구신이 그녀를 상대하지 않고 망중에게 비연을 놓아주라고 손짓했다. 망중이 망설이자 군구신이 날카롭게 소리쳤다.

"나가라!"

망중은 말할 것도 없고 비연조차 깜짝 놀랐다. 망중은 마음 가득 근심하면서도 한마디도 하지 못하고 동굴을 나가는 수밖에 없었다.

비연이 그런 망중을 보다가 다시 군구신을 보고는 가부좌를 틀고 앉았다. 그리고 마침내 참지 못하고 시험이라도 하듯 물었다.

"말해 봐. 내가 위급하던 틈을 타서 나에게 무슨 짓이라도 한 건 아니겠지?"

군구신 역시 그녀를 시험하기로 했다.

"네가 말에서 떨어졌을 때 백리명천이 나타났지. 기억 못 하는 건가?"

비연은 깜짝 놀랐다. 정말로 기억에 전혀 남아 있지 않았기 때문이었다.

"백리명천이 당신에게 독을 쓴 거야?"

"그래!"

군구신이 다시 시험했다.

"정신을 잃은 상태에서도 꿈을 꿀 수 있나 보지? 무슨 꿈을 꾸었기에 그렇게 운 거지?"

"으, 으응……."

비연이 그의 시선을 피했다.

"내가 울었다고?"

군구신이 차갑게 추궁했다.

"방금 벽 앞에 웅크리고 앉아 뭘 했지? 계속 울고 있었던 것 아닌가?"

"편두통이 왔었던 것뿐이야! 꿈에서는……, 내 꿈은……, 잠시만."

비연이 점점 더 그의 시선을 피해 고개를 숙였다.

"꿈에서 누군가가 나를 죽이려고 쫓아왔어. 그래서 놀랐던 것뿐이야."

군구신의 입가에 차가운 미소가 걸렸다.

"혼자서 빙해에 온 건가? 무엇 하러 온 거지?"

그가 화제를 돌리자 비연은 저도 모르게 안도의 한숨을 내쉬었다. 그녀는 자신이 정신을 잃었을 때 드러내지 말아야 하는 걸 드러낸 건 아닌가 걱정하고 있었다.

하지만 그녀가 정말로 무엇인가를 드러냈다면 이 녀석은 분명 직접적으로 물어 왔겠지?

비연이 마침내 그의 눈을 직시하며 반문했다.

"당신은? 당신은 무엇 때문에 온 거지?"

이제 망할 얼음은 힘을 꽤 회복한 모양이었다. 그가 자리에서 일어나 앉더니 무표정하게 말했다.

"너를 위해 실마리를 찾으러 왔지."

"아……."

그녀는 빙해의 비밀을 찾아 달라고 그에게 부탁한 적이 있었고, 그는 용오름에 대해 알려 주기까지 했었다.

비연은 비록 그를 믿긴 하지만, 완전히 믿는 것은 아니었다. 그가 누구인지도 몰랐고, 동시에 진정한 자신이 누구인지도 알지 못했다. 그러니 그녀가 어떻게 모든 것을 솔직하게 말할 수 있을까?

더구나 그녀는 쉽게 타인을 믿는 사람이 아니었다. 거기에 꿈속의 모든 것이 그녀로 하여금 더욱 경계심을 높이게 했다.

"낙하성에서 일을 본 김에 구경을 좀 하러 왔지."

비연의 말에 군구신이 다시 물었다.

"젊은 아가씨가 무엇 때문에 빙해에 흥미를 갖는 거지?"

그러자 비연이 반쯤 우습다는 듯, 반쯤은 진지하게 웃었다.

"예전에 말했을 텐데. 당신의 얼굴을 보게 해 주면 말해 주겠다고."

군구신이 한 걸음 한 걸음 다가오더니 계속 물었다.

"너는 대체 누구지?"

이 말에 비연의 심장이 차가워졌다. 이건 이 녀석이 예전에도 한번 물은 적이 있었다. 그런데 지금 다시 묻다니, 경계하지 않을 수 없었다. 혹시라도 그녀가 혼수상태에 빠졌을 때 무엇인가를 흘린 게 아닐까?

눈가에 날카로운 빛이 스쳐 가는가 싶더니 비연이 가볍게 코웃음 쳤다.

"내가 어떤 사람인지는 당신이 가장 잘 알 텐데!"

군구신은 화가 난 상태에서도 이 여자의 영리함을 인정하지 않을 수 없었다. 그녀는 대답을 교묘히 피함과 동시에 그가 무엇을 아는지 탐색하고 있었다.

군구신도 침묵을 선택했다. 그녀를 흘깃 본 후 동굴 벽에 기댄 채 눈을 감았다. 더 이상 이 화제를 이어 가지 않고 쉬려는 것처럼 보였다.

비연은 탐색이 실패한 데다 그의 심사를 꿰뚫어 볼 수 없으니 더 물어볼 수가 없었다. 아무래도 말을 많이 할수록 실수만 많아지고, 그의 의심만 키워 줄 것 같았다.

그녀는 군구신과 나란히 동굴 벽에 기대앉아 남몰래 한숨을 쉬었다. 장대한 꿈을 꾸고, 온 힘을 다해 울었다. 피곤할 수밖에 없었다. 그러나 주변이 고요해지자 꿈에서 본 모든 것이 다시 떠올라 감히 눈을 감을 수 없었다.

이제 그녀는 어떻게 해야 할까? 망할 얼음 쪽의 실마리는, 보아하니 재촉할 수 없을 듯했다. 그의 태도를 관망하면서 다시 계획을 세울 수밖에 없었다.

그녀는 그에게만 의지할 수 없었다. 반드시 더 많은 실마리를 찾아야 했다. 현재 그녀의 신분이라면 정보계의 고수들이며 밀정들과 연락할 수도 있을 거다. 그러나 정보를 사거나 전문적인 밀정을 고용하는 건 쉬운 일이 아니었다. 최소한 수십만은 손에 들고 있어야 했다. 빙해와 관련한 정보는 아마 모든 정보 중에서 가장 비쌀 것이다.

화월산장과 현공상회의 거래가 계속된다면 그녀도 기회를 틈타 한몫 챙길 수 있지 않을까?

그녀는 다시 신농곡을 떠올렸다. 빙해의 남안에서 온 육단상륙도 생각났다. 이 일을 더는 미룰 수 없었다. 기회를 보아 직접 신농곡에 가서 알아보아야 했다!

이번에 진양성으로 돌아갈 때 신농곡에 들르는 것도 좋을 것이다. 어차피 영예 이사의 직함을 얻은 것을 노집사에게 감사하기 위해 방문해야 하기도 했다.

이런저런 생각을 하다 저도 모르게 눈을 비볐다. 눈물이 모두 말라 버린 것일까? 눈이 마르고 피곤한 상태였다.

그때 군구신이 갑자기 그녀의 손을 잡고 불쾌한 듯 말했다.

"계속 비비면 눈이 멀 것이다. 눈을 감아라!"

비연이 그를 보며 움직이지 않았다.

군구신이 더 강하게 말했다.

"눈을 감아!"

그러나 비연은 여전히 그를 바라보기만 했다. 군구신은 두말 하지 않고 패기 있게 그녀의 눈을 가렸다. 하지만 비연은 여전히 눈을 감지 않고 손가락 틈으로 그를 훔쳐보았다.

군구신은 곧 그 사실을 알아채고 손을 놓은 다음, 갑자기 몸을 돌리더니 그녀를 자신과 동굴 벽 사이에 가두었다.

"뭐 하는 거야!"

비연이 소리쳤다. 그녀가 밀어내기도 전에 군구신이 갑자기 고개를 숙여 다가왔다. 그녀의 코와 그의 코가, 그녀의 눈과 그의 눈이 거의 맞닿았을 때 비연은 결국 눈을 감았다.

군구신은 아무 일도 할 생각이 없었다. 단지 그녀에게 눈을 감게 하고 싶었을 뿐이었다.

비연은 다시 한번 그의 맑은 숨결이 얼굴에 쏟아지는 것을 느꼈다. 그녀의 심장이 다시 걷잡을 수 없이 두근거리기 시작 했다. 그러나 지난번처럼 긴장하거나 공포스럽지는 않았다. 이 번에는 깨어 있었으니 그녀도 과감해질 수 있었다.

비연이 사납게 그를 밀쳐 냈지만 지난번처럼 욕을 하거나 질 책하지는 않았다. 대신 담담하게 한마디 던질 뿐이었다.

"신경 써 줘서 고마워. 그리고 구해 줘서 고마워."

처음 만난 순간부터 지금까지, 그에게 이런 예의 바른 말을 한 건 처음이었다. 그러나 이것은 오히려 소원하고 낯선 느낌 을 풍겼다. 그녀는 그 점을 의도한 것이 분명했다.

말은 마친 비연이 눈을 감았다. 인정하고 싶지 않았지만 그녀의 마음이 마침내 조금 견디기 어려워졌다.

군구신은 더 이상 그녀에게 다가가지 않았다. 대신 비연의 고요한 작은 얼굴을 바라보았다. 그의 눈동자가 점점 더 깊고 차가워졌다.

그는 원래의 자리로 되돌아가 앉은 후 가볍게 입술을 매만지며 '영 오라버니'에 대해 생각하기 시작했다.

영 오라버니가 누구일까? 백초국의 누군가일까?

그의 배후에 누군가가 있다

영 오라버니?

군구신은 고민하고 또 고민했다. 뜻밖에도 상당히 익숙한 느낌이 들었다. 혹시 예전에 어디선가 들었던 이름이 아닐까?

한참 동안 궁리했지만 도무지 생각이 나지 않았다. 아무래도 빙해에서 나가면 백초국으로 사람을 보내 조사해 봐야 할 것 같았다.

고요한 가운데, 비연이 몰래 눈을 뜨고 그를 곁눈질하다가 잽싸게 다시 눈을 감았다. 그에게 들킬까 봐 두려웠던 것이다.

이 녀석은 예전에 그녀 귀에 대고 '좋아한다'고 속삭였다. 하지만 그건 분명 거짓말이었을 것이다! 누군가를 좋아하면서, 자기 신분조차 말하지 않는 사람이 세상 어디에 있단 말인가?

꿈속의 남자아이가 떠올랐다. 영 오라버니 고남신. 분명 그녀가 아주……, 아주 좋아했던 사람인 거겠지? 그렇지 않다면 항상 꿈에서 그를 보았을 리 없으니까.

어째서 그렇게 어릴 때부터 그가 아니면 시집을 가지 않겠다고 우겼을까? 그 남자아이가 아직 살아 있을까? 아직 살아 있다면 여기저기 그녀를 찾고 있지는 않을까?

그대가 아니면 시집가지 않겠노라 말한 적 있다니! 책임지라고 말한 적 있다니!

시간이 고요히 흘러갔다. 비연과 군구신은 각자의 세계에 빠져 있었다.

얼마나 지났을까. 퍼뜩 어떤 생각이 떠오른 비연이 재빨리 눈을 뜨고 조급하게 물었다.

"내가 얼마나 혼수상태에 빠져 있었어?"

그녀에게는 이틀의 시간밖에 없었다. 매 공공이 깨어나 그녀를 찾지 못하면 분명 그녀를 의심할 것이다.

군구신은 비연이 매 공공을 어떻게 떼어 놓았는지는 알지 못했지만, 그녀에게 시간이 많지 않다는 것은 추측할 수 있었다. 그가 냉랭하게 말했다.

"반나절."

안도의 한숨을 쉰 비연이 자리에서 일어나 기지개를 켜며 말했다.

"하루하고 반나절밖에는 시간이 없어. 빙해를 좀 더 보러 가야겠어."

군구신은 아무 대답도 하지 않았다. 비연은 침묵 속에서 동굴 입구 쪽으로 걸어갔다. 좁은 통로를 지나니 동굴 입구가 막혀 있는 것이 보였다. 그녀는 그제야 이 산동굴이 임시로 찾은 곳이 아니라 은폐된 피신처임을 알아차렸다.

조바심이 나기 시작했다. 망할 얼음이 빙해안에 이런 은신처를 가지고 있다니…….

빙해 안에도 이런 피신처를 가지고 있을까? 정황상, 그녀가 그에게 빙해에 대한 실마리를 찾아 달라 부탁하기 전에 이미 빙해에 대해 조사하고 있었던 게 틀림없었다.

비연의 눈가에 복잡한 빛이 스쳐 갔다. 그녀가 재빨리 돌아가 놀리듯 물었다.

"보아하니, 여기 자주 오나 봐."

군구신은 대답하지 않고 몸을 일으켜 산동굴 안쪽으로 들어갔다. 비연이 재빨리 따라가니 산동굴 깊숙이에 밀실이 하나 있는 게 보였다. 그곳에는 마른 양식과 물은 물론이고 일상생활에 필요한 물건이 전부 갖춰져 있었다.

비연 눈가의 복잡한 빛이 짙어졌다. 그녀는 일부러 그 안으로 들어가 세밀하게 관찰하기 시작했다. 한눈에도 이곳의 물건들이 꽤 오래된 것들이라는 걸, 10년 정도 된 것도 있다는 사실을 알 수 있었다. 10년 이내인지 아니면 10년 이상인지 확신할 수는 없었지만.

바꿔 말하자면, 그녀는 이 밀실이 빙해에 이변이 있은 후에 생긴 것인지 아니면 그 전부터 있던 것인지 알 수 없었다. 후자가 맞을 거라는 생각이 들기는 했지만.

이 산동굴이 천연으로 생긴 것이라 해도, 동굴 입구에 기관을 설계하고 동굴 안에 밀실을 만드는 것만으로도 작지 않은 공사였을 테고, 사람들의 시선을 끌기 쉬웠을 것이다. 빙해 이변 이후에는 암중에서 빙해를 주시하고 있는 사람들이 많았으니 그런 공사를 쉽게 해낼 수 없었을 것이다. 그러나 빙해 이변 전이라면 비교적 쉬웠을 것이다.

이 산동굴이 빙해 이변 전에 건설된 것이라면, 이곳을 건설

한 사람은 그 전부터 빙해를 주목하고 있었다는 이야기다. 그 사람은 분명 그해의 진상을 알고 있을 테고, 심지어 그 사건에 참여했을 수도 있었다!

여기까지 추측하자 비연이 가까스로 평온을 유지시켰던 마음이 다시 파란을 일으켰다. 그것도 대파란을!

망할 얼음은 스물 남짓으로 보였다. 10년 전이라면 열 살 남짓이었겠지. 그러니 혼자 이 밀실을 찾아냈을 리 없다. 그의 배후에 누군가가 있는 것이다!

대체 누구일까? 망할 얼음의 배후에 있는 인물이 대체 누구지? 천염국 황족과 관계가 있을까?

비연은 확신할 수 있었다. 망할 얼음은 용오름에 대한 일뿐 아니라 더 많은 것을 알고 있을 것이다. 다만 이야기하지 않았을 뿐. 그녀는 속으로 어떻게 해야 이 녀석의 입을 열게 할 수 있을지 고민했다.

이때, 군구신이 그녀에게 마른 양식과 물을 건네며 차갑게 말했다.

"백리명천이 밖에서 개들에게 쫓기고 있고, 아마 적지 않은 수가 잠복하고 있을 거야. 지금은 나갈 때가 아니지."

비연이 아연실색했다.

"개들에게 쫓기고 있다고?"

"빙해의 금안설오에 대해 들어 본 적 없나?"

군구신의 물음에 비연이 고개를 저었다. 군구신이 믿지 않는 듯 그녀를 흘깃 보기만 하고 더 이상 말하지 않았다. 그러나 비연은 정말 몰랐기에 계속 캐묻기 시작했다.

"금안설오가 뭐야? 대체 어찌 된 일이지?"

군구신이 마른 양식과 물을 그녀 손에 억지로 쥐어 주고는 상대하지 않으려 했다. 그러나 비연은 가까이 다가가 꼬치꼬치 캐묻기 시작했다. 끊임없이 질문하고, 영원히 끝나지 않을 것처럼 계속 떠들어 댔다.

군구신은 처음에는 담담했으나 비연이 스무 번째 같은 질문을 반복하자 견딜 수 없어졌다. 귀찮은 마음에, 그녀가 모르는 척하는 것인지 정말 모르는 것인지 생각하지 않기로 하고 설명했다.

"금안설오는 예로부터 빙해 주변에 사는 동물인데 추위에 아주 강해. 빙해 이변 전에는 빙해를 건널 때 반드시 먼저 금안설오를 투항시키고, 금안설오가 끄는 썰매를 타고 건너곤 했지."

비연이 고개를 끄덕였다.

"그렇다면 빙해 이변 전에는 남북 양안이 왕래가 있었다는 거야?"

"아주 적었지."

군구신은 그저 이렇게만 말하고 더 이상 이야기하려 하지 않았다. 그러나 비연은 기회를 놓치고 싶지 않아 다시 물었다.

"금안설오가 끄는 썰매를 본 적이 있어? 속도가 당신보다 빨라?"

군구신이 대답하지 않고 오히려 비연에게 되물었다.

"예전에 빙해에 온 적이 있나?"

"아니. 하지만 당신은 여러 번 왔던 모양이지?"

"예전에 한번 온 적 있지."

군구신은 무엇인가 떠오른 듯 이제 어조도 그렇게까지 차갑지 않았다.

"빙해를 보고 싶다면, 밤이 깊은 후에 나가도록 해."

의아함을 느낀 비연이 좀 더 물어보려 했지만, 그는 곁에 있는 침상에 눕더니 등을 돌렸다. 더 이상 대화하고 싶지 않다는 듯한 자세였다.

비연이 한참 망설이다가, 결국은 입을 다물었다. 이 녀석이 후에라도 이 산동굴에 들어오지 못하게 할까 봐 겁이 났던 것이다.

망할 얼음의 뒷모습을 보며, 비연은 갑자기 이 세상에 믿을 만한 사람이 있는지 모르겠다는 생각이 들었다. 그녀는 당정 언니를 떠올리고, 정역비 그 자식을 떠올리고, 또 막 알게 된 승 회장 부부를 떠올리고, 노집사며 고운원을 떠올렸다.

그들 중 누가 남몰래 빙해를 지켜보고 있을까? 그들이 그녀의 신분을 알게 되면 또 어떻게 변할까?

고독한 감정이 밀려왔지만 곧 그 감정을 무시하기로 했다. 재빨리 배를 채우고, 자리를 잡고 앉아서 약왕정을 수련하기 시작했다. 그 누구도 믿을 수 없다면 자기 자신을 믿으면 된다. 그 누구에게도 기댈 수 없다 해도, 자기 자신에게는 기댈 수 있는 법!

밤이 깊었다. 가면을 쓴 망중이 들어와 바깥 상황을 보고했다. 그러자 군구신이 비연을 밖으로 내보내 주었다.

그가 그녀의 눈을 가렸기 때문에 비연은 이 동굴이 어디에 숨겨져 있는지 알 수 없었다. 다만 간간이 풀벌레 소리만 들릴 뿐 주위가 매우 조용하다는 것만 알 수 있었다.

산꼭대기에 도착했을 때 군구신이 복면을 풀어 주었다. 백리명천도 금안설오도 이미 보이지 않았다. 대신 그녀의 눈에 들어온 것은 감동적일 정도로 아름다운 풍경이었다.

빙해의 밤은 정말로 아름다웠다! 낮게 깔린 하늘, 그 하늘을 가득 채운 별들이 형용할 수 없이 찬란했다. 거대한 은하가 남북으로 종횡하는 모습이 마치 빙해 전체를 관통하는 것 같았다. 그러나 정말로 아름다운 것은 하늘이 아니라 빙해였다!

낮에는 그저 끝이 보이지 않도록 검기만 하던 빙해의 얼음이 밤하늘의 별들을 반사해 점점이 반짝이면서 또 하나의 하늘처럼 보였다. 그리고 비연을 가장 감동하게 한 것은 빙해 위로 흐르는 은하였다. 마치 다리 같기도 하고 길 같기도 한, 빙해를 가로질러 남북을 관통하는.

저 별들을 따라 걸으면 집으로 돌아갈 수 있지 않을까?

비연의 마음이 아파 왔다. 그녀는 순간적으로 참지 못하고 산 아래를 향해 달리기 시작했다.

한 번 돌아보면 남쪽의 별, 또 한 번 돌아보면 북쪽의 달

비연이 산 아래로 달려가자 군구신이 바로 따라와 그녀의 손을 잡아끌었다.

비연이 뿌리치려 하자 군구신이 냉랭하게 말했다.

"행적을 들키고 싶지 않다면 가만히 좀 있어!"

비연은 걸음을 멈췄지만 여전히 그의 손에서 벗어나려 했다. 그러자 군구신이 그녀를 단단하게 잡아끌어 발버둥 치지 못하게 했다.

"불량배, 이것 놔!"

군구신은 듣지 못한 것처럼 그녀를 데리고 우측 덤불 쪽으로 성큼성큼 걸어갔다. 비연이 계속 발버둥 쳤지만 헛수고인지라 결국 그만두었다.

군구신은 두 번째로 빙해에 오는 것이었지만 대황숙이 남겨 준 모든 것에 익숙한 상태였다. 그는 비연을 데리고 거침없이 초목이 무성한 길로 들어섰다. 덕분에 산 아래에 도착했을 때는 바로 빽빽한 빙설초 덤불로 들어갈 수 있었다. 빙설초는 사람 키만 한 높이라 어둠 속에서 그들의 모습을 감춰 주었다.

비연은 발버둥 칠 수 없다면 차라리 그에게 묻기로 했다.

"이 길을 당신이 찾아낸 거야?"

"……"

"용오름 외에 또 무엇을 알고 있지?"

"……."

"이봐, 덕을 좀 베풀어 봐! 내가 그렇게 힘들게 당신의 약방문을 연구 중인데, 숨기는 게 있다니. 우리 이제부터 좋은 친구 사이가 되는 건 어때?"

"……."

마침내 군구신이 고개를 돌렸다. 비연은 순진하고 무해해 보이는 미소를 지었다. 군구신은 불쾌한 기분이 들어, 그녀의 손을 놓고 성큼성큼 앞으로 걸어 나갔다. 비연이 재빨리 그를 쫓았다.

얼마 지나지 않아 그들은 빙해안에 도착했다. 진정한 해안이었다. 가까운 거리에서 본 검은 얼음은, 독기가 더욱 짙었지만 별들의 그림자는 더욱더 청아하게 보였다.

독약에 숙달된 비연도 이 독의 정체는 알 수 없었다. 다만 이 독은 만독 중 최고의 독이며, 약으로는 도저히 풀 수 없다는 결론만 내렸다.

그녀가 젖은 손수건을 하나 꺼낸 뒤 몸을 굽히자 군구신이 만류했다.

"뭘 하려는 거지? 이 독은 해독이 불가능하다. 10년 동안 수많은 이들이 검증했다고."

비연이 일부러 놀리듯 말했다.

"난 믿지 않아. 이 독을 가져가 연구를 좀 해 볼 생각이야. 내가 이 독을 해독하면 우리 같이 빙해를 건너가 건너편을 구경할 수 있겠지. 어때?"

"그래서, 독을 취하러 온 건가?"

군구신의 물음에 비연이 말없이 고개를 끄덕였다. 그러고는 조심스럽게 젖은 손수건을 얼음 위에 살짝 닿게 했다. 얼마 지나지 않아 손수건의 끝부분이 검게 변했다. 의심할 바 없이 독소에 감염된 것이다.

군구신은 그 모습을 응시하고 있었다. 그의 눈빛은…… 누가 보더라도 그녀를 걱정하고 있다는 것을 알 수밖에 없었다.

곁에 있던 망중은 근심스럽고 또 초조했다! 이 여자는 너무 위험하다. 그녀가 보여 준 모든 것은, 심지어 예전에 그녀가 전하에게 보여 준 존경과 우러름도 결국 연극이었음이 분명했다!

전하는 무엇 때문에 비연을 데리고 여기로 오신 걸까? 무엇 때문에 그녀에게 그렇게 많은 것을 이야기해 주시고, 무엇 때문에 경계하지 않으시는 걸까?

비연이 손수건을 도자기 병 안에 잘 넣었을 때에야 군구신이 겨우 시선을 돌렸다. 그가 불쾌한 듯 재촉했다.

"여긴 오래 머물 만한 곳이 못 되니 어서 돌아가자."

비연이 살짝 아쉬운 듯 중얼거렸다.

"이 독은 이상 현상일까, 아니면 누군가가 푼 걸까?"

"네 생각에, 누구에게 이럴 만한 능력이 있을 것 같나?"

군구신의 반문에 비연은 조금 힘이 빠졌다. 이 녀석에게 무언가를 탐색하려 할 때마다 아무것도 알아내지 못하는 것은 그렇다 치더라도, 어째서 오히려 그에게 탐색당하는 걸까?

골이 나서 몸을 돌려 걷다가 무심결에 고개를 든 그녀는 깜짝 놀라 멈춰 섰다. 그녀는 계속 남쪽을 보고 있다가 처음으로 북쪽을 보게 된 참이었다. 그리고 이제야 밤하늘의 아름다움을 진정으로 발견하게 되었다!

북쪽 하늘에는 둥근 쟁반 같은 커다란 달이 걸려 있었다. 그 새하얀 달빛이 주위의 별빛을 모두 덮어 버린 바람에 밤하늘에는 밝은 달만이 있는 것처럼 보였다.

비연이 재빨리 고개를 돌려 빙해를 바라보았다. 빙해의 하늘에는 여전히 별들이 찬란했다. 보통, 밝은 달이 하늘에 있으면 별빛은 어두워지기 마련이었다. 그녀는 방금까지만 해도 오늘은 달이 없는 밤이라 생각했다. 달과 별이 함께 빛나고 있으리라고는 상상도 하지 못했던 것이다.

남쪽과 북쪽, 분명 쭉 이어져 있는 밤하늘이건만 그 안에는 두 개의 세계가 있었다. 남쪽의 별들과 북쪽의 외로운 달.

비연은 정왕부 침궁 안, 수정이 별과 달처럼 빛나던 광경을 떠올렸다. 그때 그 찬란한 빛에 깜짝 놀랐었다. 그러나 지금 실제로 별과 달이 함께 빛나는 모습을 보니, 무의식중에 감탄의 말이 흘러나왔다.

"별과 달이 함께 빛나다니, 아름다워……."

군구신도 고개를 들고 바라보더니 한참 후에야 중얼거렸다.

"북월남신, 북쪽의 달과 남쪽의 별. 성월동휘, 별과 달이 함께 빛나는 모습은 여기에서만 볼 수 있지."

"북월남신……."

비연은 자연스럽게 꿈속의 이름 '고남신'이 연상되었다. 바로 영 오라버니의 이름이었다.

그에게 이름을 지어 주었던 사람도 빙해 하늘의 별들을 보았던 걸까? 그래서 그가 이 별들처럼 찬란하기를 바라는 마음으로, 달과 함께 빛나라고 그렇게 지어 준 건 아닐까? 혹시 '북월'이라는 이름의 사람도 있는 건 아닐까? 그 성은 '고顧'씨라거나?

고남신, 고북월……

정말 그렇다면 지금 보이는 이 풍경에 꼭 어울릴 텐데. 한번 돌아보면 남쪽의 별, 또 한번 돌아보면 북쪽의 달!

비연은 저도 모르게 정신을 빼앗기고 있었다. 그리고 지금 군구신은 속으로 '북월남신'이라는 말을 중얼거리고 있었다.

수년 전 대황숙을 따라 이곳에 왔을 때, 그가 가장 깊은 인상을 받은 것도 바로 별과 달이 함께 빛나는 이 풍경이었다. 당시 그는 저도 모르는 사이에 '북월남신'이라는 말을 중얼거렸다.

그때 군구신은 그저 이 풍경이 좋아서 정왕부 침궁 안에도 달과 별이 함께 빛나는 모습을 만들어 두었다. 그러나 보면 볼수록 익숙한 느낌이 들었다.

군구신은 이제 알 수 있었다. 그는 어린 시절 분명 이곳에 왔었다. 그리고 '북월남신'이라는 말을 들은 적이 있었다.

군구신이 시간을 그르치지 않도록 비연을 재촉했다.

"가지."

산꼭대기에 돌아왔을 때 비연은 여기저기 돌아다녀 보고 싶다 말했다. 각기 다른 곳에서 빙해를 조망하고 싶었던 것이다.

군구신은 계속 자신에게 눈짓하는 망중은 신경 쓰지 않고 비연의 청을 승낙했다. 그러나 산꼭대기를 떠난 지 얼마 되지 않아 이상한 낌새를 감지한 그는 비연을 잡고 조심하라고 손짓했다. 비연은 긴장한 채 그 옆에 쪼그리고 앉았다.

한참이 지나도 아무 소리도 들리지 않았다. 그러나 다시 한참이 지나자 발걸음 소리가 들렸다. 누군가가 그들을 향해 오고 있었다. 게다가 두 사람이었다.

비연은 조금 긴장했을 뿐이었지만, 그들이 다가오면서 나누는 대화 소리가 뚜렷하게 들려오자 심장이 빠르게 뛰기 시작했다. 이 두 사람은 그녀가 아는 사람들이었다! 심지어 원한을 품고 있는 사람들이었다!

그들은 바로 천염국 기씨 가문의 소장군인 기욱과 한 삼소저의 친우인 만진국 소씨 가문의 삼공자 소옥승이었다!

한 달여 전, 천무제가 기욱에게 전투를 중지하라는 명을 내렸다. 천염국과 만진국은 대치하며 설전을 벌이는 중이었다.

설사 그렇다 해도 삼군의 우두머리인 기욱은 천무제의 윤허가 없는 한 결코 군영을 떠날 수 없었다! 그런데 그는 제멋대로 군영을 떠났을 뿐 아니라 기만적인 행위를 하고 있는 중이었다. 만진국의 조운을 맡고 있는 소씨 가문과 결탁을 하다니!

그와 소옥승은 대체 무슨 관계일까? 빙해에는 무엇 때문에 온 걸까?

비연뿐 아니라 군구신도 놀라고 있었다. 그도 기씨 가문이 반란할 마음을 먹고 있다고는 추측하고 있었다. 그러나 소씨 가문과 결탁하고 빙해를 주시하고 있을 줄은 생각지도 못했다!

　소씨 가문은 표면상으로는 만진국 황실의 신하였지만 뒤로는 본분을 지키지 않고 있었다! 군구신이 아는 바에 따르면, 소옥승이 한우아와 교류한 지 얼마 되지 않아 소씨 가문의 가주는 한가보와 정략적인 혼사를 맺을 마음을 먹었다.

　기욱과 소옥승의 말소리는 아주 작았지만, 적막한 가운데 아주 또렷하게 들렸다. 비연과 군구신은 들으면 들을수록 경악하지 않을 수 없었다.

　세세한 이야기까지 모두 들을 수는 없었지만, 기씨와 소씨 가문이 결탁하여 천염국의 어린 태자 군자택을 칠 계획이라는 건 알아들을 수 있었다!

　기씨 가문은 어린 태자의 행방을 제공하고, 소씨 가문은 살수를 고용하여 태자를 죽인 후 백리명천에게 죄를 뒤집어씌울 작정이었다!

다시는 너를 만나지 않을 테야

태자를 죽이고 백리명천에게 덮어씌운다. 이 계획은 일석이
조였다. 음험하고 악랄하기 그지없었다!

외부인은 말할 것도 없고, 군씨 황족 내부 사람도 천무제가
정왕과 태자 사이에서 과연 어떤 선택을 할지 모르고 있었다!
다른 계획이 있는 걸까, 아니면 정말로 군구신을 황위에 세울
계획이 없는 걸까?

하지만 어린 태자가 죽는다면 천무제의 태도가 분명해질 것
이다. 그의 심사도 짐작하기 쉬워질 테고. 그리되면 기씨 가문
에게도 유리해졌다.

천염국 태자를 죽인 죄를 백리명천에게 뒤집어씌우면 천염
국과 만진국 간의 갈등이 심화될 것이다. 만진국이 도리에 어
긋난 행동을 하고, 그 일이 백리명천에게 관계되어 있으면 서
쪽의 백초국도 끼어들기 어려울 것이다. 이렇게 되면 천무제는
반드시 있는 힘을 다해 만진국을 토벌하여 태자의 복수를 하려
할 것이다!

동쪽 변경에 주둔하고 있는 기씨 가문의 주력 부대와 만진국
의 소씨 가문이 협력하면, 그때 동쪽 변경에서 무슨 일이 벌어
질지는 하늘만이 알 것이다. 기씨 가문과 소씨 가문의 야심으
로 보건대 아주 거대한 음모가 시작되고 있었다. 비연은 분석

하면 할수록 소름이 끼쳤다.

이때 기욱의 목소리가 들렸다.

"소 공자, 소씨 가문이 전심으로 우리 부친의 계획을 도우면, 부친께서는 소씨 가문에서 원하는 것을 반드시 직접 건네주실 겁니다! 최고 기밀에 속하는 정보입니다. 부친께서 말씀하시길, 현공대륙의 어느 밀정도 알아내지 못한 것임을 보증하겠다고 하셨습니다!"

정보? 설마 빙해와 관련된 걸까?

비연과 군구신이 약속이나 한 듯 서로를 바라보았다. 그러나 그들은 아무 소리도 내지 않았다. 비연이 긴장한 표정으로 계속 귀를 기울였고, 군구신의 눈가에는 희미하게 복잡한 빛이 스쳐 갔다.

이어지는 말은 그다지 큰 가치가 없었다. 기욱이 남방에 온 이유는 소옥승과 앞으로의 협력 관계를 이야기하기 위함이고, 그 김에 빙해를 보고 싶었다는 이야기 정도만 들렸다. 기욱과 소옥승이 점차 멀어져 가고, 말소리도 점점 들리지 않게 되었다. 비연이 결국 참지 못하고 속삭였다.

"망할 얼음, 선수를 치는 건 어때? 저들을 납치하는 거야!"

군구신이 냉랭하게 물었다.

"기욱이 그 정보를 알 거라 생각하나?"

비연도 그제야 자신이 충동적이었음을 깨달았다. 기욱의 말을 생각해 보면, 그 정보는 아주 비밀스러운 것이었다. 기욱이 그 정보를 모른다면 괜히 풀만 쳐서 뱀을 놀라게 하는 꼴이 될 것이다! 모험을 하느니 상대의 계략을 역이용하는 것이 현명한 방법이었다. 기세명을 천염국 대리시 뇌옥에 가두기만 하면, 그녀는 자신이 원하는 비밀을 얻지 못할까 봐 걱정할 일은 없을 터였다!

기욱과 소옥승이 정말로 떠났음을 확인한 후에, 비연도 재빨리 그 자리를 떠나려 했다. 원래 몇 시진 더 머물려 했지만, 이렇게 된 이상 시간을 낭비할 수가 없었다.

기욱과 소옥승의 대화 내용으로 보아, 그들의 협력 관계는 이제 막 시작되었음이 분명했다. 아직 살수조차 찾지 않은 모양이었다. 그들이 손을 쓰기 전에 이 일을 천무제와 정왕 전하에게 보고해야 했다! 그녀 혼자서는 기씨 가문 전체를 상대할 수 없으니 군씨 황족의 도움을 받아야 했다!

비연이 몸을 일으키자 군구신이 다시 그녀의 손을 잡아끌었다. 비연이 미간을 찌푸리며 노려보았다. 정말로 화가 났던 것이다. 산을 내려가는 것 정도는 혼자서도 갈 수 있다고!

그러나 그녀가 어떻게 노려보건, 어떻게 발버둥 치건 군구신은 그녀를 놓아주지 않았다. 비연은 포기한 것처럼 그에게 잡힌 채 산을 내려가기 시작했다. 그러나 산허리에 도착했을 때, 참지 못하고 그의 손등을 물었다. 아주 사납게!

군구신은 그래도 그녀를 놓지 않았다. 미간을 찌푸리지 않는 것은 물론이고, 심지어 그녀를 돌아보지도 않았다. 그저 그녀가 물게 내버려 둔 채 그녀를 이끌고 산 아래로 내려갔다.

이제는 피까지 흐르고 있었다. 비연은 입술 사이로 피비린내가 퍼질 때야 그를 놓아주었다. 그에게 욕을 하려 했지만, 아무리 해도 입 밖으로 욕설이 나오지 않았다. 결국 그녀는 냉랭하게 말했다.

"망할 얼음, 나에게는 마음에 둔 사람이 있어. 존중해 주었으면 좋겠어!"

군구신은 꼼짝도 하지 않았다. 비연은 답답했다. 오늘 이 녀석은 예전과 매우 달라 보였다. 그러나 대체 어디가 다른 것인지는 표현할 방법이 없었다.

비연이 어쩔 줄 몰라 하며 그를 그대로 내버려 두었다. 두 사람은 계속 침묵하며 산 아래로 내려갔다.

산기슭에 도착하자 군구신 스스로 비연의 손을 놓았다. 두 사람은 아무 말도 하지 않았다. 약속이나 한 듯 작별의 말조차 없었다. 그러나 자리를 떠나려던 비연이 점점 더 뭔가 이상하다는 생각에 그를 바라보며 일부러 퉁명스럽게 말했다.

"망할 얼음, 그 약방문은 아직 고민 중이야. 우리 약속은……아직 유효한 거야? 빙해에 대한 정보를 계속 알려 줄 거야?"

군구신이 냉랭하게 물었다.

"방금 했던 말로 충분하지 않았나?"

비연은 할 말을 잃었다. 그녀는 일부러 그에게 가까이 다가가서 의심스러운 눈초리로 바라보았다. 군구신 역시 차갑고 깊은 눈동자로 그녀를 응시했다.

서로에 대한 의심과 경계를, 두 사람 모두 훤히 알고 있었다. 그러나 솔직하게 털어놓고 싶은 마음은 추호도 없었다. 그것은 도박이나 마찬가지였다. 그들은 서로가 먼저 양보하기를 기다리고 있었다.

서로를 바라본 지 얼마 되지 않아, 비연이 군구신의 시선을 피하며 스스로 제어할 수 없는 감정을 조금이나마 감췄다. 그리고 모든 의심과 경계심을 감추고, 여전히 양심 없이 웃으며 말했다.

"그럼 내가 그 약방문을 풀 때까지 기다려!"

그녀가 말을 마치고 정말로 가려고 하자 군구신이 갑자기 외쳤다.

"고비연!"

비연이 발걸음을 멈추고 고개를 돌려 일부러 웃으며 물었다.

"왜?"

군구신이 빠르게 다가오더니 그녀를 사납게 잡아끌었다. 그리고 그녀의 입술에 입을 맞췄다.

워낙 갑작스러운 일이라 비연은 멍하니 있을 수밖에 없었다. 그녀가 정신을 차렸을 때는 이미 군구신이 패기 있게 입술 사이로 들어와 공격하고 있었다. 비연이 사납게 발버둥 치며 외쳤다.

"무뢰한! 놓아줘!"

군구신이 차가운 눈으로 그녀를 바라볼 뿐 허리를 감은 두 손에서는 힘을 풀지 않았다. 비연은 화가 나고 원망스럽기도 하면서, 동시에 무어라 말할 수 없이 난처했다. 몹시 이상하게, 이유를 알 수 없이 마음도 아팠다.

비연이 힘차게 그의 가슴을 밀어냈다.

"놓아줘! 마음에 둔 사람이 있대도. 사람 말을 못 알아듣는 거야? 당신을 미워하게 하지 마!"

차라리 아무 말도 하지 않는 게 나았을 것이다. 이 말을 들은 군구신이 그녀를 더욱더 강하게 끌어안으며 다시 사납게 그녀의 입술을 탐했다. 비연이 발버둥 치려 했지만 군구신은 그녀의 두 손을 단단히 묶어 버리듯 잡고, 그녀를 곁에 있던 나무줄기로 밀어붙였다. 입맞춤이 한층 깊어졌다.

반항할 힘이 없는 걸까? 아니면 마음 깊은 속에서는 사실 싫지 않은 걸까?

비연은 눈을 감았다. 아무 생각도 하고 싶지 않았다. 마치 진상을 알게 되는 게 무서운 듯, 자기 자신을 명백하게 보는 게 무서운 듯. 그녀는 그대로 내버려 두는 쪽을 택했다.

그러나 그의 입맞춤이 깊어 갈수록, 그리고 그 입맞춤이 부드러워질수록 그녀는 결국 그에게 점령당하고 있었다. 그의 가슴을 밀어내던 그녀의 두 손이 힘을 잃었고, 심지어 그에게 입맞춤을 되돌려 주고 싶은 충동마저 일었다.

어떻게 이럴 수 있지? 이래서는 안 돼!

그녀에게는 영 오라버니가 있다! 그리고 망할 얼음은 그녀의 원수일 가능성이 극히 높았다!

비연이 점차 두 손을 꽉 쥐고 맑은 정신을 유지하고자 노력했다. 다시 그를 밀어내려고 하자 군구신이 갑자기 그녀를 놓아주었다.

그의 호흡이 조금 무거웠다. 그는 이마를 그녀의 이마에 대고 있었다. 마치 무엇인가 참는 것 같기도 하고, 또 망설이는 것 같기도 했다.

얼마 지나지 않아 그가 지난번 화월산장에서처럼 그녀의 귓가에 대고 속삭였다. 그러나 이번에 속삭인 말은 '좋아한다'라는 말이 아니었다. 그의 목소리는 얼음처럼 차가웠다. 무정하게 들리도록 차가웠다!

"비연, 나는 이번 생에 손해 보는 장사는 해 본 적이 없다. 네가 그 약방문을 파해하기 전에는 다시는 너를 만나지 않을 것이다."

말을 마친 그는 의연하게 그녀를 놓아주고 몸을 돌렸다.

곁에 있던 망중이 이 말에 깜짝 놀랐다. 전하가 자제력을 잃으셨다고 생각했는데, 저리도 결연하게 작별을 고하실 줄이야!

그 약방문에 대해서라면 망중도 알고 있었다. 그 약방문은 밀서가 아니라, 전하가 그녀를 찾을 이유를 만들기 위해 아무렇게나 적은 것에 불과했다.

그러니 비연의 능력이 아무리 대단하다 해도, 그 약방문을 영원히 파해하지 못할 것이다……

백리명천이 함께 놀아 주지

　군구신이 고개조차 돌리지 않고 떠났다.

　망중은 어쩔 줄 몰라 하면서도, 그 즉시 그를 따라갔다.

　그는 전하가 여전히 비연을 좋아한다는 것을 알고 있었다. 그러나 그는 전하가 모질게 마음을 끊어 내는 것을 보았다. 전하는 비연에게 모질었던 것이 아니라 전하 스스로에게 모질었다. 그는 전하가 앞으로는 결코 오늘의 신분으로 비연을 보지 않을 거라는 걸, 다시는 마음을 품지 않을 거라는 걸 확신했다. 하지만 앞으로 전하가 비연을 어떻게 대할지는 알 수 없었다.

　비연은 정말이지 누군가를 속이는 일에 너무나 능했다! 오늘의 사건이 아니었다면, 그리고 그녀가 직접 '부황'이라고 말하는 것을 듣지 않았다면 그녀가 공주일 거라고 그 누가 상상이나 했겠는가?

　지금 그녀는 전하의 한독과 관련한 비밀을 알고 있을 뿐 아니라 황상의 병세와 관련한 비밀도 알고 있다! 하늘만이 그녀가 얼마나 많은 것을 아는지 알 수 있을 것이다.

　백초국 쪽에서 남몰래 무슨 계획이라도 세우고 있는 걸까? 어서 비연을 통제하고 백초국을 경계하지 않는다면 그 결과는 감히 상상하기 어려울 것이다!

　망중이 계속 쫓아가고 있노라니, 군구신이 갑자기 발걸음을 멈추고 차갑게 명령했다.

"비연을 호위하고, 눈길을 떼지 마라!"

망중이 그제야 정신을 차리고 계속 고개를 끄덕였다.

"예!"

군구신이 다시 말했다.

"백초국에 사람을 보내 모든 공주의 신상을 자세히 조사하도록. 요절한 경우, 죽은 경우, 실종된 경우까지 포함해서!"

그리고 머뭇거리다가 다시 덧붙였다.

"그리고 '영 오라버니'라 불리는 사람이 있는지 조사하도록!"

"영 오라버니?"

망중은 답답했다. 아마 그가 없을 때 비연이 잠꼬대를 좀 더 많이 했던 모양이었다. 더 물어보려 했지만 군구신이 다시 움직이기 시작했다.

망중이 재빨리 몇 걸음 다가가 일깨워 주었다.

"주인님, 오늘이 바로 생신날입니다. 내일 성에 도착하시면 장수면[6]을 드시는 것 잊지 마십시오! 제가 출행 전에 소만에게 특별히 일러두었습니다."

생일? 정말 잊기 어려운 생일이 되겠군!

군구신의 입가에 자조 섞인 미소가 스쳐 갔다. 그가 점점 더 빨리 걸었고, 곧 밤의 어둠 속으로 사라졌다.

망중이 바로 돌아왔다. 그의 마음속도 슬픔으로 가득했다.

---

6 중국에서 생일을 보낼 때 먹는 국수.

정왕을 3년 동안 모시면서, 정왕의 희로애락에 영향을 끼치는 사람을 처음 보았다. 그런데 그 사람이 바로 세작이라니!

이때 비연은 북쪽으로 향하고 있었다.

그녀가 어찌 그 약방문의 비밀을 알겠는가. 망할 얼음의 그 말이 그녀와 결별하겠다는 뜻인 것을 어찌 알겠는가.

비연은 걸으면서 계속 제 입술을 어루만지고 있었다. 가볍게 쓰다듬다가 갑자기 힘주어 문지르기도 하는 것이, 그의 숨결을 지워 버리고 싶은 것 같기도 하고, 자신이 가져서는 안 될 마음을 지워 버리고 싶은 것 같기도 했다.

그래서는 아니되었다! 그녀에게는 영 오라버니가 있었고, 복수를 해야 했다!

그녀가 마음속으로 중얼거렸다.

'망할 얼음, 다음은 없을 거야! 당신이 빙해 이변과 아무 관련이 없으면 좋겠어. 우리 가문에 풍파를 가져온 원수라면, 내가 반드시 갚을 테니까!'

비연은 최대한 빨리 성으로 돌아가 매 공공과 천무제에게 통지해야 했다. 군구신 역시 성으로 돌아가 태자를 찾으러 가야 했다. 다만 두 사람은 다른 방향으로 가고 있었다.

밤이 깊었다. 빙해의 별은 영원히 변하지 않을 꿈속의 정경처럼 찬란하게 반짝이고 있었다. 주변의 모든 것이 깊은 잠에 빠져 있는 것 같았다.

이 순간, 산허리에서 사지를 하늘로 향한 채 누워 있던 백리명천이 마침내 눈을 떴다. 그가 누워 있던 곳은 바로 방금 비연과 군구신이 숨어 있던 곳인 동시에 기욱과 소옥승이 지나갔던 곳이었다.

비연이 오기 전부터 그는 이곳에 누워 있었다. 금안설오에게 반나절 넘게 쫓기느라 피곤해서 피를 토할 지경이었다. 가까스로 금안설오와 잠복자들의 추격을 피해 조용하게 몸을 숨길 장소를 찾아낸 참이었다. 그러나 그가 잠들기도 전에 대화 소리가 들려왔다.

졸음이 일순간에 가셨다. 백리명천의 입가에 차갑고 사악한 미소가 떠올랐다.

그는 상당히 흥미롭다는 듯 하늘 가득한 별을 바라보았다. 가느다란 눈에 담긴 별이 찬란하게 반짝였다. 마치 복수의 칼날이 반짝이는 것 같기도 했다. 그는 순수하게 함부로 구는 사내아이 같기도 했고, 음침하게 제멋대로 구는 남자 같기도 했다. 정의로움과 사악함을 동시에 지닌 것 같았다.

백리명천은 원래 서남쪽 숲속에서 사부를 찾고 있었다. 그러나 사부는 보이지 않았다.

최근 두 달 동안 백리명천은 만진국에서 쫓겨났고, 천염국의 지명 수배자가 되었으며, 신농곡에게 성토당하고 있었다. 신농곡이 고용한 살수와 신농곡에 잘 보이고자 하는 이들이 계속 추살해 오고 있었다. 특히 이 며칠 동안이 유달리 극심해 잠시 몸을 피할 수밖에 없었다.

사부를 기다리기 너무 지겨워 결국 어슬렁거리며 빙해까지 오게 되었다. 빙해의 독에 대해 고민해 볼 생각이었다. 그런데 이곳에서 기욱과 소옥승을 만나게 될 줄이야. 게다가 그들의 대화 속에서 자신의 위대한 이름을 듣게 될 줄이야.

천염국 태자를 죽이고 그에게 덮어씌우겠다고? 그렇게 교묘한 계책이라니!

백리명천은 기씨, 소씨 가문의 늙은이들에게 감탄하며 다짐했다. 반드시 그들과 함께 한바탕 놀아 주고야 말겠다!

얼마 지나지 않아 백리명천이 자리에서 일어나 성을 향해 움직이기 시작했다.

하늘이 점차 밝아 오고 있었다. 비연은 농민을 찾아 말을 한 필 샀다. 그녀는 잠시 쉬다가 아침을 먹고는 최대한의 속도로 낙하성으로 돌아왔다.

낙하성에 돌아오니 점심 무렵이었다. 매 공공은 아직도 잠들어 있었다. 편안히 잠들어 있는 그를 보니 시간이 이틀 전으로 돌아간 것 같은 느낌이 들었다. 그녀가 겪은 모든 것이 그저 꿈이고, 지금 꿈에서 깨어난 것만 같았다.

꿈에서 깨어났다고?

어쩌면 그녀는 정말 꿈에서 깨어난 것인지도 모른다! 10년 동안의 꿈에서!

매 공공에게 해독약을 먹인 비연은 자신의 방으로 향했다. 생각한 대로, 얼마 지나지 않아 매 공공이 찾아왔다.

"고 대약사, 이 노비가 그날 너무 많이 마신 모양입니다. 뜻……, 뜻밖에도 지금까지 자다니! 성에 돌아갈 시간을 지체했군요. 죄송합니다, 죄송해요!"

비연이 미간을 찌푸리며 진지하게 말했다.

"매 공공, 술 깨는 약을 세 알이나 드렸는데 전혀 쓸모가 없었나 봅니다. 매 공공의 몸은 약에는 내성이 강한데, 술에는 약하신 모양이에요. 앞으로는 적당하게 드시는 게 좋겠어요."

예전이라면 매 공공은 어찌 된 일인지 끝까지 캐물었을 것이다. 그러나 지금은 비연을 대하는 태도가 달라져 있었다. 비연을 믿을 뿐 아니라 잘 보이고 싶었던 것이다. 그는 깊이 생각하지 않고, 소리 내어 웃으며 말했다.

"노비의 주량으로 고 대약사와 술을 마실 수 있었다니, 노비의 복이었지요. 마시다 죽는다 해도 달가웠을 겁니다!"

비연이 예의상 미소 지었다. 이때 점원이 방문을 두드렸다. 비연의 눈가에 날카로운 빛이 스쳐 갔다.

매 공공에게 문을 열게 하자 점원이 서신을 한 통 내밀며 말했다.

"손님, 밖에서 누군가가 이 서신을 전해 드리라 했습니다. 반드시 직접 열어 보셔야 한다고 하시면서요."

매 공공이 매우 의외라는 표정을 지었지만 비연은 움직이지 않았다. 매 공공에게 서신을 열어 보라 했을 뿐.

서신을 읽은 매 공공은 바로 안색이 창백해졌다. 그는 비연을 돌아보지도 않고 점원을 붙잡고 물었다.

"서신을 건네준 사람은?"

"갔어요."

매 공공이 서둘러 서신을 비연에게 건네주고는 점원을 붙든 채 서신을 준 사람을 찾으러 나갔다. 비연은 침착하게 몸을 일으켜 옷을 정돈한 후에야 그들을 따라 나갔다.

매 공공은 당연히 서신을 보낸 사람을 찾지 못했다. 이 서신은 비연이 매수한 점원이 벌인 연극이었으니까.

이 방법으로 기씨 가문이 어린 태자를 살해하려 한다는 사실을 매 공공에게 알리는 동시에, 자신의 비밀을 폭로하지 않을 수 있었다.

매 공공이 매우 긴장하여 말했다.

"고 대약사, 이 일은 아주 중대합니다. 그 서신을 믿고 대비하는 편이, 믿지 않는 것보다 낫습니다! 어서 황상께 밀서를 보내야겠습니다. 그리고 우리도 짐을 정리해서 오늘 바로 출발하지요!"

비연이 속삭였다.

"매 공공, 태자 전하께서 지금 어디 계신지 아시나요?"

매 공공은 비록 그녀를 의심하지는 않았지만 아직 보류하고 있는 부분이 있긴 했다.

그가 형식적으로 답했다.

"태자 전하의 행방을 노비가 어찌 알겠습니까?"

비연도 되는 대로 물어본 것에 지나지 않았다. 그녀는 천무제와 정왕 전하가 이 일을 알게 되면 어린 태자는 분명 안전할 거라 생각했다. 그리고 천무제와 정왕 전하로 하여금 기씨와 소씨 가문을 상대하게 한 다음, 기세명이 감옥에 들어갈 날을 기다리면 되는 것이다.

그 외에 신농곡에 가서 노집사를 만나야겠다는 생각에 열중하고 있었다.

그날, 그들은 바로 출발했다.

〈제왕연〉 6권에서 계속